Fragile/s

AU DIABLE VAUVERT

Nicolas Martin

Fragile/s

ISBN : 979-10-307-0683-3

Au diable vauvert
La Laune 30600 Vauvert

www.audiable.com
contact@audiable.com

« Pourquoi une maternité ne serait-elle pas mal venue ?
Pourquoi la naissance d'une mère par la venue de l'enfant
ne serait-elle pas ratée elle aussi ? »
Marguerite Duras

« *Truly amazing, what people can get used to, as long as
there are a few compensations.* »
Margaret Atwood

« L'enfance est un couteau planté dans la gorge. »
Wajdi Mouawad

I

— Félicitations, c'est un garçon !

« Et merde… » sont les premiers mots qui viennent à l'esprit de Typhaine.

Un garçon.

— Il est sain, tout va bien.

Non.

Rien ne va bien.

Un garçon.

Maintenant.

Dans cette société.

Un garçon sain.

Ça ne va pas du tout.

L'espace d'un instant, elle sent un énorme nœud se former sous son sternum, une pierre froide et dure juste au-dessus de l'arrondi de son ventre sur lequel l'obstétricien promène la sonde glaciale et humide de l'échographe, une pierre froide et dure qui fait pression sur tout le haut de son thorax, une pression qui remonte jusqu'au fond de sa gorge, rend la déglutition douloureuse et lui fait monter les larmes aux yeux.

Gauthier lui serre la main très fort et lui embrasse le front.

— Un garçon ! On va avoir un petit bonhomme !

Typhaine avale péniblement sa salive. Sa gorge est tellement serrée qu'elle sent les parois de son pharynx se toucher. Elle est en nage, trempée d'une sueur glaciale. Elle essaye de sourire, mais sa tête tourne, l'air ne rentre pas, la pression est toujours plus forte dans son plexus, comme une pointe de couteau qui pénètre ses entrailles.

Elle se force à inspirer, par à-coups. Mais il y a ce poids qui la gène, cette masse qui bouge, qui s'agite à l'intérieur de son ventre. Cet organisme vivant.

Son fils.

Des larmes roulent du coin de ses yeux.

Personne ne la regarde.

Gauthier est fasciné par l'hologramme en rotation, cette petite silhouette humanoïde au crâne démesuré, le front proéminent, ce buste oblong à peine plus gros duquel partent des excroissances filiformes. Le médecin pianote sur son clavier virtuel, et leurs deux hololinks bipent quasi simultanément.

— Voilà, les toutes premières photos de votre fils ! Vous devriez recevoir les analyses préliminaires d'ici quelques jours, mais il n'y a aucune raison de vous inquiéter. C'est un magnifique jeune homme, sain et en pleine forme !

Il retire un à un les capteurs gluants collés sur la peau de Typhaine, du front à l'aine, et lui tend une serviette de papier pour s'essuyer le ventre. Elle en profite pour faire rapidement disparaître les traces de larmes de ses joues. Gauthier lui saisit l'avant-bras pour l'aider à se relever.

— Tout va bien ma chérie ?

Typhaine force un nouveau sourire, les mâchoires serrées.

— Oui oui… juste la tête qui tourne un peu.

Le contact du carrelage glacé sous ses pieds nus lui donne le vertige.

À moins que ce ne soit la perspective d'avoir un nouvel enfant.

Un enfant sain.

Un garçon sain.

Pourquoi a-t-elle entamé cette procédure ?

Comment en est-elle arrivée là ?

De quelle façon ce piège s'est-il refermé sur elle, sur sa famille, comment a-t-elle pu accepter de se compromettre à ce point ? De se retrouver pieds et poings liés, enceinte… non, pire : enceinte d'un garçon. Pire encore : d'un garçon sain.

Dans quel cauchemar éveillé sa vie est-elle en train de basculer ?

La toute première échographie, c'était il y a douze ans, un peu plus. Il y a douze ans déjà, Typhaine avait pleuré. Gauthier n'était pas là. Elle n'avait pas voulu qu'il vienne. Elle était avec Élisa. Pas dans une clinique privée. C'était chez sa gynéco. C'était sa première grossesse, elle avait vingt-cinq ans. Ils avaient été assez surpris que ça marche aussi vite. Ils avaient arrêté de se protéger depuis quelques semaines à peine. Avant même le retard de règles Typhaine avait su, elle avait senti que quelque chose avait changé. Une légère différence dans les odeurs, dans les goûts surtout. Une conscience plus aiguë de son corps aussi, la sensation de l'habiter davantage. Une pesanteur, subtile, comme si son centre de gravité s'était déplacé.

Bref: elle était enceinte. Mais il y a douze ans déjà, les pronostics n'étaient pas bons. C'est pour ça qu'elle n'avait pas voulu que Gauthier l'accompagne. Elle ne lui avait rien dit. Elle n'avait pas voulu qu'il sache. Pas avant elle.

La froideur de la sonde, sur son ventre à peine bombé. Et les larmes, déjà.

Depuis quelques années, les techniques d'échographie avaient été affinées pour pouvoir détecter dès les premières semaines les signes physiologiques précoces. À demi allongée dans le fauteuil d'examen, la main d'Élisa dans la sienne, Typhaine regardait, impuissante, les indices s'enchaîner les uns aux autres, implacablement : l'air soucieux de la gynécologue, ses hésitations, les mesures complémentaires, une simple vérification, le traitement des données par le terminal, le regard fuyant, un instant s'il vous plaît, la confirmation, d'abord silencieuse, l'expression grave puis la sentence brutale, irrévocable : X fragile. Bien sûr il faudrait des confirmations, une analyse génomique, des examens complémentaires. Mais le diagnostic était là :

X fragile.

Comme pour toutes ces autres femmes.

De plus en plus nombreuses.

Typhaine avait eu un léger espoir, en tombant enceinte si rapidement. Par rapport à toutes ses amies, par rapport à toutes celles qui après des mois et des mois de tentatives, d'interventions, de traitements hormonaux, finissaient par abandonner.

La tendance était à la hausse, et en accélération.

Crise de la fécondité. De plus en plus de couples stériles. De moins en moins de garçons. Délétion du gène Y. Infertilité masculine. Et pour les couples qui y arrivaient, huit enfants sur dix étaient des filles, et trois sur cinq naissaient avec le syndrome de l'X fragile.

Retard de développement intellectuel.

Troubles des fonctions exécutives.

Difficultés de planifications motrices.

Hyperémotivité.

Hyperactivité.

Hyperlaxie des membres.

Front proéminent, visage allongé, oreilles décollées.

Strabisme, souvent.

Assez fréquemment, divers degrés de troubles du spectre autistique.

Avant, chez les filles, ce syndrome pouvait être plus léger, parfois indiscernable. Mais de plus en plus de filles naissaient avec la mutation du gène FMR1 sur les deux chromosomes X. Et des symptômes aussi lourds, voire plus lourds que les garçons.

Il y a douze ans déjà, les larmes, la main d'Élisa dans la sienne, ses larmes à elle, aussi. Elle lui caressait le front, lui répétait qu'il fallait attendre, qu'il était encore trop tôt pour s'inquiéter, que sa fille aurait peut-être une expression plus légère, qu'il fallait garder espoir. Mais Typhaine n'entendait plus rien. Elle approuvait, silencieuse, en essuyant ses larmes qui n'arrêtaient pas de couler.

Retour en taxi, la nuit tombée, c'était un soir de novembre, un de ces soirs où la pluie glaciale annonce l'hiver, les rues de Paris bondées, la circulation bloquée, la lumière des réverbères et des phares diluée, rouge et jaune, le martèlement de la pluie sur le toit de la voiture, et les larmes encore, intarissables, ce chagrin profond, la vie qui bascule, ma fille dans mon ventre, ma fille fragile, il allait falloir l'annoncer à Gauthier, il allait falloir choisir, décider du destin de cet enfant, là, dans son ventre, le fruit de sa chair, de leur chair, le fruit de leur amour, pourquoi aurait-elle été préservée plus que les autres, après tout, toutes étaient frappées, de plus en plus, elle avait déjà la chance de pouvoir porter un enfant, de donner la vie contrairement à toutes ces femmes, toutes ces femmes, et peut-être que Laura, peut-être qu'Eve, peut-être que Madeleine, peut-être que Suzanne, peut-être que sa fille, sa petite fille, peut-être qu'elle ne serait pas trop touchée, peut-être qu'elle pourrait avoir une vie normale, presque normale, peut-être qu'ils pourraient, tous les trois, avoir une vie tranquille…

« Vous êtes arrivée à votre destination, 17 rue du Repos. Merci d'avoir choisi les taxis AutoG7 pour votre course, n'oubliez pas de récupérer vos effets personnels. Vous avez deux minutes pour quitter le véhicule. »

Typhaine claqua la porte, fit quelques pas précipités pour s'abriter sous le porche, le temps de jeter un coup d'œil aux fenêtres sombres de l'appartement. Gauthier n'était pas encore rentré.

Quelques secondes dans le sas de décontamination de l'immeuble – un vieux sas, installé lors de la troisième vague de mise aux normes des bâtiments parisiens – ascenseur, cinquième étage, ce couloir long comme le couloir de la mort, la porte, reconnaissance faciale, la voix suave et légèrement voilée d'ALIX – *Adaptative Lifestyle Intelligence eXpert*:

« Bonsoir Typhaine, bienvenue à la maison »

Lumière et musique automatiques – *Soul Love*, David Bowie, une antiquité – dégager une chaussure, l'autre, l'imperméable, le sac à main par terre, vite un verre, le frigidaire, la bouteille de vin blanc, le tiroir de l'îlot central, les cigarettes, un briquet.

Typhaine s'allongea sur le canapé. Elle libéra son épaisse chevelure brune, emmêlée comme à son habitude dans un chignon approximatif maintenu par un simple stylo et un vieil élastique.

Trop de pensées se bousculaient dans son esprit.

Trop de chaos.

Elle tira longuement sur sa cigarette, engloutit une grande gorgée de vin blanc.

Putain.

Elle était enceinte.

Elle était enceinte d'une Fragile.

Gauthier rentrerait certainement tard. Il empilait les heures, les soirées, les nuits, les week-ends. Ils s'étaient rencontrés pendant leurs études de droit. Elle avait opté pour le droit des étrangers, lui pour le droit public. Ils s'étaient soutenus, tout au long de leurs études. La carrière de Gauthier avait décollé un peu plus vite que la sienne. Il avait été embauché, quelques mois plus tôt, comme assistant d'un conseiller auprès du directeur de cabinet du ministre de la Justice, Guy Cléments, qui l'avait recruté à sa sortie de l'université. Pas un boulot très glorieux, mais l'assurance d'un début de carrière, d'un carnet d'adresses et surtout d'un salaire fixe, et plutôt confortable. Quitte à avaler des couleuvres et faire quelques croix sur leurs idéaux politiques. Et puis il fallait bien intégrer le système pour préparer la transition. C'était un début, et ça leur avait permis de prendre cet appartement dans le vingtième, et de s'installer ensemble.

Typhaine, elle, travaillait toujours dans le réseau associatif d'assistance aux migrants, malgré le manque de moyens et le démantèlement, année après année, de toutes les structures d'accueil et d'entraide par lesquelles elle était passée. Elle ne voulait pas démordre de ses convictions. S'il y avait bien un combat à mener aujourd'hui, en France, c'était celui pour les exilés, dont les conditions de vie et les droits ne cessaient de régresser, malgré les condamnations internationales qui se succédaient, dans l'indifférence la plus totale du pouvoir politique, d'abord sous le gouvernement provisoire de la Droite Unifiée, puis après la Dernière Insurrection, sous le régime autoritaire des Néopatriotes.

Elle faisait glisser d'un doigt à l'autre l'anneau d'argent qu'elle portait à l'index, dans une chorégraphie inconsciente et parfaitement fluide.

Putain.

Elle était enceinte d'une Fragile.

Le carillon lointain de l'ascenseur.

Des pas dans le couloir.

Le verrou électronique de la porte.

« Bonsoir Gauthier, bienvenue à la maison »

— Typhaine ? Merde… Tu fumes à l'intérieur ? Tu fais chier ! ALIX, ouvre les fenêtres !

« Très bien Gauthier, ouverture des fenêtres salon cuisine, position 2 »

Ronronnement du servomoteur. Un air humide et froid s'engouffra d'un coup dans la pièce. Gauthier retira son manteau, ses chaussures, déposa sa veste sur le groom chauffant du vestibule.

— Non sérieux Typhaine tu fais chier ! Je vais jamais réussir à m'arrêter si tu continues à fumer sous mon nez, et en plus dedans, merde…

Il s'approcha d'elle, l'embrassa sur le front.

— Mais… t'as pleuré ? Qu'est-ce qu'il y a ma chérie ? Qu'est-ce qui se passe ?

Gauthier s'accroupit à ses côtés, prit sa main dans la sienne. Typhaine tourna la tête vers lui. Des sanglots plein la gorge.

— Je suis enceinte.

Les yeux de Gauthier s'agrandirent, et les traits tirés de son visage s'illuminèrent en un éclair. Le temps de relier les informations. Enceinte. La cigarette. Les larmes. Son expression si brièvement joyeuse devint instantanément grave. Il resserra l'emprise de sa main, se pencha vers

Typhaine, déposa un long baiser sur sa tempe. Sur ses joues. Sur sa bouche. Typhaine éclata en sanglots.

— Mon amour…

Il glissa son bras derrière sa nuque et l'enlaça, la blottit contre son torse. Typhaine s'agrippa à lui, tremblante, secouée de spasmes, laissant enfin libre cours à la profonde détresse qui la transperçait. Ils restèrent là, enlacés de longues minutes, immobiles, silencieux, dans la pénombre du salon, dans le courant d'air glacial de ce soir de novembre, pendant que David Bowie égrenait les derniers accords de piano de *Lady Stardust.* Doucement, la respiration de Typhaine reprit un rythme plus lent, plus calme. Elle se dégagea de l'étreinte de Gauthier, posa la main sur sa joue râpeuse de fin de journée, sa joue humide de pleurs, des siens, des leurs. Ils se regardèrent longuement. Gauthier prit à son tour son visage entre ses mains, et l'embrassa de nouveau, sur les joues, sur les paupières, sur la bouche.

— Mon amour, je suis là… Je suis là. Je t'aime plus que tout.

Gauthier s'assit sur le canapé, les épaules voûtées, réalisant l'ampleur du bouleversement que cette grossesse allait entraîner, la cruauté et la complexité du chemin qui s'ouvrait maintenant devant eux. De la décision qu'ils devaient prendre. Il prit le paquet de cigarettes sur la table basse, en sortit deux, en donna une à Typhaine et alluma la sienne avant de lui tendre le briquet.

— Viens là.

Typhaine se pencha vers lui, posa la tête dans le creux de son épaule.

Quelques instants dans le silence encore.

Quelques instants avant d'envisager le pire.

— Qu'est-ce que t'a dit la gynéco exactement ? Tu es à combien de semaines ?

— Douze. On a fait une amniocentèse. J'aurai les résultats en début de semaine prochaine. Mais en télémétrie, y a pas de doute. C'est une Fragile, la marge d'erreur est quasi nulle.

— C'est une fille ? – une lueur d'espoir naquit dans la voix de Gauthier. Si c'est une fille, c'est peut-être moins grave ?

— Oui, peut-être… c'est aussi ce que disent la gynéco et Élisa.

— Élisa était là ?

— Oui, je voulais pas y aller toute seule, je… désolée de ne pas t'avoir prévenu, j'aurais dû t'en parler tout de suite, ça fait des semaines que je sais, que je retarde, que je fais semblant de ne pas savoir, je… je suis nulle, je suis désolée Gauthier… je suis désolée.

— Chhhht, arrête ça… tu as fait exactement comme tu le sentais, et c'est très bien comme ça.

Typhaine tira une longue bouffée sur sa cigarette, attrapa le verre de vin, en but une gorgée et le passa à Gauthier.

Quelques instants de silence, à nouveau.

Quelques instants pour verbaliser la question qu'ils ruminaient tous deux, sans pouvoir la formuler. Gauthier prit une large inspiration.

— Tu veux la garder ?

— Est-ce qu'on a vraiment le choix ?

— On peut avoir la dérogation…

— Vraiment, Gauthier ?

— Je peux demander à Guy, il peut peut-être nous aider…

— Mais si Isabelle l'a pas eue, pourquoi est-ce qu'on l'aurait, nous ?

— Isabelle et Guy ne voulaient pas avorter. Enfin… Guy surtout, je crois.

— Ah, je croyais que…

— Non, à son poste, un avortement même médical dans sa carrière, c'est vraiment trop risqué.

— Oui, évidemment.

Gauthier jeta son mégot dans le fond du verre de vin, et le déposa sur la table. Il se retourna vers Typhaine, prit ses deux mains dans les siennes. Ils s'enlacèrent de nouveau. L'un contre l'autre. Unis, comme ils l'avaient toujours été, depuis leur rencontre. Sur la table, la fumée du mégot mal éteint emplissait le verre de volutes lourdes, quasi immobiles. Dehors, au loin, dans la nuit, les sirènes d'un convoi de police.

Comme tous les soirs.

La sirène de l'ambulance lui vrille la tête.

Depuis qu'elle a intégré le Programme de génoembryologie, Typhaine n'a plus le choix.

Tout est encadré, politique du moindre risque.

L'enfant qu'elle porte, cet enfant sain, ce garçon sain, tout est fait pour qu'il arrive à terme dans les meilleures conditions. Typhaine passe ses semaines à faire des tests, à être transportée de son appartement à la clinique, de la clinique au laboratoire, du laboratoire à l'appartement.

Avant même que le test de grossesse s'avère positif, dès le début des traitements hormonaux, avant même l'intervention de prélèvement d'ovule, le protocole l'a contrainte à interrompre toute activité professionnelle, à réguler strictement son alimentation, plus d'alcool ni de tabac bien sûr, un régime optimisé pour un apport calorique très précis, des compléments alimentaires de synthèse pour remplacer viande, poisson, ou toute forme de produit issu de l'exploitation animale. Typhaine est devenue végane malgré elle, même si elle avait déjà largement banni la viande, devenue un produit de luxe.

La sirène, chaque jour, dans ces ambulances sans chauffeur qui ressemblent à des blocs opératoires.

L'appartement, la clinique, le laboratoire, l'appartement.

Le canapé.

La table basse.

La petite lampe, sur le guéridon à côté de la fenêtre, allumée à seize heures, à la tombée précoce de la nuit.

Le rideau blanc, qui vole légèrement lorsque la baie vitrée est entrouverte, malgré le froid de l'automne.

Typhaine regarde les ombres grandir sur les sépultures du cimetière du Père-Lachaise, en face, jusqu'à l'allumage des réverbères.

Il n'y a plus les rires de Madeleine.

Plus ses cris.

Il n'y a plus Aïssatou, qui ne vient que le soir et le week-end depuis que Madeleine a été transférée dans son école spécialisée pour le développement et l'intégration des Fragiles. Gauthier fait d'importants efforts pour rentrer plus tôt, pour être plus présent. Il voit bien que Typhaine ne partage pas son enthousiasme. Il voit bien que Typhaine est en train de dériver vers ses humeurs sombres, celles qui l'ont conduite, il y a bien des années, à l'effondrement. C'était une autre période, un autre contexte, presque une autre vie.

Typhaine fait de son mieux, elle essaye de ne pas se laisser envahir par sa mélancolie, de ne pas laisser libre cours à cette vilaine petite voix, insidieuse, qui lui chuchote sans cesse qu'elle a eu tort, qu'ils ont eu tort, qu'elle a été faible, une fois de plus, et qu'elle n'aurait jamais dû accepter cette intervention.

Elle se répète à l'envi qu'elle a de la chance, encore une fois. Une chance folle. Combien de femmes rêveraient d'être à sa place. Combien de femmes rêveraient d'entrer dans le Programme, d'être assurées d'avoir un enfant sain.

Un garçon sain.

Jour après jour, elle lutte contre elle-même, contre ses idées noires. Jour après jour, elle lutte contre l'idée qu'elle a tout trahi. Ses idéaux, ses convictions, tout ce en quoi elle croyait.

Elle passe les mains sur son ventre. Elle guette le lien, la connexion qu'elle avait immédiatement perçue avec Madeleine. Mais elle ne la retrouve pas. Il n'y a rien.

La première fois qu'elle l'a senti bouger, elle s'est mise à paniquer. C'était une nuit, une de ces nuits impossibles, où le sommeil est fracturé, dix minutes d'assoupissement, et ce sentiment de chute libre, tout le corps qui tombe par le bassin, comme si le matelas se dérobait sous elle, le souffle coupé, et l'esprit éveillé, bien éveillé, trop éveillé. C'est une de ces nuits-là où elle a senti pour la première fois un mouvement. Elle s'est glissée hors du lit, sans réveiller Gauthier. Elle est allée dans la salle de bains. Devant le miroir, elle a enlevé son t-shirt XXL. Elle s'est observée, debout, nue, dans la lumière bleutée de leur salle de bains si blanche. Ses seins commençaient à devenir lourds. Son ventre était un peu plus tendu. Elle a mis ses mains sur son ventre. Elle a essayé de lui parler, à voix basse. De trouver le lien. Ce putain de lien.

Mais rien.

Plus de mouvement.

Plus rien.

Le silence.

Elle est retournée se coucher, mais cette nuit-là, elle n'a plus dormi.

Alors jour après jour, elle attend.

Le prochain rendez-vous, la prochaine ambulance, le prochain examen.

Le canapé.

La table basse.

La petite lampe, sur le guéridon à côté de la fenêtre.

Elle tient dans ses mains le dossier que le génogynécologue lui a transmis cet après-midi.

Tous les examens sont positifs. Il n'a aucun gène fragile, bien sûr. Le gène Y est sain. Pas de délétion. Il pourra se reproduire. Tous les gènes sont sains. Pas de mutation pathogène, pas de risque de maladie, pas de cancer, rien. Il n'aura pas de dents de sagesse. Il aura les yeux verts, comme son père. Les cheveux bruns, comme elle. Une pilosité modérée. Il y a de bons espoirs pour qu'il ait des facultés d'apprentissage rapide. Un petit génie. Sa taille à l'âge adulte est estimée à un mètre quatre-vingt-douze. Elle a beau chercher, fouiller au fond d'elle-même pour trouver les ressources, pour trouver l'affection, pour trouver le désir de cet enfant.

Mais la seule réponse qui lui parvient…

c'est le silence.

Les résultats de l'amniocentèse confirmèrent les craintes de Typhaine. Mutation du gène FMR1. Sur les deux chromosomes.

L'avortement était devenu quasi illégal depuis la nouvelle loi sur les valeurs familiales et le respect de l'enfant, promulguée trois ans auparavant. La chute de la fertilité, la raréfaction des naissances « saines », la multiplication des grossesses à complications, et la hausse préoccupante des décès en couche, des mères comme des nouveau-nés, avaient conduit les gouvernements successifs à durcir très largement l'accès à l'IVG. Gauthier essaya, grâce à sa position au sein du cabinet du ministre, d'obtenir une dérogation exceptionnelle pour avortement médical, des passe-droits accordés au compte-gouttes, de façon discrétionnaire.

Même pour les hauts fonctionnaires, cette dérogation était très difficile à obtenir, et elle était surtout un très mauvais signal envoyé au pouvoir politique, pour qui souhaitait continuer à faire carrière au sein de l'administration d'État.

Par ailleurs, le calendrier obstétrique les rendait presque impossibles *de facto*, la première amniocentèse et le test de dépistage de l'X fragile ne pouvant être effectués avant douze semaines d'aménorrhée. Les dérogations, tolérées en cas de malformations très importantes dans les premières semaines de grossesse, devenaient totalement proscrites après treize semaines, sauf pour quelques rares personnalités qui y avaient recours dans le plus grand secret, grâce à leur statut social, et aux généreuses donations accordées en contrepartie, tant aux cliniques privées qu'aux officiers du ministère qui consentaient à signer les autorisations, ainsi qu'à la trésorerie du parti.

Bien sûr, il y avait l'option de la clandestinité.

Typhaine y avait pensé, avec l'aide de son amie d'enfance, Élisa, très proche des milieux universitaires contestataires. Elle sortait à l'époque avec un militant du NSR, le Nouveau Syndicat Révolutionnaire, Thierry, qui pouvait organiser la mise en relation. Mais les risques étaient trop importants. Sanitaires, d'abord. On ne comptait plus le nombre de femmes qui accumulaient les complications après un avortement illégal, effectué dans des conditions d'hygiène douteuses : infections, septicémies, hémorragies internes, et pour certaines, la mort. Et puis aller à l'hôpital après ce type d'accident, c'était prendre le risque d'être dénoncée, découverte, et donc poursuivie, et condamnée.

Les femmes qui se rendaient coupables d'avoir recours à un avortement illégal risquaient jusqu'à cinq ans de prison. Pour les plus fortunées, ou les plus socialement insérées, les peines prononcées étaient au mieux commuées en amendes, ou en quelques mois de sursis avec mise à l'épreuve : dénonciation du réseau, délation d'autres avortements clandestins, surveillance renforcée. C'était surtout une condamnation à la mort sociale. Licenciement, interdiction à vie de travailler dans la fonction publique, perte des quelques rares allocations et avantages acquis via le

SIREC – le Système d'Indice de Réputation et d'Évaluation Citoyenne, un système de crédit social et de notation des individus qui commençait à se généraliser en Europe, et qui avait été renforcé en France par le gouvernement précédent.

Dans un cas comme dans l'autre, avorter était devenu beaucoup trop dangereux. Pour Typhaine d'abord, pour sa santé, pour son intégrité physique et sociale. Et pour Gauthier, bien sûr, pour eux, pour leur couple, pour leur avenir.

Madeleine naquit avec un peu plus de cinq semaines d'avance, un 21 avril, au matin.

Les premières contractions avaient commencé assez tôt, la veille au soir, pendant le dîner. Un coup, comme une décharge électrique, puis un spasme, une crampe de tous les muscles abdominaux. Mais il était encore trop tôt, Typhaine était à plusieurs semaines du terme, elle ne voulait pas y croire, elle ne voulait pas y aller maintenant, elle n'était pas prête.

Cela faisait deux semaines qu'elle s'était arrêtée de travailler ; sa gynécologue lui avait prescrit du repos. L'approche de la naissance était toujours surveillée de très près, pour éviter tout ce qui pourrait porter préjudice à la mère, et surtout à l'enfant.

Mais Typhaine ne voulait pas y croire. Et une part d'elle redoutait ce moment. Elle savait comment les choses se déroulaient, elle avait vu plusieurs de ses amies partir en maternité publique, et en revenir, parfois sans enfant, parfois avec, mais toutes durablement marquées, physiquement et moralement. Elle savait que dans la plupart des cas, la péridurale était refusée pour réduire les risques de complications. Elle s'allongea sur le canapé pour ralentir sa respiration, canaliser son souffle. Gauthier était en déplacement en province, et ne devait rentrer que le lendemain midi.

Les contractions, certes puissantes, restaient assez espacées.

Son hololink était à côté d'elle, sur la table basse. Elle ne cessait de le prendre, de le déverrouiller, hésitant à appeler Gauthier, ou Élisa, ou sa gynécologue.

Les contractions s'espacèrent un peu, et elle recommença à croire que ce n'était qu'une fausse alerte, qu'elle allait s'endormir là, tranquillement, et qu'elle était suffisamment loin de la date d'accouchement prévue pour qu'il ne se passe rien ce soir, pas tout de suite, pas là, pas aujourd'hui.

Que ce n'était pas vrai, que ce n'était pas maintenant que cet enfant allait arriver. Que ce n'était pas maintenant que sa fille, sa fille fragile, allait s'inviter dans sa vie.

Que sa fille fragile allait retourner sa vie.

Jusqu'à la perte des eaux, là, sur le canapé.

Le liquide chaud, qui d'un coup inonda ses cuisses.

Et qui déclencha tout.

Typhaine se releva, courut dans la salle de bains pour s'éponger.

Appeler, Gauthier d'abord, non, Élisa d'abord, Élisa tout de suite parce qu'il fallait que quelqu'un soit là, à côté d'elle, pour tenir sa main. Pour ne pas être seule à la maternité publique, seule avec ces médecins et ces infirmières débordés qui allaient lui enlever sa fille, à l'instant où elle naîtrait. Pour ne pas être seule au moment où sa vie basculerait.

Elle bascula en un éclair, du rebord de la baignoire de la salle de bains, où elle était assise en attendant Élisa, aux couloirs blancs et nus de l'hôpital, dans un fauteuil roulant, les néons qui défilaient au-dessus de sa tête jusqu'à la salle de travail, la douleur des contractions, l'angoisse, la peur de la mort, le temps en avance rapide.

La salle de travail, aseptisée, des silhouettes en blouses bleues, masquées, stérilisées, les contractions se rapprochaient, ces crampes effroyables qui partaient du bas des abdominaux et qui remontaient comme des coups, comme des électrochocs le long du bassin, jusqu'aux épaules, les minutes qui s'allongeaient comme des heures et les heures qui passaient comme des secondes.

Les précautions sanitaires pour la prise en charge des accouchements avaient été extrêmement renforcées. L'équipe médicale posa sur le ventre de Typhaine, dès son entrée dans la salle de travail, un champ opératoire qui l'empêchait de voir tout le bas de son corps. Elle était couverte de capteurs, sur le front, le thorax, l'abdomen, entourée de postes de surveillance informatique, de médecins, de sages-femmes, d'infirmières et d'aides-soignants dont elle ne distinguait ni les visages, ni les regards, ni les voix. Personne ne s'adressait à elle. La péridurale lui fut refusée. Il n'y avait aucune horloge visible dans la salle. Le masque à oxygène l'empêchait de parler. Elle était en nage, elle sentait des mains s'affairer sur son corps, des doigts la palper, entrer en elle, des objets glisser sur son ventre, elle entendait des marmonnements indiscernables, des échanges incompréhensibles entre des personnes dont elle n'avait aucune idée de l'identité.

Et il y avait la douleur.

La douleur, constante, ininterrompue.

La douleur, totale.

Les contractions d'abord, et puis le début du travail.

Quand avait-il commencé ? Une heure, deux heures, trois heures après son arrivée ? Elle n'en avait aucune idée. Mais d'un coup, les contractions devinrent plus rapprochées. Plus violentes aussi. Non, pas plus violentes.

Elles devinrent insoutenables.

Elle avait beau essayer de capter un regard, d'appeler au secours, de hurler qu'elle souffrait, qu'elle souffrait tellement qu'elle avait envie de crever, là tout de suite, que quelqu'un fasse quelque chose pour que sa douleur s'atténue, pour que ça diminue, pour que ça cesse. Ou juste que quelqu'un lui dise que ça allait, lui serre la main, lui caresse le front, lui adresse la parole.

Elle s'était accrochée aux rambardes du lit, et elle souffrait comme elle n'avait jamais souffert, elle était traversée de la tête aux pieds par une douleur qu'elle n'avait jamais connue, comme si son corps était en train de s'ouvrir depuis le bassin, comme si deux mains géantes étaient en train de tirer sur son vagin de chaque côté pour la déchirer en deux.

La douleur était tellement forte qu'elle pensait qu'elle ne s'en irait jamais, qu'elle ne s'arrêterait jamais, qu'elle était en train de devenir folle, qu'elle allait mourir là, dans cette salle livide, blafarde, sous les néons, devant ces anonymes qui n'en avaient rien à foutre d'elle, qu'elle était en train de crever et qu'elle crèverait dans l'indifférence, seule ici devant ces connards, sans jamais connaître sa fille, sans jamais revoir Gauthier, mais elle avait tellement mal qu'elle était prête à mourir, elle était même résolue à mourir, ici, maintenant, à tout abandonner, à laisser tomber pour que la douleur s'arrête.

Et puis au bout d'une heure, peut-être deux, peut-être quatre, il y eut un cri.

Perçant.

Strident.

Un cri plus fort que le sien, un cri qui déchira son crâne, un cri qui déchira son cœur.

Avec ce cri, la douleur s'interrompit.

À peine eut-elle le temps de l'entendre, à peine eut-elle le temps d'apercevoir une minuscule forme violacée sur la blouse bleue et entre les gants de latex d'une silhouette inconnue que ce cri s'estompa, que la petite forme disparut de son champ de vision, puis derrière la porte battante de la salle de travail, le cri finit par s'éteindre tout à fait, au loin.

En une fraction de seconde, Typhaine se retrouva seule.

Seule, allongée, le corps bardé de capteurs, éclairée par les lumières clignotantes des moniteurs de contrôle, la salle résonnant encore d'une cacophonie de bips synthétiques désynchronisés.

Seule, sans personnel médical, éreintée, abandonnée.

Seule, en larmes, sans sa fille que l'on venait de lui retirer, sans qu'elle ait eu le temps de la voir.

Elle était restée un peu plus de sept heures dans cette salle, il était aux alentours de six heures du matin et Madeleine était née.

Cela fait des jours maintenant, presque des semaines que l'enfant tape.

Il s'agite, il tape dans son ventre, le jour, la nuit, sans cesse.

Sous la peau tendue de son ventre apparaissent des bosses, des formes qui glissent, de haut en bas et de gauche à droite.

L'enfant est agité à tel point qu'il semble ne jamais dormir, ne jamais se reposer, ne jamais laisser le moindre répit à Typhaine, qui est dans un état d'épuisement abyssal, des nuits et des nuits sans sommeil, à peine quelques minutes de somnolence, de courtes secondes d'endormissement assise dans le fauteuil du gynécologue, comme des pertes de conscience, tant la fatigue est immense.

L'enfant veut sortir, il est prêt à sortir, il ne demande qu'à sortir. Et Typhaine ne veut qu'une chose : qu'il sorte. Qu'elle puisse dormir à nouveau. Elle a trente-sept ans, douze de plus que lorsqu'elle a eu Madeleine. Elle est plus âgée, plus fatiguée. Elle veut que cette grossesse arrive à son terme. L'enfant veut sortir, et pourtant il reste.

Jusqu'au bout.

Cela fait dix jours maintenant que Typhaine a été admise à la clinique. Pour s'assurer du bon déroulement de la naissance, toutes les femmes du Programme sont admises en amont du terme, pour que dès les premières contractions, la prise en charge soit immédiate, sans risque d'une perte des eaux en amont ou d'une quelconque improvisation.

Typhaine a beau dire aux médecins qu'elle n'en peut plus, l'équipe médicale refuse d'avoir recours à un accouchement provoqué. Tout doit se passer en respectant les rythmes biologiques de l'enfant.

Dix jours que Typhaine vit dans ce champ stérile, qu'elle ne voit que Gauthier – seul le père a accès à la chambre, pour prévenir tout risque sanitaire inutile – à travers un rideau en polymère. Dix jours que Typhaine ne dort presque plus. Dix jours que Typhaine attend.

Bien sûr, il y a les écrans. La télé. La tablette. L'hololink. Elle parle avec Élisa, qui après quelques mois de prise de distance, après que Typhaine a accepté d'entrer dans le Programme de génoembryologie, est revenue à ses côtés pour l'accompagner et la soutenir dans ses dernières semaines de grossesse.

Aïssatou l'a appelée aussi. Elle est revenue s'installer à l'appartement pour s'occuper de Madeleine les soirs et les matins en son absence. Elle a même parlé à Roméo, le fils d'Aïssatou, pendant le week-end mensuel qu'ils passaient ensemble à la MCO, la Maison de Connexion aux Origines.

Mais le reste du temps, Typhaine attend.

Elle redouble d'efforts, maintenant que l'enfant arrive, pour trouver ce lien qui lui échappe. Elle lui parle, la nuit, lorsqu'il se met subitement à donner des coups à tout rompre. Elle essaye de le calmer, de lui chanter des chansons, de lui raconter des histoires, de lui parler de sa sœur, Madeleine, qui a été tant bouleversée par l'annonce de l'arrivée de son petit frère.

Tout est si différent.

Cette chambre. La douceur et la prévenance du personnel soignant. L'extrême attention portée à son état de santé. Typhaine aurait aimé qu'on lui glisse quelques milligrammes de somnifère dans sa perfusion, bien sûr. Mais il en est hors de question, la vie, l'équilibre de l'enfant passent avant tout.

Alors elle ne dort pas.

Elle mange très bien. La nourriture est incroyable, jamais elle n'aurait pensé pouvoir manger aussi bien dans un établissement de santé.

Mais le centre de néonatalogie n'est pas l'hôpital public. S'il est cogéré par un sous-département du ministère de la Santé, il s'agit essentiellement de fonds privés. Mille cinq cents femmes ont été sélectionnées et ont eu accès à ce programme d'insémination. Et selon ce que Gauthier lui dit – il tire ses informations de Guy, le directeur de cabinet et certainement futur ministre, dont la femme, Isabelle, a été également intégrée au Programme – pour le moment, on frôle les cent pour cent de grossesses menées à terme, ou en cours de l'être ; seule une femme a eu une complication assez tôt dans le processus et a dû être sortie des statistiques.

L'enfant naît presque sans qu'elle s'en rende compte.

La onzième nuit, des infirmières viennent dans sa chambre pour l'emmener vers la salle de travail. Lorsqu'elles arrivent, Typhaine ne dort pas. Elle a ses deux mains posées sur son ventre, et elle est en train de raconter, pour la dixième, peut-être la vingtième fois, elle a perdu le compte, *La Princesse aux petits pois*.

Elle est surprise, un peu inquiète. Mais elles lui assurent que les capteurs indiquent qu'elle est sur le point d'entrer en travail, et qu'elle doit être immédiatement transférée.

Typhaine est transportée sur un brancard, dans une première salle commune, à la lumière douce, où deux autres femmes attendent elles aussi.

Une aide-soignante lui pose un filet d'électrodes sur le crâne, et fixe à son lit une demi-sphère qui englobe tout le haut de sa tête. Un système de stimulation magnétique transcrânienne qui permet de réguler la douleur en temps réel de façon moins invasive et beaucoup plus précise qu'une péridurale.

Elle reste quelque temps dans cette petite cabine aux couleurs chaudes et à la lumière tamisée où sont diffusés, dans un champ sonore restreint et à très bas volume, plusieurs morceaux de musique qu'elle a choisis, essentiellement de la musique contemporaine répétitive, de vieux compositeurs comme Steve Reich, Max Richter ou Philip Glass, et des artistes plus récentes comme June Osborne, ou Eva Khatchadourian.

Typhaine sombre dans une somnolence paisible, lorsque deux brancardiers viennent la transporter jusqu'à la salle de travail. Les contractions ont commencé, mais elle ne s'en est pas rendu compte. Quelques minutes, quelques dizaines de minutes, peut-être une demi-heure plus tard, l'enfant est né.

Un cri lointain, comme étouffé par les vagues de chaleur et de bien-être qui fluent et refluent dans son corps. On place l'enfant sur son sein.

Gauthier entre, masque, charlotte et blouse stériles.

Elle distingue à peine son visage, mais elle perçoit qu'il est ému aux larmes. Il n'a pas le droit de toucher l'enfant, mais il passe sa main dans les cheveux de Typhaine, dans sa longue chevelure brune que quelqu'un a brossée pour la rendre plus présentable. Elle lit derrière le masque l'immense sourire, l'immense fierté qu'il ressent, à cet instant précis.

— Mon amour… mes amours… je vous aime, je vous aime tellement… notre petit Nolan…

Nolan.

Oui, c'est ça. L'enfant s'appelle Nolan.

Elle sent le brancard repartir, Gauthier s'éloigner. L'enfant…

Nolan

…a été placé dans un couffin connecté transparent.

Il est là, à côté d'elle.

L'enfant est là.

Elle a accouché, sans presque s'en rendre compte.

L'enfant est là.

Elle ne sait pas ce qu'ils font avec son cerveau, mais d'un coup elle a terriblement envie de dormir.

Terriblement.

L'enfant…

Nolan est né.

Il faisait nuit lorsqu'elle se réveilla.

Elle était allongée dans un lit, entouré d'un rideau blanc opaque.

Pas de couveuse.

Pas de lit de bébé.

Pas de Madeleine.

Le brouhaha diffus d'une salle commune. Une lumière blanchâtre et poussiéreuse. Dans un coin, Gauthier dormait, avachi dans un fauteuil gris, sa tête roulée en avant. Il ronflait légèrement, de ce ronflement d'épuisement que Typhaine connaissait si bien, lorsqu'il s'écroulait dans le canapé du salon après avoir travaillé des jours et des nuits entières sans interruption. Elle était encore sous perfusion, mais on lui avait enlevé tous ses capteurs, hormis une vieille pince, sur le bout du doigt, pour contrôler son rythme cardiaque et sa saturation.

Elle voulut se relever, mais tout son corps était endolori. Elle avait l'impression d'avoir fait une chute de plusieurs étages. Elle se redressa et repoussa le maigre drap qui la recouvrait. Une large tache brune sur sa blouse d'hôpital, au niveau de son entrejambe.

Une sensation de vertige, de nausée, comme si le lit se dérobait sous elle et qu'elle était aspirée vers le bas.

Elle se força à rester consciente, à ne pas tourner de l'œil. Elle s'accrocha aux rebords du lit, tourna son bassin presque inerte à l'extérieur et tira de toutes ses forces pour en sortir. Ses pieds touchèrent le sol, mais ses jambes ne la soutenaient pas. Elle tomba de tout son long, ou plutôt elle glissa, comme un poids mort, sans muscles, sans robustesse, sans résistance.

Gauthier dormait toujours, d'un sommeil lourd.

Elle était étalée au sol, à demi nue dans sa blouse tachée, groggy, les larmes aux yeux.

Elle voulait sa fille.

Elle voulait voir sa fille.

Ils n'avaient pas le droit de lui retirer sa fille.

Elle rampa, sur le lino vert pâle gelé, jusqu'au rideau.

Elle l'agrippa.

Derrière, d'autres rideaux, d'autres box, dans une salle interminable. Des infirmiers circulaient, poussant des chariots, il devait y avoir au moins trente, peut-être quarante lits alignés.

Ils n'avaient pas le droit.

Elle essaya de se redresser sur ses genoux, mais son bassin lui faisait encore atrocement mal, et elle n'avait aucune force dans les jambes. Elle pleurait, en murmurant entre ses dents : « Laissez-moi la voir… laissez-moi la voir. » Elle rampa encore quelques mètres avant qu'une aide soignante ne l'aperçoive et ne l'aide à se relever. Mais Typhaine ne voulait pas de son aide, elle ne voulait aucune sollicitude, elle voulait une seule chose : voir sa fille.

Voir Madeleine.

Elle tenta de se débattre, de continuer à avancer pour sortir de cette salle atroce, de ce parking sanitaire, elle insulta la jeune femme qui tâchait de la calmer. Le bruit réveilla Gauthier, qui accourut vers elle alors qu'un infirmier venait de la soulever par les bras pour la remettre au lit de force. Elle hurlait: « Laissez-moi la voir!! » Gauthier essayait de la raisonner, mais Typhaine se débattait avec le peu de force qui lui restait.

Une seconde aide-soignante s'interposa pour lui maintenir les épaules, l'infirmier la souleva, l'allongea de force, lui sangla les poignets aux montants du lit et lui administra une injection de tranquillisant, malgré les protestations de Gauthier.

Le monde s'obscurcit de nouveau.

Typhaine ne put voir Madeleine qu'au quatrième jour après sa naissance.

Elle était dans une vaste salle blanche, stérile, dans une couveuse semi-opaque recouverte de chiffres et d'inscriptions numériques clignotantes qui indiquaient ses constantes vitales dans des couleurs bleu vert, au milieu de dizaines d'autres bébés, indistincts, tous prématurés. Il lui aurait été impossible de la reconnaître parmi ces autres nouveau-nés, si loin, derrière cette vitre, dans ce hangar à couveuses qui, pour une époque aussi technologiquement avancée, ressemblait paradoxalement à une salle obsolète de sanatorium de la fin du millénaire précédent.

Typhaine fut contrainte de quitter l'hôpital et de laisser sa fille aux soins des équipes médicales, jusqu'à ce que son état soit jugé suffisamment stable pour autoriser une sortie de milieu aseptisé.

Elle était dévastée.

Ce soir-là, Typhaine pleura longuement. Elle pleura toute la nuit. Elle revint chaque jour passer de longues heures seule, assise sur un banc dans le couloir devant la vitre qui donnait sur cette immense salle de couveuses, à regarder Madeleine, cherchant à graver dans son esprit l'image de son enfant, le sien, sa fille, le troisième bébé de la deuxième rangée, cette toute petite forme d'à peine plus de deux kilos, immobile, les yeux fermés, si loin d'elle, si loin.

Lorsqu'elle n'était pas à la maternité, Typhaine errait chez elle, abattue, sans appétit, entre le lit et le canapé, somnolant le jour, incapable de dormir la nuit. Gauthier avait beau essayer de lui parler, de la raisonner, de la convaincre que toute cette procédure était normale, que leur enfant ne faisait pas exception, qu'il était essentiel de veiller sur sa santé, et qu'il ne faudrait plus attendre bien longtemps avant que Madeleine ne rejoigne leur foyer, Typhaine n'entendait rien.

Elle s'asseyait en tailleur à côté du berceau dans la chambre préparée, meublée, décorée, et laissait passer les heures, le regard dans le vide, mortifiée à l'idée qu'elle ne pourrait peut-être même pas reconnaître sa fille si on la lui présentait, tant on la lui avait arrachée des bras tôt, tant on l'avait gardée loin, si loin d'elle.

Puis un matin, sept semaines après avoir quitté l'hôpital, Typhaine reçut un appel lui signifiant que sa fille était sortie de couveuse et qu'elle pouvait venir la récupérer. À la maternité, elle fut accompagnée non plus vers la grande salle, mais dans une petite pièce aux couleurs pastel, joliment meublée, emplie de plantes. Un rayon de soleil traversait la fenêtre qui ouvrait sur un petit jardin dont la végétation estivale d'un vert cinglant se colorait de mille touches florales. Elle attendit quelques minutes, nerveuse. La porte du fond s'ouvrit. Une infirmière entra, portant avec elle un minuscule cocon de coton blanc, dont dépassait un tout petit visage rose, assoupi, l'air serein, les traits détendus, les lèvres légèrement retroussées.

Typhaine se leva, les jambes chancelantes. Elle fit un pas, puis un autre, une énorme boule d'émotion gonflait au creux de son ventre, gonflait jusque dans sa poitrine, jusque dans sa gorge. Elle regarda ce tout petit bébé, assoupi, qui tétait dans son sommeil un sein invisible. Elle n'osait presque pas bouger de peur de la déranger. L'infirmière lui tendit le nourrisson.

Lorsque Typhaine prit pour la première fois Madeleine dans ses bras, elle promit que plus jamais elle ne laisserait personne au monde lui retirer son enfant.

Plus jamais.

Les rayons du soleil commencent à chauffer agréablement l'air frais de ce matin du mois de mars. Typhaine se promène dans le parc, Nolan serré contre son buste dans une grande écharpe de portage rouge, aussi souple que douce. D'autres femmes sont là, elles sont une douzaine à avoir accouché et à être suivies dans cet établissement.

Typhaine a quitté la clinique depuis quelques jours à peine.

Elle est hébergée dans une jolie chambre, presque un petit appartement. Un lit double, un salon, un espace bureau, une belle terrasse orientée sud, qui donne sur ce grand parc arboré dans lequel elle passe le plus clair de son temps avec Nolan, l'après-midi. Le matin, les équipes de néonatalogie assurent un suivi très minutieux de l'évolution de son état de santé. Gauthier vient dormir avec eux presque tous les soirs. Le séjour doit durer au moins deux mois, peut-être plus, en fonction de ce que disent les génopédiatres.

Tout se passe de façon tellement idyllique que Typhaine en oublie presque que cette naissance est le fruit de l'ingénierie génétique et d'une fécondation in vitro. Elle se laisse imaginer que les accouchements, avant, devaient ressembler à ça. Et pas à l'enfer qu'elle a pu vivre à la naissance de Madeleine.

Mais les multiples examens, protocoles médicaux, visites de contrôle, et surtout, le temps que passe Nolan entre les mains des médecins lui rappellent qu'elle est bien ici, aujourd'hui et maintenant. Et qu'elle est une femme incroyablement privilégiée. La plupart des autres mères ont moins de trente ans. Elle sent bien, dans le regard de ces jeunes mamans, qu'elle a bénéficié d'un passe-droit, et qu'elle doit être une personne importante, ou très riche.

Mais elle s'en moque.

Isabelle, la femme de Guy, est là également. Elle a accouché d'une petite Léa. Typhaine n'a jamais porté Isabelle dans son cœur, une grande bourgeoise, beaucoup trop conservatrice qui surjoue son rôle de mère courage, avec ses trois grossesses fragiles menées à terme, sans avoir jamais travaillé, et avec tout le personnel dont elle a besoin à son service.

Mais c'est un visage connu, un peu moins distant que les autres. Après tout, elle aussi est ici parce qu'elle est une « femme de ». Et puis Typhaine discerne une légère jalousie chez Isabelle de ne pas avoir eu un garçon. Et tout au fond d'elle, cette jalousie l'amuse. La flatte même un peu.

Les deux femmes ne passent pas leurs journées ensemble, mais se promènent, parfois, en discutant de tout et de rien, de leur mari, de leur carrière au ministère, de leurs enfants devant lesquels elles s'extasient, l'une comme l'autre, dans une admiration un peu forcée. Isabelle a toujours conservé un petit accent espagnol. La grossesse a adouci ses traits secs et son visage encadré de longs cheveux noirs toujours impeccablement tirés en arrière, ainsi que son caractère un peu revêche. Et il y a entre elles la compréhension non verbale du soulagement d'avoir donné naissance à un enfant sain. De ne pas repartir pour un nouveau cycle avec un bébé fragile, et toutes les angoisses et les sacrifices que cela leur a imposés, à l'une comme à l'autre.

Cet enfant…

Elle a longtemps cru qu'il était un parasite dans son corps, un étranger, une anomalie…

Cet enfant…

Nolan est là.

Et, même si elle n'ose pas se l'avouer, cette longue pause, cette distance avec Madeleine lui fait du bien. Elle souffle, elle se repose, elle ne vit plus dans l'inquiétude permanente de la crise de nerfs et des hurlements sans raison.

Typhaine a du mal à croire qu'elle ait pu faire deux enfants aussi radicalement différents. Nolan n'a que quatre semaines, et ses yeux d'un bleu marine profond accrochent déjà, il porte sur l'extérieur un regard surprenant d'attention. C'est encore une minuscule petite chose et pourtant, alors qu'elle l'observe emmailloté dans sa couverture, là, tout contre elle, il donne l'impression de vouloir dévorer le monde autour de lui.

Non loin, derrière eux, une corneille croasse.

Nolan tourne la tête. Il cherche quelque chose.

Les bébés sont très myopes dans les premières semaines, et ne voient qu'à une distance très rapprochée. Et pourtant, Nolan fouille le paysage, il plisse les paupières, certainement ébloui par le soleil. Mais il n'abandonne pas, comme s'il voulait comprendre, identifier précisément d'où vient ce cri rugueux.

— Alors mon petit amour, tu as entendu le corbeau ?

Nolan se débat un peu, tourne la tête d'un côté puis de l'autre, et commence à geindre. Typhaine le berce légèrement, et fait quelques pas dans l'herbe, pour se rapprocher de l'arbre où est perchée la corneille, qui croasse de nouveau.

— Tu vois ça ? Tu le vois ? C'est un corbeau. Un cor-beau. Regarde.

Typhaine pointe la corneille du doigt, Nolan essaye de se dégager de son étreinte et gémit un peu plus fort.

— Chhht du calme mon bébé… regarde, c'est l'oiseau tout noir dans l'arbre.

Nolan râle encore plus, agite ses bras et ses jambes de façon désordonnée et pousse des grognements de mécontentement. La corneille croasse de nouveau, et prend son envol. Nolan s'interrompt, et suit de la tête le vol de l'oiseau qui se perd dans le ciel. Typhaine observe le regard de Nolan, étonnée.

— Tu as vu le corbeau mon bébé ? Tu l'as vu ?

Nolan retourne la tête, fixe le visage de Typhaine plusieurs longues secondes, avant de s'agiter de plus belle, et de se mettre à pleurer vivement.

— Chhht, chhhht là mon bébé, c'est juste un oiseau… chhhht…

Mais Typhaine a beau bercer Nolan, rien n'y fait. Le nourrisson pleure en criant de toutes ses forces et en gesticulant, comme s'il voulait sortir de sa couverture. Il se débat si brusquement que l'écharpe de portage commence à se défaire, et que Typhaine a du mal à le garder dans ses bras. Nolan hurle à pleins poumons, de grosses larmes roulent sur ses joues. Typhaine lui parle à voix basse, essaye de le calmer mais rien n'y fait. Deux infirmiers viennent à sa rencontre.

— Madame Faron, nous allons prendre Nolan en charge. Le génopédiatre souhaite le voir.

— Je… euh, oui bien sûr… je ne sais pas ce qu'il a, il est un peu agité.

— Ne vous en faites pas.

— Oui d'accord… je…

Les cris de Nolan redoublent lorsque les infirmiers l'emportent. Typhaine reste seule, dans le parc. Émue par la colère de Nolan, surprise par la réaction si prompte du personnel médical. Les cris de Nolan s'éloignent puis disparaissent.

Au loin, la corneille croasse, une fois, deux fois, trois fois.

Les tout premiers mois avec Madeleine furent difficiles.

Extrêmement difficiles.

Madeleine dormait très peu, et très mal. Elle était très agitée en fin de journée, et se réveillait la nuit à de multiples reprises. Typhaine et Gauthier furent assez rapidement épuisés, et la fragmentation de leur sommeil rendait les journées de travail de plus en plus laborieuses. Il leur fallut quelque temps pour comprendre que Madeleine endurait une douleur lancinante et continue qui l'empêchait de trouver le repos.

D'abord, Madeleine ne fixait jamais sa mère ni son père dans les yeux. Elle ne répondait pas lorsqu'on l'appelait, elle semblait indifférente au monde qui l'entourait. C'est en faisant contrôler son audition que Typhaine apprit que sa fille souffrait d'otites chroniques.

Par ailleurs, Madeleine, tout active qu'elle était, ne semblait pas vouloir se redresser. Elle crapahutait au sol mais refusait de s'accrocher aux meubles pour se tenir debout. Selon la pédiatre, ce léger retard, à un an, n'était pas encore préoccupant. Lorsqu'à deux ans, Madeleine rechignait encore à tenir sur ses jambes, la crainte d'un handicap plus lourd qu'envisagé commença à se transformer en certitude.

Mais surtout, Madeleine piquait des crises de colère homériques. Elle se vexait pour de petits riens. Avec l'apparition de ses premières dents de lait, elle se mit à mordre tout ce qui lui tombait sous la main, y compris, et surtout, ses propres bras.

Ces colères compliquèrent singulièrement sa prise en charge.

Gauthier avait réussi, grâce à sa position au cabinet du ministre, à trouver une place d'accueil dans une crèche spécialisée pour les Fragiles. Mais l'agressivité de Madeleine envers elle-même et ses petits camarades la firent renvoyer, tant pour raisons de sécurité que pour raisons sanitaires.

Typhaine passa d'abord à temps partiel, puis se mit à travailler de chez elle. L'hyperactivité de Madeleine était telle qu'elle avait besoin d'une surveillance permanente, pour éviter qu'elle se blesse ou pire, qu'elle se mutile.

Gauthier faisait de son mieux pour passer du temps avec leur fille et pour rester auprès de Typhaine, qui avait de plus en plus de mal à garder la tête hors de l'eau. Le manque de sommeil, la fatigue accumulée, le stress continu généré par Madeleine et l'accumulation de retard dans son travail mettaient en péril la pérennité du poste dans l'association d'aide aux femmes migrantes qu'elle avait décroché juste avant sa grossesse. Et les employeurs de Gauthier se préoccupaient bien peu de son statut de jeune papa de Fragile ; les nouvelles lois en préparation contre le terrorisme intérieur, suite à une recrudescence d'actions de sabotage de groupuscules d'extrême gauche, prolongeaient ses journées jusqu'à tard le soir, multipliaient ses déplacements en province parfois même le week-end, et l'éloignaient malgré lui de plus en plus de son foyer.

Jusqu'au point de rupture.

C'était le vendredi où le Président avait fini par faire passer la loi par décret. Gauthier avait été presque invisible, restant avec Guy au ministère jusqu'au petit matin, pour retoucher le texte, s'assurer de sa conformité constitutionnelle, en lien direct avec le cabinet du Premier ministre et le secrétaire général de l'Élysée. Plus tôt dans l'après-midi, leur équipe avait reçu une lettre de félicitation signée directement de la main du Président, ce qui était, selon Guy, un signe très positif pour le futur professionnel de Gauthier, maintenant que le président de la Nation en personne connaissait son nom, et son engagement sincère dans la lutte sans merci qu'il fallait livrer à cette opposition politique radicale. Le temps de trinquer au bureau, de sauter dans une voiture du ministère, Gauthier était absolument exténué, rongé de culpabilité d'avoir été aussi indisponible ces derniers jours, ces dernières semaines, sans compter cette vilaine amertume poisseuse, nauséabonde d'avoir contribué à produire un texte infect, aux antipodes de ses convictions, pour un pouvoir contre lequel, dans un autre contexte, il aurait certainement lutté.

Il essaya de joindre Typhaine pour lui demander ce dont elle avait besoin, s'il devait s'arrêter en route, et surtout, pour lui dire qu'il était là, qu'il arrivait, qu'il allait avoir du temps maintenant, plus de temps pour elle, plus de temps pour Madeleine, que c'était fini, qu'il allait enfin prendre le relais.

Mais Typhaine ne répondait pas. Il demanda au chauffeur de faire un détour derrière le Père-Lachaise pour acheter un bouquet de fleurs. C'était le moins qu'il puisse faire. Le moins du moins.

Arrivé en bas de l'immeuble, dès la rue, dès le hall d'entrée, dès le couloir, devant la porte de l'appartement,

Gauthier pressentit que quelque chose n'allait pas. Pas de lumière aux fenêtres. Pas de lumière sous la porte. Rien que les cris lointains de Madeleine, dès la sortie de l'ascenseur, ces cris aigus, de rage, ceux des grandes crises, ces crises où rien ne peut la calmer, celles où il faut, parfois, lui attacher les mains pour qu'elle ne se blesse pas, pour qu'elle se blesse le moins possible.

« Bonjour Gauthier, bienvenue à la maison »

Gauthier jeta son sac et les fleurs au sol.

Le salon baignait dans la semi-pénombre orangée des réverbères de la rue. Au bout du couloir, un rai de lumière filtrait par la porte de la salle de bains, entrouverte.

Madeleine hurlait.

Gauthier se précipita.

Madeleine était dans la baignoire, mais l'atmosphère était glaciale, l'eau devait être froide, elle était là depuis des heures.

Typhaine était avec elle.

Dans la baignoire.

Entièrement habillée.

La tête penchée en avant.

Le visage caché derrière ses cheveux.

Prostrée.

Immobile.

Toutes les deux étaient couvertes de sang.

Le bain était rouge vif.

Gauthier se précipita vers elles, tomba à genoux, terrifié.

— Typhaine ? Typhaine ? Mon amour… Typhaine ?

Il voulut lui prendre le visage mais Madeleine agrippa la manche de sa veste et la tira vers sa bouche pour la mordre. Gauthier la repoussa d'un geste brusque, la petite fille bascula en arrière et se cogna la tête sur le rebord de la baignoire. Sonnée un court instant, elle se remit à crier de plus belle, avec une nouvelle force, une nouvelle puissance.

Gauthier se pencha immédiatement vers sa fille, prit sa tête dans ses mains pour s'assurer qu'elle ne s'était pas ouvert le crâne.

Madeleine hurlait à pleins poumons, d'un cri mêlé de peur, de désespoir et de colère.

— Madeleine, calme-toi... calme-toi... là... là...

Il sortit la petite fille du bain écarlate. Sur ses deux avant-bras, plusieurs traces de morsures profondes continuaient à saigner. Typhaine, repliée sur elle-même, les épaules voûtées, recouvertes du rideau détrempé de ses longs cheveux bruns, ne bougeait toujours pas. Gauthier déposa Madeleine sur la table à langer où il la sangla avec le système de velcro qu'ils avaient imaginé pour pouvoir la changer malgré ses états d'agitation, sans prendre le risque qu'elle ne tombe.

Il essayait de la maintenir, mais elle se débattait férocement et son petit corps visqueux d'eau et de sang glissait sous ses doigts. Ses mains tremblaient, maladroites. Il n'arrivait pas à l'immobiliser. Sa chemise blanche et son costume se parsemaient de taches sombres d'humidité et de sang.

Les cris de Madeleine.

Aigus. Persistants. Continus.

Des cris de détresse et de colère.

Absolus.

Gauthier se mit à hurler lui aussi, ce qui surprit Madeleine qui s'interrompit un bref instant. Il réussit à l'attacher, et se retourna immédiatement vers la baignoire, vers Typhaine.

Tout son corps était secoué de légers soubresauts. Il se pencha vers elle, souleva le voile de cheveux humides qui dissimulait son visage.

Typhaine présentait deux traces de morsure profondes. Une sur le bas de la joue droite. Un petit morceau de chair avait été arraché, et pendait attaché par un mince filet de peau, dessinant la trace exacte des incisives de Madeleine. Une autre, de l'autre côté, à la base du cou, qui saignait abondamment et avait manqué la jugulaire de quelques millimètres à peine. Un sang noir s'écoulait en flot continu sur le torse et le chemisier de Typhaine. De longues traînées vermillon parsemaient les carreaux blancs derrière elle.

— Typhaine ?… Typhaine !! Regarde-moi !

Typhaine ne le regardait pas. Son regard fixe apathique était perdu quelque part entre ses jambes, dans les plis de la robe sombre qui flottait dans l'eau rouge. Elle pleurait sans sanglots, ses larmes roulaient jusqu'à se mêler au sang des deux plaies béantes. Elle était livide. Son visage était froid comme le marbre.

Gauthier la saisit par les épaules.

— Typhaine s'il te plaît ma chérie, réponds-moi ! Typhaine… je suis là…

Madeleine avait repris son hurlement strident ininterrompu, sans aucune baisse d'intensité, elle criait sans cesse, de toutes ses forces, comme si sa vie était menacée.

Gauthier se retourna brutalement :

— Mais tu vas fermer ta gueule putain de merde !!

Il se redressa, se précipita vers la table à langer et leva la main, tous les muscles tendus.

Les mâchoires crispées.

La respiration bloquée.

Le bras armé, prêt à frapper.

Madeleine se débattait, sanglée, sans prêter la moindre attention à la menace à quelques centimètres d'elle.

Gauthier tremblait.

Quelques secondes à peine, le vertige de l'abîme, du gouffre de violence si près, tout près de se déchaîner.

Si près.

Gauthier reprit sa respiration.

Il baissa le bras.

Il sortit son hololink de sa poche et composa le numéro des urgences.

Une ambulance arriva quelques minutes plus tard. Les morsures de Madeleine furent immédiatement suturées. Typhaine, elle, fut hospitalisée temporairement. D'abord une semaine, pour voir. Pour qu'elle se repose.

Elle y resta trois mois.

Le bonheur immense.

Le bonheur infini de se réveiller, tard, dans la lumière dorée et déjà un peu chaude d'une fin de matinée du début de l'été, dans son lit, son lit à soi, dans ses draps si doux qui sentent une odeur familière de lessive, qui sentent sa propre odeur, celle de l'autre, de l'homme qu'on aime, de sa transpiration légère, cette odeur un peu âcre mais si intime de la nuit qui se termine et du jour qui advient. Typhaine s'étire de tout son long, et s'enroule quelques instants de plus dans la couette encore chaude, molle et froissée de la longue première nuit de sommeil qu'elle vient de passer chez elle, dans son lit à elle, dans sa chambre à elle. Certes, le lit de la clinique était confortable, mais rien n'est comparable à son propre lit, surtout lorsqu'on l'a quitté plus de trois mois.

Au loin, la voix de Madeleine chantonne un air indéfinissable, ponctué de petits éclats entre le rire et la surprise. Une odeur de café chaud et de pain grillé s'immisce jusque dans la chambre, comme un appel à quitter ce cocon douillet pour basculer dans une autre sphère de plaisir. Typhaine glisse hors du lit, prend l'élastique noir distendu qui traîne sur sa table de nuit pour attacher ses cheveux en un amas informe, deux pas et elle croise son reflet dans le miroir en pied de la porte du dressing, elle marque une pause, se met de profil, pose ses deux mains sur son ventre, le secoue mollement, il est encore un peu flasque, il va falloir qu'elle se remette sérieusement au sport, se met de face, se dit qu'elle a quand même sacrément bonne mine pour une jeune-pas-si-jeune maman, saisit du bout du doigt son vieux hoodie gris NASA si distendu qu'il lui arrive à mi-cuisse, l'enfile et ouvre grand les rideaux.

À peine a-t-elle franchi la porte de la chambre que Madeleine se rue vers elle et lui saute dans les bras.

— Maman est réveillée !!

Typhaine titube, un sourire géant aux lèvres.

— Bonjour ma puce. Maman est pas encore tout à fait réveillée… fais-lui un bisou d'abord.

Madeleine jette ses bras autour du cou de Typhaine et pose un baiser très long et très bruyant sur sa joue. Typhaine lui passe la main dans les cheveux et l'embrasse sur le front.

— Papa ! Maman est réveillée ! Viens maman, papa fait à manger pour toi et le bébé nouveau.

Elle lui attrape la main et la tire en avant en courant dans le couloir. Typhaine se laisse entraîner, tout en se frottant les yeux pour chasser le voile de sommeil qui reste accroché à ses paupières.

— Doucement ma puce… doucement ! Le bébé nouveau, c'est Nolan, c'est ton petit frère Nolan.

— Le bébé nouveau Nolan ! Maman Typhaine et Madeleine et le bébé Nolan ! Regarde maman il est là le bébé Nolan ! Donne-lui un bisou aussi !

Typhaine se penche sur le landau. Nolan est allongé et babille en essayant d'attraper les peluches colorées du mobile accroché au-dessus de lui. Elle caresse son crâne, ses fins cheveux blonds presque transparents, si doux, passe la pulpe de ses doigts sur la fontanelle, si souple, si fragile. Sa main descend sur sa joue, rose et bombée, Nolan esquisse un sourire édenté, quitte du regard le mobile et le pose sur Typhaine. Ses yeux s'arrêtent sur ceux de sa mère. Ils se verrouillent. Le sourire de Nolan s'agrandit et sa bouche tremble légèrement. Son expression est un mélange de félicité et de concentration. D'une concentration de plus en plus intense. Il fixe Typhaine, profondément, comme s'il cherchait à aller plus loin, à lui communiquer autre chose. Ses arcades sourcilières glabres se froncent, et son visage rougit un peu. Typhaine continue de lui caresser la joue, et se penche vers lui.

— Oui mon bébé.

Nolan tortille son petit corps, le regard toujours vissé dans celui de Typhaine. Son visage devient un peu plus rouge, une grosse veine saillante se détache sur son front.

— Bla!... Bla... Ma!

— Et ben alors mon bébé chéri, qu'est-ce qui t'arrive? Tu pousses?

Nolan se contorsionne plus vite, serre ses minuscules poings, tout en faisant d'étranges grimaces avec la mâchoire.

— Mmmm... Ma! Ma... Ta!

— Dites donc, vous êtes en pleine conversation tous les deux, rigole Gauthier depuis la cuisine.

— Mais oui mon bébé... Ma! Ma... man! C'est ma-man!

— Tu commences déjà les cours de langue? À même pas quatre mois, t'es ambitieuse...

— Je te jure, j'ai l'impression qu'il essaye de dire un truc !

Au moment où Typhaine se redresse, Nolan attrape vigoureusement son doigt et le tire vers lui.

— MA! Ma, ma... ta... FA!!

Typhaine est incrédule.
— Non mais t'as entendu ? Gauthier… viens voir !
— Haha… bon, maman pour le premier mot, c'est trop facile. Quel mot je pourrais choisir de lui apprendre pour changer ? Un truc original. Mmh… grue ? T'en penses quoi ? Un gamin qui dit « grue », y a du défi non ?
Gauthier dénoue son tablier bleu, le pose sur l'îlot central, fait quelques pas pour s'approcher mais Madeleine lui coupe la route, s'agrippe au bord du landau et se met à crier.
— Le bébé Nolan dit MAMAN !
À cet instant précis, Nolan lâche le doigt de Typhaine, tourne la tête vers Madeleine et se met à hurler, très fort :
— MA… TA… LAAAAAAAA !!!
Dans un mouvement maladroit, il attrape une mèche de cheveux de Madeleine et tire d'un coup sec.
Madeleine recule brusquement la tête.
Une touffe de cheveux reste dans le petit poing de Nolan.
Madeleine hurle, s'apprête à le taper au visage.
Typhaine retient son bras.
Gauthier la ceinture des deux bras et recule de quelques pas.
Madeleine crie, se débat et donne un grand coup de pied dans le landau, qui bascule.
Typhaine saisit Nolan in extremis, perd l'équilibre et chute en arrière, évitant de justesse l'angle de la table basse.
Gauthier emmène Madeleine dans sa chambre en la serrant contre lui et en lui parlant à voix basse pour la calmer.
Typhaine est au sol, Nolan dans les bras.
Un verre d'eau renversé goutte dans son cou.
Les cris de Madeleine s'estompent.

Les pleurs de Nolan s'interrompent presque immédiatement.

Il agite dans son petit poing fermé la mèche de cheveux.

— Ma… ta… la… mada… la…

Dans la chute, Nolan s'est légèrement griffé au visage. Une fine ligne rouge de quelques centimètres remonte de sa tempe jusqu'au bas de son front.

Typhaine se relève, redresse le landau et couche Nolan à l'intérieur.

Elle observe, sidérée, le sourire du nourrisson captivé par la mèche. Il la fait passer devant ses yeux et essaye de la saisir avec son autre main. Les hurlements étouffés de Madeleine lui font reprendre ses esprits. Elle attrape le poignet de Nolan, le force à ouvrir la main, et lui retire la mèche de cheveux.

— Nolan ! Maman est très fâchée ! Tu n'as pas le droit de tirer les cheveux de ta sœur ! C'est pas bien tu m'entends ?

Le nourrisson remue les bras et les jambes, les yeux rivés sur la main de Typhaine d'où dépassent quelques cheveux bruns.

— Non Nolan ! Regarde-moi ! Maman n'est pas contente du tout ! Tu ne tires pas les cheveux de Madeleine !

Les yeux de Nolan remontent jusqu'au regard courroucé de Typhaine. Pendant quelques secondes, le nourrisson fixe sa mère, immobile. Puis un grand sourire illumine son visage.

— Cha… cha… va ! Cha va… mata… la !

— Non pas cheveux !

Gauthier revient dans le salon. Il a les joues rouges, des traces de crachat sur la chemise dont l'une des deux manches est déchirée. Au loin, Madeleine continue de hurler. Il se penche sur le landau, caresse le visage de Nolan qui babille à la vue de son père. Il essuie du bout du doigt une goutte de sang qui perle à la surface de la griffure. Nolan lui attrape l'index, et l'agite de haut en bas, tout sourire.

— Làààà… là mon bébé… mon tout petit garçon, làààà…

Sans relever la tête, à Typhaine :

— Tu vas chercher de quoi désinfecter ?

Typhaine regarde Gauthier, les yeux rivés à ceux de Nolan, comme hypnotisé.

— Non mais… Gauthier, tu as entendu ? Il a essayé de parler ! Tu l'as entendu, non ?

Gauthier se retourne vers elle, l'air sévère.

— Il a à peine quatre mois Typhaine – il marque une pause, visiblement irrité. Tu te rends compte de ce qui se serait passé si je n'étais pas intervenu ? Tu t'en rends compte Typhaine ? Tu t'imagines expliquer à l'équipe médicale pourquoi notre nouveau-né a une énorme trace de morsure sur le visage ? Tu t'en rends bien compte ? Tu imagines les conséquences ?

Typhaine blêmit.

Tant devant la colère froide de Gauthier que face à la perspective de ce qui aurait pu se produire, qui se déploie d'un coup dans son esprit.

Elle fait un pas en arrière. Des larmes lui montent aux yeux.

— Maintenant tu files chercher du désinfectant…

Typhaine recule encore d'un pas. Gauthier a le visage rouge, les muscles de ses mâchoires se contractent, ses lèvres se serrent et glissent jusqu'à disparaître à l'intérieur de sa bouche.

— Et pour la dernière fois Typhaine… un bébé de quatre mois ne parle pas ! Tu m'as bien entendu ?

Typhaine ne répond pas. Elle tourne les talons, file vers la salle de bains, la tête baissée, les épaules voûtées. Il y a comme un trou noir, froid, une béance énorme au creux de son plexus. Un vide.

Tout autour d'elle est flou, lointain.

Les cris de Madeleine sont étouffés comme s'ils lui parvenaient de plusieurs centaines de mètres. Comme si sa tête était enserrée dans deux oreillers, à l'intérieur d'une cage en verre, sous l'eau.

Les murs sont si loin, si fins, un pas après l'autre, tout tangue.

Le vertige.

Sa vie au bord du précipice, un pied dans le vide.

Un centimètre de plus, et c'était la chute.

Nolan, mordu.

Blessé.

Défiguré.

Les équipes médicales.

Leur expliquer.

Un centimètre en plus, et tout basculait.

Un centimètre en plus, et on lui enlevait Madeleine.

Ou Nolan.

Ou les deux.

Elle se l'était juré.

Jamais on ne lui enlèverait à nouveau son enfant.

Ses enfants.

Jamais.

Son reflet livide dans le miroir de la salle de bains.

Le reflet de quelqu'un d'autre.

Une autre femme.

Ouvrir la porte du placard d'une main tremblante. Désinfectant. Gaze stérile. Fermer la porte.

Ce reflet livide qui la regarde, encore.
Inspirer.
Expirer.
Elle est là.
Tout va bien.
Il ne s'est rien passé.
Rien.
Inspirer.
Expirer.
Les cris de Madeleine, au fond, plus proches.
Les tremblements refluent.
Les pieds, ancrés dans le sol.
Jamais on ne lui enlèvera ses enfants.
Jamais.

Durant la convalescence de Typhaine, il était impossible pour Gauthier de rester trop longtemps éloigné du ministère. Avec l'aide d'Élisa, qui travaillait encore à l'époque dans une ERI, pour École Républicaine d'Intégration, dans laquelle les familles migrantes devaient placer leurs enfants sains pour avoir accès à un titre de séjour temporaire, qui leur permettait d'obtenir des contrats de travail précaires dans les métiers « de première ligne » – et grâce à ses contacts dans le milieu associatif, ils purent rencontrer, et embaucher Aïssatou. Aïssatou était une toute jeune Malienne de vingt-quatre ans, venue seule avec son fils et enfermée depuis près de trois ans en CRDI, un Centre de Rétention à Durée Indéterminée, centres desquels la plupart des migrants ne sortaient jamais, sauf pour être renvoyés chez eux ou le cas échéant, directement incarcérés en France.

Aïssatou avait donc consenti à placer Roméo, son petit garçon de trois ans, dans une ERI, et l'opportunité d'un emploi à temps quasi complet chez Typhaine et Gauthier lui assurait non seulement une rémunération correcte, mais aussi la possibilité de louer une chambre indépendante dans un centre ouvert, sorte d'hôtel social géré en fonds commun par des bailleurs privés et l'État.

Et l'arrivée d'Aïssatou changea la vie de Typhaine, du tout au tout.

De retour de l'hôpital, elle resta encore de longues semaines inactive, épuisée physiquement et moralement. Mais elle n'était plus en prise directe avec Madeleine, et pouvait s'accorder des périodes de repos, seule chez elle, pendant qu'Aïssatou et sa fille sortaient. Par ailleurs, comme le tempérament éruptif de Madeleine l'avait condamnée à ne plus pouvoir être admise en crèche ou dans des structures collectives, Gauthier obtint, une nouvelle fois grâce à Guy et Isabelle, et avec l'appui du ministère, l'aide d'une enseignante psychomotricienne qui venait s'occuper de la prise en charge éducative de Madeleine, trois demi-journées par semaine.

Comme ils s'y attendaient, la petite fille accusa un retard sévère dans l'apprentissage du langage. Néanmoins, la multiplicité des intervenantes, la bienveillance et la patience d'Aïssatou, le calme retrouvé de sa mère, et la présence plus soutenue de son père la conduisirent à s'apaiser. Ses crises de colère et d'automutilation s'espacèrent. Par ailleurs, si Madeleine éprouvait de grandes difficultés d'apprentissage, elle développait un imaginaire et des capacités créatives, notamment graphiques, plutôt surprenantes compte tenu de la sévérité de son handicap.

Madeleine grandit ainsi, doucement, affichant au fur et à mesure de sa croissance les stigmates de l'X fragile : front proéminent, yeux rapprochés, oreilles décollées. Malgré cela, le bébé ingrat qu'elle fut devint progressivement un souvenir du passé. Typhaine, sortie de son lourd épisode dépressif, réussit petit à petit à se reconnecter avec cette enfant qui l'avait terrifiée et à qui elle en avait tant voulu.

Elles créèrent ensemble ce rituel du coucher où Typhaine lui lisait des histoires et laissait Madeleine dessiner les images qu'elle entendait. Plus Madeleine grandissait, plus elle prenait les traits de sa mère. Elle devenait une petite fille avide du monde, toujours très émotive, toujours partante pour plus d'activités, une grande enfant un peu dégingandée, affublée d'une paire de lunettes rondes mauves qu'elle s'était appropriée comme une part d'elle-même, et qu'elle remplaçait année après année à l'identique.

Madeleine s'apaisait tout particulièrement lorsque Typhaine prenait du temps, avec Aïssatou, à lui tresser des nattes, chacune d'un côté. Elle s'allongeait sur leurs genoux et se mettait à rire, d'un rire aigu, en trille, un petit rire flûté, comme si ces quatre mains qui s'affairaient dans sa chevelure lui dispensaient de légères chatouilles.

Six mois après sa sortie de l'hôpital, Typhaine allait manifestement mieux. Elle avait repris du poids et des couleurs, retrouvé ce sourire du coin de l'œil, son air enjoué et son grand rire franc. Au cours d'un dîner chez Guy et Isabelle, qui avaient déjà deux Fragiles – Isabelle était enceinte d'un troisième, et férocement opposée à l'avortement – Guy proposa à Typhaine de la mettre en contact avec les responsables de la toute nouvelle agence gouvernementale de prise en charge des migrants, l'OGRE, l'Office de Gestion des Réfugiés et des Émigrés. C'était l'une des promesses électorales du Président pour son deuxième mandat, il souhaitait prendre à bras-le-corps l'inclusion des migrants dans la société française, un chantier d'autant plus urgent que la baisse croissante de la fécondité et l'augmentation du nombre de Fragiles commençaient à mettre sérieusement en péril non seulement la démographie, mais surtout l'économie nationale. Il allait donc falloir faire au mieux pour renouveler la main-d'œuvre, et surtout accepter d'accueillir des familles du Sud, beaucoup moins touchées par la stérilité masculine, et chez qui le nombre de naissances fragiles était drastiquement moins élevé.

Typhaine devint donc consultante juridique pour l'OGRE, en charge de l'accueil et de l'orientation des familles migrantes. Gauthier, quant à lui, profita de la réélection du Président et de la formation du nouveau gouvernement, pour grimper d'un échelon et devenir conseiller principal auprès du directeur de cabinet du ministre de la Justice, son ami Guy Cléments.

— Tu es bientôt prête, je commande le taxi ?

Typhaine est assise devant sa coiffeuse, dans la chambre. C'est la première fois qu'elle se maquille depuis des mois. Elle tend sa paupière pour appliquer le trait d'eye-liner. Sa main tremble un peu. Elle est tendue.

Elle est toujours tendue avant d'aller chez Guy et Isabelle. Ce n'est pas qu'elle ne les aime pas. Ce n'est pas ça. Ses rapports avec Isabelle ont toujours été un peu particuliers. Pas d'animosité officielle. Rien de frontal. Mais elle sait qu'Isabelle n'a jamais approuvé ses choix, quels qu'ils soient : familiaux, intellectuels et surtout ses choix politiques. Elle sait qu'elle la juge, qu'elle scrute la moindre de ses actions, le moindre de ses gestes. La plupart du temps, elle les désapprouve, même si elle ne le formule jamais clairement.

Typhaine repose le crayon sur la table, et respire doucement.

Tout va bien se passer.

À la clinique de néonatalogie, elles étaient les deux femmes les plus âgées. Les deux privilégiées. Elles ont passé de nombreuses matinées dans le jardin, avec leur bébé, à échanger, à se comparer, à s'apprivoiser. Sa petite Léa était tout aussi curieuse, énergique et surprenante que Nolan. Peu à peu, Isabelle s'est détendue. Elle lâchait prise, elle était de moins en moins passive-agressive. Elles n'étaient certes pas du même monde, mais à défaut de devenir amies, elles apprenaient à se soutenir. À se découvrir, aussi, dans une moindre mesure. Elles devenaient, l'une pour l'autre, une présence familière.

Typhaine reste persuadée qu'Isabelle est jalouse de ne pas avoir eu un garçon, comme elle. Qu'elle lui en veut, d'une certaine manière. Qu'elle s'en veut à elle-même de ne pas avoir pu saisir cette chance de donner un héritier sain à Guy, un mâle qu'il aurait pu former dans la plus pure tradition verticale du patriarcat, et qui aurait assuré la descendance de sa famille, et de son nom.

Typhaine donne un dernier coup de pinceau sur ses lèvres. Elle a fini par s'habituer à cette cicatrice circulaire juste à gauche de sa bouche, cette cicatrice qui lui fait une petite fossette artificielle lorsqu'elle sourit. Elle hésite à laisser ses cheveux lâchés, puis prend sa grosse pince en écailles, tente d'attacher ses cheveux une première, puis une deuxième fois en chignon improvisé. Ça déborde de partout. Elle n'y arrivera jamais. Indomptables. Comme elle, avant. C'est ce que Gauthier s'amusait à lui dire. Le jour où elle arriverait à domestiquer sa tignasse folle, c'est qu'il serait temps de se ranger. Elle sourit. Bon, tout va bien, elle était juste en train de se monter la tête comme d'habitude, parce qu'elle est stressée, parce qu'elle n'a pas mis le nez dehors depuis très longtemps, et qu'elle se fait un monde de ses angoisses.

Tout va bien se passer.

Elle referme le capuchon du rouge à lèvres, jette un dernier coup d'œil à son reflet. Elle est encore jolie. Les pattes d'oie au coin de ses yeux sont un peu plus profondes. Des ridules nouvelles sont apparues juste à la lisière des lèvres. Et elle n'arrive plus à cacher ses cernes malgré le maquillage et la poudre. La grossesse est passée par là. Il faudrait peut-être qu'elle pense à…

— Typhaine ! Tu accélères, on va vraiment finir par être à la bourre !

Elle sursaute et se cogne le genou contre le tiroir de la coiffeuse.

— Gauthier ! Merde !

— Dépêche-toi ma chérie s'il te plaît, tu sais qu'Isabelle déteste qu'on arrive en retard. Le taxi est en route, on descend dans deux minutes.

Il s'approche du fauteuil, se penche vers Typhaine et lui embrasse la nuque. Il enveloppe son genou de la paume de sa main, et commence à le masser légèrement à travers son collant. Typhaine grimace.

— Je vais avoir un énorme bleu.

Gauthier se retourne vers le miroir et regarde leur reflet à tous les deux.

— Ça fait du bien de te voir comme ça, tu es rayonnante.

Il se penche et l'embrasse à la base du cou. En un éclair, il attrape la pince et libère sa chevelure.

— Oublie, tu pourras jamais rivaliser avec Isabelle niveau chignon.

— Gauthier, tu fais chier, rends-moi…

Typhaine essaye de récupérer la pince mais Gauthier s'éloigne, le sourire aux lèvres.

— Allez ma chérie, mets tes chaussures on file. Je descends avec Nolan, je te laisse prendre la bouteille de vin et les fleurs ?

Gauthier quitte la chambre.

— ALIX, coupure de la lumière et verrouillage portes et fenêtres dans cinq minutes. Alarme ON. »

« Très bien Gauthier. Verrouillage portes et fenêtres, alarme activée dans cinq minutes »

Typhaine est parcourue d'un frisson, qui descend tout le long de sa colonne jusqu'à son coccyx. Un léger tremblement des mains. Elle se lève, sort de la chambre, et enfile son manteau. Debout, seule dans l'entrée, dans le halo de lumière du plafonnier. Elle se retourne, par réflexe, vers le couloir qui mène à la chambre de Madeleine.

Pas un bruit. Élisa l'a prise pour la nuit.

Elle expire très lentement, ferme les yeux.

« Alarme activée. Bonne soirée Typhaine »

La lumière du plafonnier s'éteint.

Tout va bien se passer.

— Mais regardez-moi ce petit bonhomme !

Guy et Gauthier sont penchés sur le berceau. Nolan babille, des étincelles dans les yeux, manifestement ravi d'être au centre de l'attention. Isabelle fait le tour du salon, avec Léa dans les bras, sur le point de piquer une grosse colère, hésitant entre des débuts de geignements et des cris perçants. Typhaine, elle, est légèrement en retrait, derrière les deux hommes.

— Hahaha avec ses petits poings, un vrai boxeur en herbe !

Guy donne une accolade de congratulation à Gauthier. Ses joues sont rosées de fierté et d'excitation. Un sourire hypnotique, presque halluciné, est figé sur son visage.

— Allons trinquer ! Ces deux beaux enfants valent bien un verre au moins !

Isabelle profite de cet instant pour jeter un œil dans le landau, tout en continuant à bercer Léa. Son regard s'arrête instantanément sur la petite cicatrice de griffure qui barre le haut de la tempe de Nolan. Elle cherche le regard de Typhaine qui l'évite. Guy leur fait signe, une coupe de champagne à la main.

— Mesdames, venez trinquer avec nous ! C'est vous qui avez fait l'essentiel du boulot !

Typhaine hésite un instant, elle sent son pouls s'accélérer.

— C'est vrai qu'il a l'air d'un bagarreur – lui glisse Isabelle, avec son léger accent hispanique.

Léa continue de grogner et de se débattre dans ses bras.

— Vous… euh, oui enfin… comme tous les garçons non ?

Typhaine rit d'un rire qui sonne complètement factice à ses oreilles.

— Vous voulez que je vous aide à coucher Léa ?

— Tu es gentille, non ne t'inquiète pas, Victoria va s'en charger. Victoria !

Isabelle, visiblement fatiguée de jouer son numéro de mère exemplaire, cherche sa domestique du regard, tout en continuant à bercer automatiquement Léa, qui n'a pas l'air de vouloir se calmer. Typhaine sent ses oreilles et ses joues s'enflammer. Elle expire, lentement, tout se passe bien, elle jette un coup d'œil furtif à Nolan dont le regard vient de croiser celui de Léa. À cet instant précis, les mouvements de ses pieds et de ses jambes ralentissent. Il fronce les sourcils. Léa, en surplomb, interrompt quelques instants ses grommellements.

— Victoria !!! Je ne sais pas ce qu'elle fabrique. ALIX, localise Victoria, message : vous êtes attendue immédiatement dans le salon de réception.

« Très bien Madame Cléments »

La voix suave et artificiellement rauque de l'assistante virtuelle résonne à travers les murs de l'imposante propriété :

« Victoria, Mme Cléments vous attend dans le salon de réception »

Alors qu'Isabelle continue à la secouer de façon mécanique, Léa extirpe un bras de la couverture dans laquelle elle est emmaillotée. Dans un geste imprécis mais intentionnel, elle tend sa main vers le landau. Les deux bébés ne se quittent pas des yeux. Léa ne fait plus un bruit. Nolan ralentit lui aussi ses mouvements et se congestionne. Il devient de plus en plus rouge. Il ouvre la bouche, produit quelques borborygmes indistincts et adopte une expression contrariée. Une épaisse veine bleu-violet gonfle sur le front de Léa. Typhaine est entièrement absorbée par ce spectacle, dont elle est le seul témoin. Elle regarde autour d'elle, mais Isabelle continue à agiter Léa machinalement tout en cherchant du regard Victoria, qui accourt au loin en trottinant. Elle voudrait parler, dire quelque chose, partager, montrer aux autres ce à quoi elle est en train d'assister, mais elle craint d'interrompre cette connexion, ce lien éphémère. Son regard passe de Nolan à Léa, de Léa à Nolan. L'espace d'un instant suspendu, fugace, elle jurerait que les deux enfants bougent la bouche exactement à la même fréquence.

C'est évident et c'est invraisemblable, c'est devant ses yeux et ça n'a aucun sens, c'est…

Isabelle se retourne.

Le contact est rompu.

Nolan reprend sa gymnastique. Léa recommence à braire.

Victoria emmène les deux enfants sans un mot.

Isabelle passe son bras sous celui de Typhaine, et l'accompagne jusqu'au salon où les deux hommes les attendent.

— Et toi alors, comment tu t'organises ? Tu as vu avec le centre pour trouver une assistante agréée ?

Guy attrape Isabelle par la taille, et lui glisse une coupe de champagne dans la main.

— Arrête un peu d'embêter Typhaine avec toutes ces bêtises, et trinquons !

Typhaine se réfugie près de Gauthier, encore incrédule, déboussolée. Un petit caillou glacial, coupant, une goutte de douleur fait pression à l'intérieur de sa poitrine, sous le sternum. Guy lève son verre.

— À nos petites merveilles !

Les quatre coupes de cristal tintent d'un éclat clair qui se répercute entre les murs de l'immense salon.

Le dîner est comme toujours raffiné, copieux, formel, beaucoup trop formel. En bout de table, Gauthier et Guy parlent bruyamment, ils parlent du ministère, de noms inconnus, de missions absconses, d'anecdotes hilarantes mais incompréhensibles, et ils éclusent les bouteilles de vin en riant un peu trop fort, juste un peu, ce léger surplus de volume qui impose leur conversation comme la seule possible, tout en excluant complètement d'y participer. À côté d'elle, Isabelle s'amuse des plaisanteries, sourit poliment, taiseuse mais impliquée, et adresse de petits signes de tête à Victoria, qui attend, debout, à côté de la porte de service. La jeune femme s'affaire à table, comme une ombre, débarrasse les plats et remplit les verres. Typhaine l'observe, elle essaye parfois de lui adresser un sourire, un regard, mais Victoria, entièrement dévouée à ses tâches, ne lui répond pas. Jamais. La nourriture a beau être délicieuse, Typhaine picore à peine. Gorge nouée, une brique de plomb dans l'estomac.

— Je t'ai connue plus gourmande, lui chuchote Isabelle avec un petit sourire complice, tout en finissant méticuleusement la dernière bouchée de sole de son assiette.

— C’est vraiment succulent Isabelle, vraiment. C’est que – elle sent ses joues s’empourprer, et le nœud au fond de la gorge se resserrer d’un cran – je… je ne mange pas beaucoup c’est vrai depuis le retour de la clinique.

— Ah tiens ? C’est amusant, moi c’est exactement l’inverse ! J’avais pourtant presque réussi à retrouver mon poids d’avant, mais depuis quinze jours, c’est la catastrophe ! Si je continue comme ça, il va falloir que je fasse retoucher mes robes.

Elle rigole, trempe ses lèvres dans son verre de vin blanc et se penche sur le côté de la table pour observer le corps de Typhaine.

— Alors que, regarde-toi… on croirait à peine que tu viens d’avoir un bébé. Ça te fait quel âge déjà ? Quarante ?

— Non, pas encore, bientôt trente-huit.

— Voilà, c’est ça ! Moi tout a changé quand j’ai passé les quarante. Et puis il y en a eu trois avant, je t’assure que même avec les plus gros efforts et le meilleur coach du monde – elle se pince le haut des cuisses, l’air entendu. Tu as repris le sport toi ?

— Non, enfin pas vraiment. Je fais un peu de yoga avec Élisa mais rien de…

— Ah tu la vois encore ? Gauthier est d’accord avec ça ?

— Euh… oui, enfin bien sûr, c’est elle qui s’occupe de Madeleine ce soir.

— Tu ne termines pas ton assiette ?

— Oh je… non merci, je ne crois pas non… c’était vraiment délicieux mais…

Isabelle fait un signe du menton à Victoria. En un éclair, la jeune femme fait disparaître les plats, et remplit le verre à moitié vide de Typhaine, avant qu’elle n’ait eu le temps de l’en empêcher. Isabelle se penche légèrement, et d’un ton qui se veut prévenant, à voix basse :

— Tu devrais faire attention, tu sais. Je te dis ça, tu fais ce que tu veux bien sûr. Mais je ne pense pas que la Tutelle voit d'un très bon œil qu'une… – elle hésite – que ton amie soit très bien vue. Tu vois ce que je veux dire.

Typhaine serre les mâchoires.

— C'est mon amie Isabelle. La Tutelle n'a rien à dire.

Isabelle pose sa main sur la sienne, et cherche à attraper son regard. Typhaine refuse, les yeux rivés sur son assiette. Sous la table, son pied se met à taper nerveusement.

— Typhaine, ne fais pas semblant d'être naïve. Tu as bien sûr le droit de voir qui tu veux. Je dis juste que compte tenu du passé de ton amie… Tu sais comment sont les équipes de suivi du Programme.

Typhaine retire sa main de sous celle d'Isabelle.

— Oui, enfin, jusqu'à preuve du contraire, on est encore dans un pays libre non ?

Isabelle recule, s'adosse à son fauteuil, lève son verre et boit une gorgée de vin, la bouche pincée.

— Tu sais très bien ce que je veux dire – elle marque une pause. Et tu sais très bien ce à quoi tu as consenti en acceptant de suivre ce programme à… trente-sept ans, c'est bien ça ? Sans compter votre aide, comment s'appelle-t-elle déjà, l'Africaine ? À mon avis, tu peux lui dire d'aller chercher du travail ailleurs, jamais ils n'accepteront qu'une – elle hésite – qu'elle reste dans l'environnement de Nolan. J'espère d'ailleurs que tu as bien désinfecté sa plaie quand elle l'a…

Typhaine recule bruyamment sa chaise.

Gauthier et Guy s'interrompent.

Silence.

Seules résonnent les notes de piano lointaines d'un jazz générique.

Isabelle l'observe du coin de l'œil, et porte le verre de cristal à ses lèvres en feignant une indignation polie.

— Tout va bien ma chérie ?

— Excusez-moi, il est tard… je… j'avais dit à Élisa que je l'appellerais pour savoir si Madeleine…

Typhaine se lève maladroitement, ses joues sont en feu, son cœur bat jusque dans ses tempes, elle contracte ses mâchoires qui grincent jusque derrière ses yeux.

— Mon sac… mon holo, je ne… il faut que je l'appelle.

Isabelle adresse un signe à Victoria qui s'approche de Typhaine et lui indique de la suivre. Typhaine jette un regard d'excuse éploré à Gauthier. La colère se lit instantanément dans ses yeux. Cette colère qui apparaît de plus en plus souvent. L'agacement. L'incompréhension. La patience à bout. Un nouveau silence, gênant, quelques secondes de trop. Guy, surpris, marmonne quelques mots d'apaisement que Typhaine entend à peine. Gauthier détourne la tête, sans lui adresser un mot, et retrouve instantanément un sourire de circonstance. Isabelle s'essuie la commissure des lèvres, et fait mine de se désintéresser ostensiblement de cet événement inopportun. Typhaine fait deux pas en arrière, tourne les talons et suit Victoria.

Pourquoi laisse-t-elle cette femme avoir autant d'emprise sur elle ? Comment en sont-ils arrivés là, à la table de ces gens, pourquoi accepte-t-elle d'être martyrisée par ces conventions sociales, par ce carcan stupide, elle n'a rien fait de mal bordel, pourquoi doit-elle se sentir coupable de ses moindres choix, pourquoi doit-elle s'excuser d'exister, pourquoi a-t-elle accepté de faire ce gosse pour cette société-là, pour cette société qu'elle déteste ?

Victoria tend à Typhaine son sac à main. Elle le lui arrache, le fouille, la main tremblante, excédée, triste, presque nauséeuse. Elle veut foutre le camp d'ici, arrêter de jouer ce rôle minable et débile de l'épouse parfaite, elle veut boire de la vodka, se saouler, fumer un joint, prendre une ligne de coke, n'importe quoi qui puisse dire à ce monde de merde qu'elle le vomit, son hololink, trois appels en absence, c'est Élisa, deux messages, reconnaissance ADN, l'écran se déverrouille, Élisa en panique, merde, Madeleine pique une crise, elle doit se tirer d'ici, elle doit être avec sa fille, elle doit être avec son amie, pas avec ces connards de Néopatriotes, commande vocale, un AutoTaxi le plus vite possible, « mais madame », ta gueule Victoria je me casse, je fous le camp, qu'ils aillent tous se faire foutre, « mon manteau », elle l'enfile, Victoria la suit désolée, sans trop savoir quoi faire, ses talons résonnent sur le marbre du hall d'entrée, au loin le rire de Gauthier et de Guy, c'est ça qu'ils rigolent entre eux, qu'ils se marrent bien et qu'ils se rotent leur champagne à la gueule, « Bonsoir Madame Faron, et passez une bonne soirée » c'est ça, vraiment une excellente soirée, la porte s'ouvre, au loin les pas de Gauthier qui accourt « Typhaine !! Typhaine tu fais quoi reviens tout de suite », elle ne se retourne pas, il pleut dehors, forcément, elle tire son manteau sur sa tête, s'engouffre dans le taxi, « Typhaine je te jure si tu fais ça… », la porte claque, la voiture démarre.

Ses deux mains à plat sur ses cuisses, d'un blanc nacré sur le noir de sa robe.

Elles tressaillent, encore un peu.

Juste un peu.

Expire.

Doucement.

Qu'est-ce que tu viens de faire ?

Inspire.

Tu viens de faire ce que tu aurais dû faire il y a des années.
Foutre le camp.
Retrouver Élisa.
T'occuper de ta fille.
T'écouter, un peu.
T'écouter, enfin.
Expire.
La pluie, encore, sur le pare-brise.
Les taches de lumière diluée des réverbères.
Inspire.
Ses mains ne tremblent plus.

Pour Élisa, ces années furent des années noires. Thierry, son compagnon, devenu l'un des leaders du Nouveau Syndicat Révolutionnaire, fut interpellé après l'assaut d'un CRDI et de violents affrontements avec l'ex-milice néofasciste légalisée par le gouvernement, les Compagnons de Libération de la France. Sévèrement blessé à la jambe, Thierry réussit dans un premier temps à s'enfuir avec deux de ses camarades et à se planquer dans un appartement de la banlieue lyonnaise. Mais son état de santé réclamait une attention urgente. Soit le médecin qui vint s'occuper de sa plaie était surveillé, soit c'était un délateur. Quelques heures après sa visite, la police donna l'assaut. Thierry, immobilisé, fut capturé vivant, mais ses deux camarades, ainsi qu'un agent des forces spéciales furent tués. Thierry fut incarcéré et jugé pour haute trahison, acte de terrorisme, terrorisme en bande organisée, atteinte à la sécurité de la Nation, possession illégale d'armes et meurtre d'un membre des forces de l'ordre. Au terme d'un procès de trois semaines, où il était seul à comparaître, et pour lequel il avait refusé de coopérer avec l'avocat commis d'office qu'il estimait être à la solde du gouvernement, Thierry fut condamné à mort. Il refusa de faire appel, considérant sa condamnation comme un sacrifice politique, et une démonstration de la dérive fasciste de l'État français.

Élisa, que Thierry avait mise à distance pour la protéger d'une éventuelle accusation de complicité quelque temps avant l'assaut du CRDI, en fut durablement éprouvée. Elle assista à l'intégralité du procès, mais ne put rendre visite à Thierry qu'une seule et dernière fois, après que sa condamnation eut été prononcée. Elle voulait le voir, elle devait le voir pour fixer à tout jamais dans sa mémoire le visage de ce père qui ne connaîtrait jamais l'enfant qu'elle était en train de porter. Mais lorsqu'elle annonça à Thierry dans le parloir, à demi-mot, qu'elle était enceinte de lui, et enceinte d'un enfant sain selon les premières analyses qu'elle venait d'effectuer, Thierry entra dans une rage noire. Il était hors de question qu'il donne à cette société de haine et de violence un enfant de son sang. Et encore moins un enfant sain, qui serait comme tous les autres placé dans une école d'endoctrinement, et à qui on apprendrait que son père était un traître à la nation. S'il sacrifiait sa vie pour la cause, ce n'était certainement pas pour en donner une autre au système.

Élisa sortit de la prison bouleversée.

Elle s'installa plusieurs jours chez Typhaine et Gauthier, incapable de prendre une décision, déchirée entre le serment que Thierry l'avait poussée à faire, et son désir de garder cet enfant, de garder, à travers lui, un lien vers ce père qu'il ne connaîtrait jamais, de l'éduquer dans les valeurs et le souvenir de son engagement politique, envers et contre ce pays qui chercherait, sans doute, comme le craignait Thierry, à le récupérer et à le transformer en petit soldat de la cause nationale. Typhaine essaya autant qu'elle le pouvait de guider son amie d'enfance, de prendre soin d'elle et de lui prodiguer des conseils. Élisa avait la chance de porter un enfant sain. Leur cause méritait-elle d'emporter avec elle une deuxième vie, cette vie qu'elle portait, cette vie saine dont personne ne pouvait présager du parcours et qu'Élisa élèverait, sans doute possible, dans un héritage critique envers les institutions qui l'auront empêchée de grandir auprès de son père ?

De tout temps, depuis leur rencontre, Élisa avait toujours été la plus radicale, la plus jusqu'au-boutiste, et Typhaine la plus modérée, la plus preste au compromis, ce qui leur avait valu par le passé au mieux des soirées enflammées, au pire de sévères accrochages suivis de mois de distance. Pourtant au cours de ces dix jours qu'Élisa passa chez Typhaine, jamais le ton ne monta. Élisa entendait les arguments de son amie, mais Typhaine réalisait, sans un mot, que quoi qu'elle puisse lui dire, quelles que soient leurs conversations, elle était comme à son habitude en train de forger, seule, sa conviction intime, et que rien ni personne ne pourrait l'écarter du choix qui, petit à petit, jour après jour, était en train de mûrir dans son esprit.

Typhaine se réveilla un matin, la chambre d'Élisa était vide, les draps pliés, une feuille de papier posée sur la table de nuit : « Un père, passe et manque. »

Le soir même, Élisa mit un terme à sa grossesse.

Trois jours après l'intervention clandestine, elle perdit connaissance, en fin de matinée, en pleine rue, à la sortie de chez elle. Prise en charge par les urgences, Élisa souffrait d'une hémorragie utérine massive. La loi obligeait le personnel soignant à reporter ce type d'événement qui pouvait laisser supposer une IVG illégale. Élisa resta hospitalisée trois semaines, et reçut la visite de médecins inspecteurs. La suspicion d'IVG fut confirmée, et les prélèvements in utero indiquèrent que l'enfant qu'elle portait était sain. Élisa fut poursuivie via une procédure accélérée en référé, comme l'État en avait désormais le droit en situation de flagrant délit, et condamnée à une peine de cinq ans d'emprisonnement.

Elle fut transférée immédiatement dans un centre de détention et de réhabilitation pour femmes non-parturientes.

Madeleine venait de fêter ses neuf ans lorsqu'Élisa sortit de prison, après trois ans, pour bonne conduite. Elle avait énormément maigri, et perdu les joues légèrement rondes et roses qui donnaient à son visage cet éternel air de bienveillance. Ses cheveux avaient blanchi. Elle vint s'installer, cette fois pour quelques mois, chez Typhaine et Gauthier, le temps de reprendre ses marques, de retrouver un emploi et un logement.

Madeleine avait beaucoup grandi. C'était une petite fille plutôt joviale, certes éprouvante parce qu'en demande permanente d'attention, mais bien plus apaisée que le bébé qu'elle avait été.

Typhaine avait pu la faire inscrire dans l'une de ces nouvelles écoles pour Fragiles. L'enseignement y était adapté, et très orienté vers le numérique et l'apprentissage des outils informatiques de micro-tasking. Madeleine y faisait tourner des formes en trois dimensions, elle apprenait à réorganiser les lettres de mots dans le désordre, à distinguer des motifs récurrents dans les images, et tout un tas d'autres tâches qui, coordonnées avec des logiciels éducatifs d'intelligence artificielle, aboutissaient à du donnant-donnant : les enfants s'épanouissaient, à un rythme plus modéré que dans les écoles d'enfants sains, et les travaux répétitifs des Fragiles enrichissaient les bases de données, permettant d'augmenter les performances des IA d'apprentissage dirigé.

Aïssatou faisait toujours partie de leur foyer, elle était devenue une amie et une confidente de Typhaine. Roméo avait lui aussi bien grandi, et vivait en pensionnat ERI – une version plus fermée des Écoles Républicaines d'Intégration, d'où il ne sortait qu'un week-end sur deux pour passer du temps avec sa mère.

En revanche, sur le front de la natalité, la situation s'était dramatiquement dégradée. En quelques années, le taux de fécondité en France était passé en dessous de 0,6 enfant par femme. Et dans ces 0,6, le taux de Fragiles dépassait les soixante-quinze pour cent. C'était encore pire en Allemagne, ou en Grande Bretagne, où plus de huit naissances sur dix étaient fragiles. Le gouvernement avait dû prendre des mesures d'urgence, la première d'entre elles étant la confiscation et le placement des enfants de migrants dans des familles d'accueil françaises volontaires, condition sine qua non pour l'obtention et le renouvellement des visas de travail des parents biologiques.

C'est ainsi qu'Aïssatou, dont le titre de séjour annuel arrivait à échéance, reçut un jour une lettre recommandée du ministère de l'Immigration et de la Remigration : il s'agissait d'une injonction à renoncer à ses droits parentaux vis-à-vis de Roméo, de façon à permettre son placement en famille d'accueil – et ce, malgré non seulement l'âge relativement avancé du petit garçon, qui allait fêter ses huit ans, mais aussi des états de service pourtant irréprochables d'Aïssatou, qui était considérée comme très bien insérée, avec une note qui frôlait le maximum pour une personne étrangère, au SIREC.

Typhaine essaya d'intercéder auprès de l'OGRE, mais sans succès. Les services de la préfecture lui expliquèrent que la situation de Roméo ne changerait que très peu, si ce n'est en mieux : au lieu de suivre ses cours en pension à l'ERI, il rentrerait le soir dans un foyer français qui l'accueillerait et poursuivrait son éducation dans la continuité des valeurs de la Nation. Aïssatou continuerait d'avoir un droit de visite un week-end chaque mois, avec, bien entendu, l'accord de la famille d'accueil. Cette injonction était quoi qu'il en soit l'application stricte des nouvelles lois relatives à la relance démographique et économique du pays, et si Aïssatou refusait, non seulement son visa ne serait pas reconduit, mais elle serait placée d'office en CRDI ; Roméo serait, lui, maintenu en pension et finirait par être placé, dans de plus mauvaises conditions, et quel que soit l'avis de sa mère.

Pour faire le lien entre les familles biologiques et les familles d'accueil, l'État avait créé une structure d'accompagnement, sous l'égide de l'OGRE, structure dans laquelle des travailleuses sociales assuraient la transition, et la communication entre les deux foyers. Notamment parce que, pour éviter tout drame ou possibilité de harcèlement, les coordonnées précises des familles d'accueil n'étaient pas dévoilées aux parents biologiques. Ils pouvaient donc voir leur enfant dans des établissements conçus pour l'occasion, des MCO, pour Maison de Connexion aux Origines – des hôtels sociaux aménagés, avec des espaces de loisir, dans lesquels les parents étaient confinés tout au long du week-end afin de prévenir toute tentative de fuite ou de kidnapping, comme cela s'était produit les premiers mois de la mise en place de la politique de substitution.

Typhaine réussit à faire passer le dossier d'Élisa en haut de la pile, et se porta garante pour qu'elle soit embauchée, malgré son passif judiciaire, comme conseillère familiale dans la MCO de laquelle dépendaient Aïssatou et Roméo.

Roméo passait jusqu'alors une partie de ses deux week-ends mensuels avec sa mère chez Typhaine et Gauthier. Sa relation avec Madeleine, avec qui il n'avait que quelques mois d'écart, n'était pas toujours simple, mais au fil des années, les deux enfants avaient réussi à s'apprivoiser mutuellement. Madeleine laissait Roméo entrer dans sa chambre, partager ses jouets, et même dessiner avec elle, ce qui était son activité favorite. Un lien quasi fraternel s'était établi entre eux, et malgré l'extrême éruptivité de Madeleine, qui pouvait entrer d'une seconde à l'autre, sans que personne ne comprenne pourquoi, dans l'une de ses furies colériques, Roméo, d'un naturel doux, patient, attentif, arrivait à la calmer, à dénouer sa rage. Ils finissaient par s'endormir en quinconce, par terre, au milieu de leurs jouets et de dizaines de pages coloriées.

Jusqu'à ce dimanche soir d'été.

C'était l'une de ces soirées du mois d'août où le thermomètre ne semble jamais vouloir redescendre sous les quarante degrés. L'appartement de la rue du Repos était encore baigné de la douce lumière et du calme bruissant des arbres du cimetière du Père-Lachaise. Aïssatou et Roméo avaient passé leur dernier week-end ensemble chez Typhaine et Gauthier, plutôt qu'enfermés dans le petit studio de neuf mètres carrés de l'hôtel social du faubourg Saint-Antoine où logeait Aïssatou. Une musique répétitive et criarde s'échappait de la chambre de Madeleine, où les deux enfants dansaient en chantant à tue-tête une comptine un peu bête qui semblait les amuser beaucoup. Leurs chants étaient ponctués des éclats nerveux et excessifs de Madeleine, qui hurlait littéralement de rire.

Dans le salon, Aïssatou était assise dans un fauteuil, dos à la fenêtre, les épaules voûtées. Les rares et légers courants d'air qui venaient de la rue soulevaient le rideau, projetant des ombres mouvantes sur le visage ombrageux de la jeune Malienne. Typhaine était agenouillée, à ses côtés, et lui passait doucement, chaleureusement, la main sur les épaules.

— On va tout faire pour que tu gardes le plus de contact avec lui, hein ?

Aïssatou hocha la tête, en silence, incapable de formuler un mot. Au loin, Madeleine poussait une sorte de rugissement de bête féroce, et Roméo explosa d'un rire clair très aigu.

— Écoute, Élisa va arriver, c'est avec elle que tu vas voir… enfin, que tu vas rencontrer les autres. Je te promets que ça va bien se passer.

Gauthier s'affairait derrière l'îlot central de la cuisine, nerveux. Il remplit un grand broc transparent de glaçons, d'eau pétillante et d'un sirop vert tendre, qu'il déposa sur la table basse, près des deux femmes. Typhaine lui jeta un regard désemparé. Il tira un fauteuil et s'assit juste à côté d'elles.

— Aïssatou, je t'assure que… je sais, enfin, nous savons Typhaine et moi à quel point c'est cruel.

Il marqua un temps d'arrêt.

— Tu sais combien nous tenons à Roméo, et à toi… vous êtes extrêmement importants pour nous. Pour Madeleine. Vous êtes notre famille.

Aïssatou releva la tête, les joues trempées de larmes.

— Oui bien sûr Monsieur Gauthier… merci beaucoup…

Ses mains tremblaient. Elle sortit de sa poche un mouchoir en papier froissé avec lequel elle essuya son visage.

— Vous aussi vous savez… pour nous, pour Roméo…

Elle s'effondra en larmes. Typhaine se rapprocha d'elle et la serra par les épaules. Un léger carillon retentit. Aïssatou sursauta. Les cris des enfants s'interrompirent brusquement.

« Gauthier, Élisa Thibout est arrivée »

Gauthier se leva, se dirigea vers la porte d'entrée. Le visage d'Élisa apparut sur le petit écran couleur de l'intercom.

— Salut Élisa, monte. C'est bon ALIX, envoie l'ascenseur.

« Très bien Monsieur Faron. Porte ouverte, ascenseur envoyé »

Gauthier se retourna vers Typhaine, le visage grave. Dans le couloir, la porte de la chambre de Madeleine s'ouvrit. Quelques pas. La petite fille s'avança dans le salon, suivie de Roméo, dont le visage avait perdu toute trace de sourire.

— Maman c'est qui ?

Madeleine se figea, se retourna vers Typhaine, Gauthier, et Aïssatou. Son visage se décomposa et ses traits devinrent soudain grimaçants.

— Mamaaaaan !!!!

Gauthier se précipita vers sa fille, comme toujours très prompte à absorber les émotions autour d'elle et à les amplifier.

— Madeleine, du calme, c'est Élisa, tout va bien.

Madeleine essaya de se défaire de l'étreinte de son père, et chercha le regard de Typhaine.

— Maman pourquoi c'est mal ? Pourquoi Lisa c'est mal ? Pourquoi maman ???

Elle se mit à hurler de toutes ses forces. Roméo fit un pas de côté pour contourner Madeleine, et se précipita dans les bras d'Aïssatou. Typhaine, qui avait du mal à retenir ses larmes, se leva pour prendre sa fille dans ses bras. Madeleine raidit son corps de toutes ses forces. Elle hurlait à pleins poumons. Typhaine essayait de la bercer, en chuchotant à son oreille.

— Du calme ma douce… chhhhut, du calme… on a déjà parlé de ce qui va changer pour Roméo tu te souviens ? Il va aller s'installer dans une nouvelle maison, mais on va le voir encore, hein… il va revenir… Chhhhut… écoute-moi… tu me laisses te raconter à nouveau ?

Mais Madeleine ne voulait rien entendre, et se débattait, tous ses muscles tendus, elle glissait des bras de Typhaine qui avait du mal à soutenir son poids. D'un coup, elle se mit à se mordre l'avant-bras à pleines dents. Gauthier courut vers un placard, en sortit un bandeau accroché à un dentier en silicone, attrapa la tête de Madeleine, la pencha de force en arrière, glissa deux de ses doigts dans sa bouche pour lui faire lâcher prise et essaya d'insérer de force le protège-dents, mais Madeleine ne se laissait pas faire, et agitait la tête dans tous les sens, en même temps qu'elle tombait des bras de Typhaine. Ses cris redoublèrent d'intensité, elle avait du sang plein la bouche, le visage et le cou de Typhaine en étaient recouverts, Gauthier haussa le ton, tenta de bloquer la tête de Madeleine entre son biceps et son avant-bras, glissa à nouveau ses doigts dans la bouche de la petite fille qui les mordit puissamment, Gauthier hurla, fit un pas en arrière, Typhaine lâcha Madeleine qui tomba au sol en se cognant violemment la tête contre le plancher. Gauthier profita de ce que la petite fille soit sonnée pour lui passer le dentier et la lanière autour de la tête, la prit dans ses bras, l'installa dans sa chaise spéciale et lui sangla le torse et les jambes. Typhaine de son côté avait versé quelques gouttes de solution tranquillisante dans une sorte de biberon rempli d'eau, qui se fixait au protège-dents. Gauthier rinçait ses doigts blessés sous le robinet, les dents avaient pénétré profondément la peau, et la plaie saignait abondamment.

Roméo et Aïssatou pleuraient, silencieusement, dans le fauteuil.

Madeleine reprenait conscience, ses cris étouffés par l'appareil dentaire. Typhaine lui parlait à voix basse, lui caressant les cheveux, essayant de l'apaiser le temps que le narcoleptique fasse effet.

Sur le pas de la porte, Élisa était immobile, elle venait de lâcher son sac à main, qui s'était ouvert, au sol. Un stick de rouge à lèvres roula sur le plancher, et s'immobilisa contre une plinthe.

Ce dimanche soir d'été, Élisa partit à la MCO avec Aïssatou et Roméo pour rencontrer la famille d'accueil, Claire et Marc, un couple stérile d'une cinquantaine d'années. Au cours des semaines suivantes, Élisa qui était l'agent de liaison entre Aïssatou, son fils et ses parents adoptifs, prit l'initiative d'organiser des rencontres clandestines, en dehors du week-end mensuel de visite. C'étaient d'abord de simples points de rendez-vous pour Aïssatou, lors de sorties scolaires, ou de déplacements entre l'école et la maison, de telle sorte qu'elle puisse voir son fils, de loin, sans même qu'il ne s'en rende compte. Au fil des mois, et avec le concours d'autres conseillères familiales, d'aides à domicile, de professeurs complices, de gardes d'enfants, le réseau se développa, et prit de plus en plus de risques pour permettre aux parents biologiques de passer quelques minutes volées à la surveillance générale avec leurs enfants. Élisa n'informa pas Typhaine de cette initiative. Elle craignait qu'elle ne tente de l'en dissuader, pour la protéger, et ce malgré son attachement viscéral à Aïssatou et à Roméo ;

elle avait déjà purgé une peine de prison et, de fait, elle risquait gros.

Ce fut une photo de Roméo qui la trahit. Une photo du petit garçon, un peu floue, prise à distance, qu'Aïssatou avait mise en fond d'écran de son hololink. Quand Typhaine la vit, un soir, sur le plan de travail de la cuisine, elle ne dit rien à Aïssatou. Elle savait que jamais la jeune Malienne n'aurait pris ce risque seule. Jamais elle n'aurait pu avoir accès aux horaires et aux déplacements de Roméo sans aide. Elle s'en ouvrit le soir même à Élisa, en tête à tête. Bien sûr, elle était inquiète. Inquiète pour Aïssatou, pour Roméo avant tout. Si ces visites secrètes étaient découvertes, la jeune femme perdrait tout lien, définitivement, avec son enfant. Inquiète également pour son amie, qui jouait là sa liberté, peut-être sur le très long terme. Mais également fière. Fière qu'Élisa ait le courage de faire ce à quoi elle-même avait renoncé : passer à l'acte, s'opposer à cet ordre social infect, résister à cette oppression à laquelle tous s'étaient conformés, dont elle. Ce techno-cocon autoritaire, individualiste, dans lequel plus personne ne bougeait de peur de perdre le confort acquis, où la solidarité n'était qu'un vieux souvenir, et où la vie avait cédé la place à la survie et à la peur de l'autre.

Une heure et demie qu'ils sont là.

Une heure et demie qu'ils sont dans la chambre, avec Nolan.

Une heure quarante, bientôt.

Typhaine essaye de rester assise dans le canapé du salon.

C'est une de ces journées grises, où le jour ne se lève jamais, dans la lueur artificielle des led dissimulées le long des angles du plafond, censées simuler la lumière naturelle. Gauthier travaille dans le bureau. Depuis le dîner chez Guy et Isabelle, Gauthier, lorsqu'il est à la maison, ne sort plus beaucoup du bureau. Il y dort la plupart du temps. À partir de la semaine prochaine, Nolan rejoindra l'une des toutes nouvelles structures de tutelle, un ADES, pour Accompagnement et Développement des Enfants Sains. Des établissements d'éducation public-privé spécialisés dans le suivi pédago-médico-social des enfants de la première génération du Programme.

Typhaine se retient de tourner en rond. Son pied bat la mesure d'un rythme fantôme effréné sur le tapis. Comme à chaque fois qu'elle est nerveuse, elle suit inconsciemment du bout du doigt la ligne de sa cicatrice sur le bas de sa joue droite. Elle sait que Gauthier leur a parlé. De Madeleine, d'Aïssatou, d'elle, de sa dépression. Elle sait que l'État, que la clinique, que Gauthier, que le monde entier veut mettre Nolan en sécurité. Loin de ce qui peut lui nuire, de ce qui peut le mettre en danger, de ce qui peut faire courir des risques à cette entreprise de sauvegarde de l'espèce humaine. Du peuple français. Le futur de l'humanité repose sur les toutes petites épaules de Nolan. De son fils de six mois.

Et elle, Typhaine, fait partie de ces dangers.

Elle le sait. Tout le monde le sait. Tout le monde le lui fait savoir.

Typhaine meurt d'envie de fumer. Elle n'a pas le droit. De fumer, de boire, de faire quoi que ce soit qui puisse être d'une façon ou d'une autre un péril pour ce petit diamant de génétique. Pour cette petite créature qui a commencé à parler beaucoup trop tôt, qui a des comportements totalement anormaux pour son âge, pour ce petit singe de laboratoire qui n'est finalement peut-être même pas son fils.

Qui lui dit que ce sont ses gènes qui ont façonné cet enfant ?

Personne.

Quelles preuves ? Qu'est-ce qu'ils ont trafiqué dans leurs éprouvettes ? Qu'est-ce qu'ils lui ont foutu dans le ventre ?

Non.

Typhaine voit tout en noir parce que les choses se sont tendues avec Gauthier, et qu'elle craint pour Madeleine, qu'elle craint qu'on lui retire sa fille, qu'on lui retire son fils, qu'on lui retire le fruit de ses entrailles. Et elle s'est juré que plus jamais on ne lui retirerait ses enfants.

Plus jamais.

Bien sûr que Nolan est son fils. Elle n'en doute pas une seconde. Elle le sent dans sa chair, au plus profond de son âme. Elle le sait.

Mais que vont-ils faire de lui ? Où vont-ils l'emmener ? Que vont-ils lui inculquer ?

Typhaine ne tient plus en place.

Madeleine est dans son école, elle est plus épanouie que jamais, ses crises se sont espacées. Depuis qu'ils lui apprennent à faire des tâches débiles pour lui occuper le cerveau au lieu de l'aider à se développer.

Non.

Il faut qu'elle arrête de tout déprécier, de se méfier de tout. Elle ne peut pas s'en sortir si elle n'a pas un minimum confiance. Madeleine va mieux, c'est indiscutable. Mais Madeleine est agressive, elle a encore essayé de mordre Nolan avant-hier, et Typhaine sait que s'ils ont réussi à éviter l'accident jusqu'à présent, un jour ou l'autre, il surviendra. Inévitablement..

Que se passera-t-il si Madeleine réussit à attraper Nolan ? Elle sait très bien ce qui se passera. Ils vont la placer dans un centre fermé. Elle pourra aller la visiter un week-end de temps en temps, comme Aïssatou avec Roméo. Pas plus. Et puis elle partira dans un de ces complexes de formation professionnelle précoce pour Fragiles, et Madeleine sortira de sa vie, de leur vie, à cause de Nolan. Pour ne pas nuire à son développement.

C'est ce qu'a fait Isabelle avec ses trois Fragiles. Elle ne les voit plus, ou presque. Ils sont entrés dans le circuit, ils sont relégués à l'arrière-plan de sa vie. Peu importe, maintenant qu'elle a Léa. Pourquoi s'encombrer de trois mômes débiles ?

Non.

Typhaine est stressée, parce que les génopédiatres sont là, et qu'elle a peur de ce qu'ils vont lui dire. Mais il n'y a pas de raison que ça se passe mal.

Aucune.

La porte de la chambre de Nolan s'ouvre.

Typhaine bondit de sa chaise pour aller à leur rencontre.

Le génopédiatre, un bel homme d'une soixantaine d'années, le teint pâle, les cheveux gris plaqués en arrière, sort en portant Nolan dans ses bras. À ses côtés, une toute jeune femme enregistre des notes vocales à voix basse. Le petit garçon tient un stylo, qu'il fait passer d'une main à l'autre, l'air ravi.

— Saaaladataaa !

Gauthier ouvre la porte de son bureau et emboîte le pas au médecin qui s'assied dans un fauteuil, et pose Nolan sur ses genoux. Le petit garçon est toujours fasciné par le stylo, qu'il fait tomber dans un geste plus maladroit que les autres. L'assistante le ramasse immédiatement pour le lui rendre. Il babille de contentement.

— Il est encore un peu maladroit, mais ses réflexes sont vraiment surprenants.

— Vraiment Docteur ? Dites-nous… comment le trouvez-vous ?

— C'est un très beau bébé que vous avez là, Monsieur Faron. Il est alerte, en pleine forme physique, et extrêmement dégourdi pour son âge.

Typhaine s'assied, nerveuse.

— Mais… il est très en avance non ?

Le pédiatre retire le stylo des mains de Nolan, le laisse saisir ses deux index, le tire doucement vers le haut, et l'aide à se redresser sur ses deux jambes flageolantes.

— Physiquement, il est à un stade de développement tout à fait normal. Peut-être un tantinet en avance, disons dans la moyenne haute.

— Oui mais enfin… je veux dire, il commence à parler non ? Six mois c'est très…

Gauthier l'interrompt.

— Typhaine, laisse parler le docteur.

— C'est un effet attendu, ne vous inquiétez pas. Le développement cognitif peut être un peu précoce. Mais tout ça devrait se stabiliser avec le développement moteur, qui reste plus classique. Soyez rassurés, vous avez un petit garçon en pleine forme, prêt à dévorer le monde !

— Merci Docteur… c'est un vrai soulagement. Mon épouse est très anxieuse, avec cette précocité…

— Madame, vraiment, vous n'avez pas à vous en faire. C'est un phénomène que l'on constate chez à peu près tous les enfants, et c'était attendu. Quoi qu'il en soit, la suite du Programme en néopuériculture que Nolan va intégrer dès la semaine prochaine a été conçue pour prendre en compte ces spécificités. Nathalie ?

— Oui, quelques petites formalités pour lesquelles j'aurais besoin de votre approbation.

La jeune femme pianote sur sa tablette tandis que le pédiatre continue à jouer avec Nolan, rigolard, sur ses genoux. Typhaine observe médusée cet étranger interagir avec son fils, comme s'il était le sien. Son fils manifestement si épanoui, stimulé, en pleine forme. Avec cet étranger. Son fils qui parle depuis près de deux mois. En toute normalité.

— Madame ?

— Oui… excusez-moi.

Gauthier lui jette un regard noir.

— Il y a certains détails que nous devons régler, c'est l'affaire de quelques minutes. Tout d'abord, la signature de votre nouveau contrat d'assistante maternelle à domicile avec Mme Bénédicte Cossard qui prendra ses fonctions à partir de lundi prochain, le 8 juillet donc, et la résiliation du contrat avec Mme Aïssatou Bambara. Et dans un second temps vous me confirmez le passage en prise en charge à temps complet de votre fille, Madeleine Faron, en CIEF ?

— Pardon ? Attendez… quoi ? Madeleine en quoi ?

— Le CIEF est un Centre d'Intégration et d'Éducation Fermé. C'est préférable pour le développement de Nolan, pour éviter toute friction avec Madeleine. Les Fragiles qui y sont placés… leurs résultats neurodéveloppementaux sont très encourageants.

— Il n'en est pas question ! et Aïssatou ? Gauthier ? Non mais c'est quoi ce…

— On en a déjà parlé ma chérie – la coupe Gauthier. Excusez mon épouse, ce n'est pas elle qui gère les…

— Mais qu'est-ce que tu racontes… On ne va pas…

— Typhaine, calme-toi. Excusez-nous un instant.

Gauthier se lève et la prend par le bras. Typhaine, incrédule, se laisse faire. Elle cherche le regard des deux pédiatres sans succès. Nathalie, indifférente, replonge dans sa tablette pendant que Nolan marmonne des embryons de mots entre les mains du médecin. Gauthier la tire jusqu'à son bureau, et ferme la porte derrière eux.

— Non mais Gauthier c'est quoi ce délire ? Tu te fous de moi ? Tu veux placer Madeleine sans m'en parler ?

— Déjà, tu baisses le ton. On va pas faire de drame devant eux ok ?

Typhaine est abasourdie. Elle tourne en rond dans le bureau, sidérée.

— Putain mais… non mais tu plaisantes j'espère ? Tu fais quoi là ? Sérieusement ? Jamais on place Madeleine en centre fermé, ok ? Jamais !

Gauthier croise les bras, et s'adosse contre la porte, le visage fermé.

— Et Aïssatou ? Et en plus tu fais ça dans mon dos ? Gauthier ? On peut pas faire ça ! Gauthier, écoute-moi bordel !

Typhaine se met face à lui, lui saisit les épaules, les larmes aux yeux, consciente que les jeux sont déjà faits, et qu'elle ne peut rien changer à ce que son mari, autrefois son ami, son complice, à ce que cet étranger face à elle a décidé, contre elle, malgré elle, dans son dos.

— Gauthier, je t'en prie. Gauthier. Pas Madeleine. Me retire pas Madeleine. S'il te plaît.

— Typhaine… Je suis navré qu'on en arrive là – il soupire. Mais… sois raisonnable. Pour une fois.

Typhaine recule d'un pas.

Elle le regarde, les yeux dans les yeux.

Il fuit son regard. Il y revient.

Il le fuit à nouveau.

Il regarde le sol.

Madeleine.

Et Aïssatou.

Écartées.

Par Gauthier.

Pour Nolan.

Son fils.

Son putain de fils sain.

Son putain de fils sain précoce, son putain de fils créé par un putain d'État fasciste, destiné à reproduire l'élite fasciste, son putain de mari fasciste, ce putain d'État qui s'amuse avec les gènes pour produire sa putain d'élite.

Typhaine recule encore.

Un pas, un autre pas.

Gauthier, le regard fuyant.

Son amie, évincée.

Sa fille, internée.

Son fils, embrigadé.
Et elle ?
Et elle ?
Et elle ?
Un craquement, dans son esprit, le sol qui se dérobe sous elle, là maintenant, le vertige de l'abîme.
Tout s'effondre.
Trompée.
Trahie.
— Mais Gauthier… tu ne peux pas…
— Typhaine… sois raisonnable… je… tu sais bien que c'est… on ne peut pas faire autrement… ça va aller…
Gauthier fait un pas en avant.
Tout tourne. Typhaine a le vertige.
Pas de larmes. La tête qui tourne. Elle a le souffle très court.
Très très court.
Expire.
L'air ne sort pas. Ne rentre pas.
Madeleine.
Aïssatou.
Nolan.
Son monde, sa famille, tout s'effondre.
Elle passe ses mains sur sa tête.
Dans ses cheveux.
Elle titube.
Elle tombe, assise, au sol.
Tout part.
Tout.
Elle voudrait crever.
Là, tout de suite.
Par terre.

— Écoute Typhaine je suis désolé… c'était… il fallait prendre des décisions. Je…

— NE ME TOUCHE PAS !

Gauthier recule. Il jette un œil vers la porte du bureau.

— Typhaine je t'en prie calme-toi… on va reparler de tout ça. Mais s'il te plaît, calme-toi. Je vais… reste ici un instant, je vais…

Gauthier regarde à nouveau vers la porte.

Typhaine est au sol, la tête entre les mains.

Madeleine.

Aïssatou.

Nolan.

Tout s'effondre.

Le vertige.

Gauthier entrouvre la porte, jette un coup d'œil à Typhaine, par terre, abattue, la bouche entrouverte, le souffle saccadé, les cheveux hirsutes devant le visage. Il se glisse hors du bureau.

— Reste là, reste calme s'il te plaît. Je reviens.

Gauthier ferme la porte.

À clé.

Madeleine.

Aïssatou.

Nolan.

Il ne lui reste plus rien.

Plus rien.

Tout a été détruit.

Tout.

Gauthier.

Leur vie.

Elle pensait qu'elle pouvait être plus forte.

Qu'elle pourrait trouver sa voie.

Sa place.
Ils lui ont tout pris.
Ses enfants.
Son amie.
Son amour.
Il ne reste plus rien.
Plus.
Rien.

Sur le front de la natalité, un effort de recherche sans précédent avait été déployé pour comprendre les raisons de la délétion du gène Y, responsable de la stérilité chez la plupart des garçons nés sains, mais aussi celles qui présidaient à la fragilité chromosomique qui rendait la mutation FMR1 sur le gène X dominante.

L'État finançait de nombreux centres de génoembryologie privés, pour tenter de remédier à cet effondrement de la fécondité en manipulant in vitro le génome des gamètes des couples qui en avaient les moyens, pour tenter d'augmenter les chances de grossesses pérennes. Les premières années n'avaient abouti qu'à des résultats médiocres et à des naissances complexes, avec des effets à court et moyen terme souvent désastreux pour les enfants. Mais depuis quelques mois, une percée dans le domaine de la rétro-ingénierie génétique semblait donner quelques espoirs, et avait permis une remontée spectaculaire des naissances saines chez une petite cohorte de femmes jeunes, à peine une dizaine, dont les enfants, passé six mois, ne paraissaient pas présenter de troubles secondaires et suivaient un développement normal. Ces résultats encore expérimentaux devaient être consolidés, confirmés et amplifiés avant qu'ils ne puissent être appliqués massivement et à moindres risques pour accompagner la politique de réarmement démographique soutenue par le ministère de la Famille et du Repeuplement.

Un peu moins d'un an après l'adoption de Roméo, et à quelques mois de la fin du second mandat du président de la Nation, Typhaine reçut, un midi, un message assez inhabituel de Gauthier. Un simple rendez-vous, une adresse, une heure, le soir même. Gauthier était assez peu coutumier de ce genre de convocation, ou de surprise. Leur relation, au fil du temps, était devenue aussi douce qu'insipide. Gauthier travaillait tellement au ministère que Typhaine passait une grande partie de ses week-ends seule avec Madeleine, et parfois Aïssatou qui avait désormais une chambre chez eux et ne retournait que rarement dans son studio. Elles passaient les week-ends toutes les trois ensemble, faisant de longues balades lorsque le temps le permettait, vivant une routine agréable, apaisée. Les deux femmes trompaient leur solitude mutuelle, et Madeleine ne s'en portait que mieux. Le coût des vols internationaux était devenu exorbitant, leurs quelques vacances – rarement plus de deux semaines par an – consistaient en la location d'une maison sur la côte nord de la Bretagne, près de Paimpol, là où la montée des eaux n'avait pas encore ravagé le littoral et où les températures estivales étaient toujours à peu près supportables. Tout au plus Typhaine et Gauthier s'autorisaient-ils, deux à trois fois par an, un petit dîner en tête-à-tête, dans un restaurant chic, pour l'anniversaire de leur rencontre, ou leur anniversaire respectif. Bien sûr, il y avait les dîners chez Guy et Isabelle, qui eux avaient une vie sociale et mondaine beaucoup plus développée. Mais ces dîners entre hauts fonctionnaires et leurs épouses, souvent beaucoup plus politisés que ne l'était Typhaine, l'ennuyaient à mourir, et avec Aïssatou, elles avaient développé toute une gamme de mensonges et de duperies pour y échapper autant que possible. Il lui arrivait également de partir, une ou deux fois par an, en week-end avec Élisa. Elles se rendaient dans une minuscule maison qui hébergeait naguère les escapades de Typhaine et Gauthier, dans leurs premières années de couple, au fond du jardin d'une maison de maître, à quelques kilomètres de la côte d'Albâtre. Elles profitaient de ces moments pour lire, se pelotonner au coin du feu, refaire le monde en éclusant des bouteilles de vin blanc, et frôlaient toujours les limites de l'indigestion d'huîtres. Mais Élisa, qui consacrait une grande partie de ses week-ends au réseau d'entraide pour les familles migrantes et aux rencontres clandestines avec leurs enfants, était de moins en moins souvent libre.

Typhaine se rendit donc, à l'heure indiquée, à l'adresse que Gauthier lui avait envoyée. Elle avait évidemment cherché le nom du restaurant, mais rien n'était répertorié en ligne, et l'endroit était un simple bâtiment dans une minuscule ruelle du XIXe arrondissement, entre la place des Fêtes et la rue des Pyrénées.

Il s'agissait d'une petite maison d'un étage avec un portail en fer rouillé, et une petite porte avec une seule sonnette, sur laquelle était collé le dessin d'une colombe, tout droit sorti d'un bestiaire naturaliste du siècle précédent. Typhaine appuya sur la sonnette, qui ne produisit aucun bruit.

Des pas derrière la porte. Une jeune femme métisse lui ouvrit, menue, de longs cheveux bouclés encadraient son visage souriant.

— Bonsoir Typhaine, suis-moi.

Typhaine pénétra dans un long couloir obscur, en désordre, empli de matériel et de vêtements de bricolage, maladroitement cachés derrière un rideau poussiéreux aux motifs passés. Le couloir débouchait sur un vaste salon, bordé de baies vitrées qui ouvraient sur un petit jardin au centre duquel poussait un grand cèdre. Au centre du salon était dressée une table, avec de vieilles assiettes de porcelaine à motifs floraux, encadrée de chaises en formica. Tout était dépareillé : il n'y avait pas deux verres similaires, les couverts en inox d'un autre âge, le mobilier, les tapis, tout venait d'époques diverses, mais tout dégageait une profonde harmonie et une chaleur hospitalière et bienveillante. Les murs étaient encombrés de livres, de vieilles revues, de lampes aux couleurs criardes mais à la lumière tamisée. Au fond du salon, un homme âgé, chauve et moustachu vêtu d'une veste de cuisinier noire lui souriait, derrière un comptoir qui délimitait une petite cuisine quasi professionnelle, dotée de son piano sur lequel plusieurs casseroles étaient au feu. Gauthier était assis à table, étonnamment décontracté : il avait enlevé sa cravate, ouvert sa chemise, et lui adressait un sourire qu'elle ne lui avait pas vu depuis longtemps. Depuis très longtemps.

Son hôtesse tira sa chaise pour qu'elle s'asseye et lui fit signe de prendre place avec le même grand sourire.

— Sois la bienvenue, Typhaine. Moi c'est Alice, ici pas de menu, je m'occupe de tout, tu n'as qu'à profiter de ta soirée.

— Merci beaucoup Alice…

Alice partit s'affairer en cuisine. La pièce sentait merveilleusement bon, un mélange d'épices et d'un parfum suranné de vieux meubles et de bougie chaude. Gauthier lui prit les mains.

— Bonsoir mon amour.

— Mais… bonsoir mon ange… qu'est-ce que…

— Je vais tout te dire. Tout ! Mais avant, on trinque !

Gauthier leva sa coupe.

— À nous !

— Haha mais Gauthier, raconte-moi ! On trinque à quoi ?

— À notre futur !

— Bon… très bien, à notre futur alors !

Le champagne était frais, fin, délicieux. Typhaine sentait les bulles s'immiscer dans ses papilles, descendre le long de sa gorge, elle était à la fois amusée, séduite, intriguée, un peu inquiète, aussi.

— Allez dis-moi ! On fête quoi ?

— On fête plein de choses. Tout va changer Typhaine, on fête le début de notre nouvelle vie !

— À ce point ?

Elle rit en avalant une nouvelle gorgée de champagne, mais d'un rire plus nerveux que franc. Sa gorge se resserrait à mesure qu'elle buvait.

— Gauthier, raconte-moi s'il te plaît… j'aime pas beaucoup les énigmes.

— Ok, ok. Bon, déjà : Guy veut que j'intègre l'équipe de campagne. Si le Président repasse, il y a de fortes chances qu'il décroche un ministère.

— Wow ! Mais ça veut dire que s'il devient ministre…

— Oui. Je prends la direction du cabinet.

— Gauthier !! C'est formidable ! Je…

Le rétrécissement dans la gorge de Typhaine se transformait en chas d'aiguille.

— Bravo mon amour, je suis vraiment ravie pour toi ! Mais… enfin, c'est super, mais tu vas, enfin… je veux dire, c'est beaucoup plus politique non ?

— Oui, je sais, je vais beaucoup bosser… mais attends…

Typhaine engloutit une nouvelle gorgée et termina sa coupe.

— Du coup, comme Guy va certainement devenir ministre, ils lui ont proposé un truc dingue.

— Ah bon ?

— Oui : Isabelle est éligible pour intégrer le Programme de génoembryologie.

— Ah… mais c'est… c'est super pour eux !

— C'est super pour eux… et pour nous !

— Comment ça ?

— Comme je monte en grade, Guy a fait du forcing pour qu'on ait une place, nous aussi !

D'un coup, tout tourne.

Tout autour.

Le salon.

La bibliothèque.

L'odeur de poussière et de cuisine.

La baie vitrée.

La table en formica.

Tout tourne.

Un gouffre s'ouvre sous la chaise de Typhaine.

Un gouffre qui l'aspire, tout son estomac qui tombe au sol, la gravité fois mille.

— Tu te rends compte ?

— Je… oui, enfin…

Une gorgée de plus, mais le verre est vide, une goutte tombe sur sa langue toute sèche, la langue absorbe, plus de salive dans la bouche, tout le sang chute vers ses pieds.

— Typhaine !! On peut avoir accès au Programme ! C'est fou ! On peut avoir la chance d'avoir un autre enfant ! Un enfant sain !

— Oui… je… c'est super… enfin, je…

— Typhaine ? Non mais tu te rends compte ? Un enfant sain…

— Gauthier je sais pas… enfin on pourrait en parler ou…

Pas d'eau sur la table.

Alice, le cuisinier chauve derrière, ces odeurs de nourriture cuite, écœurantes, un enfant sain, Madeleine qui a dix ans maintenant, le ministère, ces putains de fascistes, et elle devrait dire oui, faire bonne figure, se réjouir, Gauthier ne comprend rien, un verre d'eau vite, elle se retourne, fait un signe à Alice, Gauthier lui prend la main, il ne comprend rien.

Rien.

— Mon amour je sais, c'est inespéré ! Normalement ils n'acceptent que des femmes de moins de trente ans. On va être dans les exceptions ! Ils ont fait des progrès fulgurants, des trucs qui ne sont pas encore parus dans la presse… mon amour écoute-moi…

— Je t'écoute Gauthier, juste… je… un peu d'eau, une bouteille oui s'il vous plaît, je… enfin, on peut peut-être en discuter non ?

— Bien sûr ma puce qu'on peut en discuter, on va en discuter, mais c'est une chance unique ; j'ai dit à Guy que je te l'annonçais ce soir, on peut avoir un rendez-vous à la clinique la semaine prochaine.

— La semaine… prochaine…

— C'est juste un rendez-vous préliminaire, pour faire des prélèvements tous les deux, vraiment rien du tout, juste pour vérifier si on est physiologiquement et génétiquement éligibles.

— Ah, génétiquement…

— Écoute, on va faire les examens, et on voit, non ?

— Oui, on voit… enfin Gauthier, j'ai trente-six ans quand même, enfin… je ne sais pas…

— Mon ange, ça ne nous engage à rien. On va juste faire ces tests, et puis en fonction des résultats, on décide. Mais ce serait fou quand même non ? Un deuxième enfant… sain !

— Oui sans doute… enfin… excuse-moi, je ne m'y attendais vraiment pas… je… je peux avoir un peu d'eau ?

Typhaine et Gauthier furent admis la semaine suivante pour une série d'examens préliminaires à la clinique de génoembryologie privée liée à l'Unité de Recherche en Renforcement génétique embryonnaire de l'hôpital Georges-Pompidou. Malgré leur âge, et grâce au soutien politique dont ils disposaient, leur dossier fut accepté dans le mois suivant.

Typhaine, passé le choc de l'annonce, et malgré les réticences appuyées d'Élisa, finit par envisager la possibilité d'avoir un nouvel enfant. Sain.

De connaître l'expérience d'une maternité nouvelle, plus encadrée, plus sereine. De donner un petit frère à Madeleine. D'imaginer, l'espace d'un instant, qu'après tout, elle pouvait peut-être, enfin, avoir un jour une vie tranquille.

Une vie.

Tranquille.

II

Madeleine est morte.
silence
Mon Dieu.
J'ai dit ces mots.
C'est fini.
silence
Madeleine est morte.
silence
sanglots étouffés
silence
voix étouffée
Je ne reverrai plus son visage. Plus jamais. Ses yeux curieux du monde, derrière ses grosses lunettes mauves. Ses couettes qui s'emmêlent dans les branches quand elle court… quand elle courait dans les fourrés du bois de Vincennes en fredonnant ses chansons imaginaires.
Sa voix. Ses cris.
Je ne les entendrai plus.
Jamais.
Madeleine est morte.
silence
Elle allait avoir dix-sept ans.

Je ne verrai jamais Madeleine grandir.
Je ne verrai jamais Madeleine devenir une femme.
Je ne verrai jamais plus Madeleine.
Ma fille.
Ma grande fille.
Ma grande fille fragile.
Ils me l'ont prise.
Il… nononon…
sanglots
grand soupir
silence
Ma Madeleine.
Elle est partie.
En flammes derrière une vitre sale.
Des cendres.
Il ne reste que des cendres.
C'est pas possible… je…
silence
des sanglots, quasi silencieux
silence
Ma fille.
Ils m'ont pris ma fille.
Ils me l'ont arrachée.
Ils m'ont pris ma fille, ils ont mis mes amies en prison.
Élisa n'aura même pas été là pour lui dire au revoir.
Ni Élisa, ni Aïssatou.
Elle est… ils l'ont placée en CRDI.
Je ne sais pas combien de temps, combien d'années elle va y passer avant qu'ils l'expulsent.
Roméo ne reverra plus jamais sa mère.
Et moi je ne reverrai plus jamais Madeleine.
Ma grande Madeleine.

sanglots
silence
Je suis toute seule maintenant.
Toute seule.
Gauthier…
soupir
Gauthier m'a tenu la main.
Je sais qu'il est bouleversé aussi. Il m'a serrée dans ses bras.
Ni lui ni moi ne sommes dupes.
Enfin, peut-être que… je ne sais pas. Peut-être que ça va le faire changer. Lui ouvrir les yeux.
Peut-être.
Je ne peux rien lui dire.
Je dois continuer cette routine, continuer à faire semblant.
Je… je ne peux pas me laisser déborder à nouveau.
Il faut que je tienne bon.
Pour comprendre ce qu'ils ont fait.
Je dois aller au bout.
soupir
Tout va être beaucoup plus compliqué maintenant.
Sans Élisa.
Sans Aïssatou.
Mais il faut que j'aille au bout.
Pour Madeleine.
Je dois…
pause
silence
pépiements d'oiseau au loin
Il fait si beau dehors.
Il faisait si beau tout à l'heure, au milieu de ces tombes.
Tu es partie sous un grand soleil ma chérie.

Il y avait ces gros oiseaux noirs qui te faisaient rire et peur à la fois.

Tu adorais leur courir après dans les allées quand on allait se promener.

Tu leur courais après et dès qu'ils se mettaient à croasser trop fort, tu revenais vers moi terrifiée, et tu te cachais dans mon manteau.

Ils sont venus te dire au revoir, eux aussi.

Mon bébé.

Il y avait ton papa, moi, et les gros oiseaux noirs.

Ma chérie… je n'ai pas voulu… je n'ai pas pu te voir une dernière fois.

J'espère que tu me pardonneras.

Je ne pouvais pas.

C'est trop…

Je ne veux pas que cette image remplace les autres, je ne veux pas que ce soit la dernière.

Je veux garder à tout jamais ton immense sourire, quand tu es rentrée à la maison pour la dernière fois, la semaine dernière. Quand la porte s'est ouverte, que tu m'as vue, que tu as lâché la main de Bénédicte pour te jeter dans mes bras.

Je veux garder les images de cette journée, de cette pizza que tu as dévorée en mettant de la sauce tomate partout sur ton t-shirt, et de ton visage tout barbouillé.

Ma chérie… pourquoi ai-je accepté qu'ils t'éloignent de moi aussi longtemps ?

Tout ce temps perdu.

Tout ce temps que je ne pourrai plus jamais rattraper.

Je te promets, je te jure que je vais leur faire payer.

Je sais ce qui s'est passé.

Je vais leur faire payer, à tous.

hésitation

J'ai… j'ai vu son regard. Juste avant.

Ce n'était pas la première fois.

Je sais que…

marmonne des mots indistincts

Il faut que… je…

des bruits de pas s'approchent, quelqu'un toque à la porte

voix de Gauthier étouffée

« Typhaine ? Tu fais quoi ? Tu peux venir s'il te plaît ? J'ai besoin de toi pour signer les papiers. Je peux entrer ? »

bruit de la poignée qui s'actionne sur une porte fermée

« Typhaine ? Tu m'ouvres ? »

silence

reniflement

Oui, attends une seconde, j'arrive.

nouveaux bruits de poignée

« Je n'aime pas quand tu t'enfermes comme ça, ouvre-moi s'il te plaît. »

les pieds d'une chaise grincent sur le sol

J'arrive je te dis… laisse-moi un instant.

« Typhaine s'il te p… »

DEUX SECONDES GAUTHIER MERDE !

silence

« Bon. Je t'attends dans le bureau. »

les pas s'éloignent lentement

à voix plus basse

Fais gaffe Typhaine, fais vraiment gaffe, il faut que tu fasses gaffe.

bruits de pas erratiques

un tiroir est ouvert, puis fermé

mouchage bruyant

Ok… ok, ça va aller. Reprends-toi, ça va aller.

petites claques sonores
Je reprendrai ça plus tard. Il faut que je raconte tout.
Il faut que je laisse un récit.
Une trace. Ok.
grand soupir
ALIX, fin de l'enregistrement.
« Très bien Typhaine »

ALIX

« Oui Typhaine ? »

Début de l'enregistrement. Édition, modification, consultation : Typhaine Faron seulement.

« Très bien Typhaine. Début de l'enregistrement »

Bon, j'ai une petite demi-heure avant que Bénédicte rentre. Par quoi je commence ? Il y a tellement de choses… tellement de petites choses, depuis le tout début.

Il faut que je mette tout ça dans l'ordre.

toussote

prend une grande respiration

Je crois que la première fois que j'ai eu peur… je veux dire, vraiment peur. La première fois qu'il m'a foutu la trouille et que je me suis dit qu'il y avait un problème, il avait un peu plus de six mois. C'était peu de temps après le départ de Madeleine. Enfin, après son départ… après son placement en CIEF, en Centre d'Intégration et d'Éducation Fermé.

hésitation

Mais en vrai, ça a commencé à la clinique. Je me souviens, quand ils ont fini par l'amener dans ma chambre pour passer les nuits et que je me réveillais pour le regarder dormir, pour m'attendrir sur ce tout petit bout d'humain… c'était mon… c'était mon… mon enfant après tout. Il était là, près de moi. Mon enfant.

Mon fils, oui.

Mon fils sain. Mon petit bébé. Tout ça me paraît si loin aujourd'hui… penser que ce…

soupir

Non, la tête froide Typhaine. Raconte juste ce qui s'est passé.

quelques pas, bruit d'un tiroir ouvert et refermé

ALIX

« Oui madame Faron ? »

Ouvre la fenêtre de la chambre.

« Avec plaisir Typhaine »

déclic

bruits de la rue, brouhaha lointain

cliquetis d'un briquet

inspiration

longue expiration

Je… je ne m'en suis pas rendu compte tout de suite. Je l'apercevais, calme, dans son berceau. Jusqu'à une nuit où j'étais un peu plus réveillée. Je dormais vraiment mal, à force de ne rien faire de mes journées.

expiration

Je me suis rendu compte qu'il n'était pas juste calme comme un bébé assoupi. Il était complètement immobile. Enfin, je veux dire, je ne sais pas s'il était en train de dormir ou pas. Les bébés font des trucs bizarres dans leur sommeil. Mais là, il était allongé sur le dos, les yeux ouverts. Et il ne bougeait pas. Il était statique. Il avait l'air concentré. J'ai eu la trouille, je pensais qu'il lui était arrivé quelque chose, qu'il avait fait un AVC ou qu'il était mort. Mais dès que je me suis redressée, au moment où je me suis mise à faire du bruit, il a instantanément fermé les yeux.

La première fois je n'y ai pas prêté trop attention. Je n'y ai plus pensé à vrai dire.

longue inspiration, expiration

Mais ça s'est reproduit. Je le surprenais en pleine nuit, immobile. J'entrouvrais juste les yeux pour l'observer, discrètement, et il était là, totalement figé. Les yeux grand ouverts. Comme un poupon en plastique. Je ne savais pas trop quoi en penser. Je veux dire : un bébé ça bouge, ça remue. Même dans son sommeil. C'est jamais parfaitement immobile. Au moindre bruissement, il recommençait à s'animer. À faire des petits gestes de bébé qui dort. Enfin… à se comporter comme un nouveau-né. Comme s'il faisait… semblant ? Mais semblant de quoi ?

plusieurs bouffées de cigarette rapides

légère toux

ALIX

« Oui Typhaine ? »

Ferme la fenêtre. Ventilation maximum de la chambre.

« Tout de suite Typhaine »

vrombissement sourd de la climatisation

silence

J'y croyais sans y croire. Enfin, tout était tellement différent de ce qui s'était passé avec Madeleine. Je faisais tellement d'efforts pour me dire que cet enfant était une chance inespérée dans ma vie, dans notre vie… pour me battre contre cette intuition tordue, contre ce sentiment que cette…

à voix à demi basse

Non Typhaine tu peux pas dire ça !

Que ce… bébé… était bien le mien. Que je devais me réjouir. Pas l'épier dans un demi-sommeil, pas être convaincue qu'il était anormal.

Le choyer. Le câliner. L'aimer.

Je pensais que c'était moi qui allais mal. Quelle mère n'est pas heureuse d'avoir un enfant sain ? À presque quarante ans ! Qu'est-ce qui était à ce point tordu dans mon cerveau pour que je me méfie d'une toute petite créature à peine sortie de mon ventre ?

Évidemment je n'en ai parlé à personne, surtout pas à Gauthier et encore moins aux équipes médicales. De retour à la maison, il ne dormait plus dans la chambre. Et j'ai oublié.

Alors qu'il y avait des indices. Partout.

La fois où dans le jardin de la clinique il a suivi du regard l'envol d'un oiseau. Il avait quoi, trois, quatre mois. Bref.

silence

Et puis il y a eu la première crise de panique.

C'était quelques jours après son entrée en ADES, leur crèche spéciale pour les enfants issus du Programme. Juste après l'internement de Madeleine. J'avais complètement oublié ce truc de la clinique. Et pourtant, c'est à ce moment-là que j'ai commencé à me dire que j'étais pas complètement folle, qu'il y avait bien un problème.

Un gros problème.

C'était pas juste un petit truc qui cloche. Une légère précocité, que…

elle tousse, reprend sa respiration

Que ce… ce qu'ils voulaient faire passer pour mon…

silence

Que mon… fils était… je ne sais pas… quelque chose d'autre. Pas un enfant normal. Pas mon enfant.

Certainement pas mon fils.

Je me souviens très bien. Bénédicte était avec lui dans la chambre. Elle venait de le recoucher après l'avoir changé. Je venais de me réveiller… j'étais… c'était… après le placement de Madeleine, j'enchaînais des crises d'angoisse qui me tenaient éveillée nuit après nuit, et la Tutelle… enfin, la psychiatre avait été assez ferme sur la reprise d'un traitement. Un traitement lourd.

Bref, je dormais beaucoup. Je n'étais pas encore retournée au boulot. Je crois que tout le monde était très content de me voir complètement dans les vapes, entre mon lit et le canapé le plus clair du temps. Gauthier y compris.

soupir

bruit de verre sur une surface, plusieurs déglutitions, le verre est reposé

Bénédicte quitte la chambre, je suis dans le couloir juste derrière elle. La porte est entrouverte, je jette un œil distrait, je ne me méfiais pas encore vraiment. Et là, je le vois, immobile dans son berceau.

À nouveau.

Mais cette fois-ci, cinq secondes avant, je l'entendais gazouiller avec Bénédicte. Là, il est allongé sur le dos, dans sa grenouillère, le mobile tourne tout doucement au-dessus de sa tête dans la pénombre de la chambre. Mais lui ne remue pas.

J'ai d'abord la trouille, le réflexe instinctif… je m'apprête à me précipiter vers lui, et puis, à cause de la torpeur provoquée par les médicaments, j'hésite un court instant.

Et c'est là que je vois qu'il n'est pas tout à fait immobile.

Il est allongé sur le dos, les yeux ouverts. Mais il cligne des paupières, par saccades intermittentes. Je me fige, dans l'entrebâillement de la porte, sans faire un bruit. Je le regarde. Il a l'air hyperconcentré. Et je remarque qu'il n'y a pas que ses yeux qui bougent. Ses mains aussi.

Ses doigts tremblent, remuent à peine, presque uniquement la dernière phalange. À un rythme particulier. Précis.

En fait, ses mouvements oculaires sont coordonnés avec ceux de ses doigts. Et tout le reste de son corps est strictement immobile. Je reste là, paralysée. À la fois fascinée et terrifiée. Un nouveau-né de six mois, éveillé, concentré, silencieux, consciencieux, mais au corps presque complètement inerte, en train de faire ce truc…

Je veux dire qui a déjà vu un gamin en bas âge maîtriser ses mouvements ?

Je ne sais pas combien de temps ça a duré. Une minute, ou deux. Peut-être même trois. En tout cas, assez longtemps pour être sûre que ce n'était pas juste le fruit du hasard, ou une hallucination. Tout ça était… comment le formuler… délibéré ?

En tout cas, normal pour lui. Un autre mode de fonctionnement. Solitaire. Loin des adultes. Secret.

Passée la stupéfaction, je fais juste un peu de bruit avant de pousser la porte. À cet instant précis, sa tête se tourne et tout son corps s'anime de nouveau. De façon désordonnée. Comme un bébé. Il me fait un grand sourire, agite les bras dans ma direction en poussant des petits cris de contentement. Comme toujours, dès que je me retrouve seule avec lui, Bénédicte accourt pour savoir si j'ai besoin d'aide, ou pour surveiller nos interactions. Pour me surveiller, en fait.

À partir de ce moment, j'ai la conviction que depuis qu'il est pris en charge par l'ADES, il se retient. Comme s'il limitait ses capacités intellectuelles, pour ne pas nous choquer, ou pour ne pas nous faire peur. Je commence à croire qu'ils lui apprennent à jouer un rôle d'enfant normal. Je sais que ça a l'air délirant. On parle d'un nouveau-né de quelques mois à peine. Mais d'un nouveau-né qui a commencé à formuler des mots. Le prénom de sa sœur au moment où il la rencontre. Un nouveau-né qui reste immobile dans son berceau.

Avant cela, mes inquiétudes étaient diffuses. Réelles, mais presque… abstraites. Et comme tout le monde autour de moi, Gauthier le premier, me laissait entendre que je surréagissais, que je voyais ou que j'entendais des choses qui n'existaient pas, je finissais par me laisser convaincre.

Jusqu'à ce jour. Cet instant.

Pour la première fois, j'ai commencé à avoir peur. Peur de ce qu'ils lui faisaient. Peur de ce qu'il était. Je me suis demandé si c'était bien un enfant. Et si cet enfant était…

la voix se noue

mon fi…

bip d'hololink

toux légère, éclaircissement de voix

Oui ?

Bonjour.

Non bien sûr, aucun problème.

Oui oui, la dernière visite de contrôle s'est bien passée.

Demain ? Déjà ? Dix heures trente ? Attendez, je vérifie.

bruits de clavier

C'est bon pour moi. Oui, pas de problème.

À demain alors. Merci, oui.

Au revoir.

silence

Ces putains de visites de contrôle…

nouveaux bruits de clavier

Toutes les semaines maintenant. Avant, c'était tous les mois, puis tous les quinze jours. Ils se doutent d'un truc, ils me lâchent pas. Depuis l'arrestation d'Élisa, ils se méfient. Et avec la mort de Madeleine, ils ont peur que je parte en vrille, ou que je foute le bordel. Il faut que je fasse hypergaffe.

Tout va bien se passer. Je vais leur servir la gentille Typhaine, irréprochable. Ils aimeraient tellement me renvoyer à l'hosto, me supprimer de l'équation. Mais ils ont rien contre moi. Ils peuvent rien faire, tant que je me tiens à carreau.

silence

une chaise est tirée, bruits de pas erratiques

Sois intelligente, Typhaine. Sois plus intelligente qu'eux.

Non il faut que je…

pause

Mais quelle conne ! Quelle énorme conne !

ALIX

« Oui madame Faron ? »

Transfert du dossier en cours sur mon terminal mobile et suppression du fichier sur le réseau local.

« J'ai besoin d'une confirmation biométrique obligatoire »

bruits de pas, de clavier

à voix basse

Mais comment j'ai pu être aussi conne…

« Confirmation biométrique confirmée Typhaine, transfert effectué et suppression des copies locales »

« Autre chose Typhaine ? »

hésitation

bruits de pas

ALIX est-ce que je peux avoir accès aux enregistrements audio et vidéo de l'appartement ?

« Je suis désolée madame Faron, l'accès aux enregistrements passés n'est possible que pour les comptes administrateurs »

Quels sont les comptes administrateurs ALIX ?

« Les comptes administrateurs sur le réseau d'enregistrement appartement local sont : admin_ALIX_17_ruedurepos_apt508, gauthierfaron, et utilisateur inconnu »

les bruits de pas s'interrompent

Utilisateur inconnu ? Tu peux répéter ?

« Bien sûr Typhaine, les trois comptes administrateurs sont admin_ALIX_17_ruedurepos_apt508, gauthierfaron, et utilisateur inconnu »

Mais c'est quoi ce compte « utilisateur inconnu », détails.

« Compte utilisateur inconnu, aucune information disponible. Dernier accès aujourd'hui à 16 h 43 »

Quoi ? Aujour... ?

au loin, une porte s'ouvre et se referme

voix lointaine d'ALIX

« Bonjour Bénédicte, bienvenue à la maison »

silence

Une page blanche.

Il aura fallu en arriver là pour me rendre compte que j'ai complètement perdu l'habitude d'écrire à la main. Je reconnais à peine mon écriture. Les traits sont tremblants, la graphie maladroite. On dirait les mots d'une enfant qui s'applique à former ses premières lettres, et qui se concentre en tirant la langue.

L'écrit, c'est le seul support qu'ils ne pourront pas surveiller. Le seul que je peux cacher, le seul que je peux détruire si je me sens menacée, le seul dont il peut ne rester aucune trace. Et puis j'ai une excuse toute trouvée : la psychiatre m'a conseillé de consigner mes pensées, mes rêves, tout ce qui me passe par la tête. C'est un carnet thérapeutique.

De toute façon, Gauthier se fout de ce que je fais. Nous ne nous croisons presque plus, et lorsqu'il rentre à l'appartement, souvent tard, lorsqu'il daigne rentrer, nous nous adressons à peine la parole. Je dors la plupart des nuits ici, dans l'ancienne chambre de Madeleine. J'y passe une grande partie de mes journées, quand Bénédicte est là. Je feins d'entretenir avec elle un rapport cordial, une politesse de surface. Mais elle n'est pas dupe. Elle sait que je me méfie. Je sais qu'elle a dû écouter mes enregistrements. Elle ne se cache presque plus d'être là pour me surveiller. ~~Elle dépose~~ Elle le dépose le matin à l'école, elle va le chercher le soir, elle le promène, elle le fait travailler. Le reste du temps, elle fait des courses, le ménage.

Elle rôde. Elle m'épie.

Je vis dans une prison sans barreaux, à ciel ouvert. Surveillée. Suspecte de tout. Je suis un danger potentiel. Je ne sais pas exactement ce qu'ils craignent. Ils savent que je ne vais pas le balancer par la fenêtre. Enfin, j'imagine. Peut-être croient-ils que je peux le blesser. Ou pire, le contaminer avec ma pensée réfractaire, implanter des graines de sédition dans son petit cerveau si merveilleusement efficace, son petit cerveau de ~~singe~~ monstre savant. Enfin, tant que je suis « la cinglée qui passe ses journées enfermée dans sa chambre à griffonner sur un petit carnet », je ne représente pas une menace directe. Et comme ils ont éloigné toutes les personnes potentiellement divergentes, toutes celles qui ne faisaient pas partie de leur programme ~~éducatif~~ de conditionnement, comme ils ont fait le vide autour de moi…

Mais je vais tout écrire.

Scrupuleusement.

Je ne sais pas ce que deviendra ce carnet. Je ne sais pas si quelqu'un le lira un jour. Je n'en ai sincèrement aucune idée. Mais j'ai besoin de tout consigner, de témoigner. J'ai besoin de comprendre ce qu'est ~~cet enfant~~ cette chose qu'ils ont mise dans mon ventre et qu'ils me forcent à appeler « mon fils ».

Reprendre le fil.

Comment décrire mon effondrement ?

Il y a eu tant de choses. Après la première alerte, ce moment, suspendu, où je l'ai surpris immobile dans son berceau, en train de faire ses mouvements coordonnés bizarres avec ses yeux et ses mains, j'ai commencé à comprendre qu'il nous trompait. Ce qui est, j'en conviens, complètement délirant quand on parle d'un bébé de six mois. Pourtant il est très vite devenu évident, même pour Gauthier, qu'il était spectaculairement en avance, quoi qu'en disent les géno-pédiatres de la Tutelle. Mais tout intelligent qu'il était, je pense qu'il avait encore des ~~limites~~ handicaps. Son développement physique par exemple. Son enveloppe corporelle l'empêchait. Comme si son cerveau fonctionnait trop vite pour son petit corps potelé et maladroit.

Pendant un moment, j'ai eu le sentiment qu'il nous écoutait, qu'il reproduisait ce que nous, adultes, attendions qu'un enfant de son âge fasse : jouer par terre, gribouiller des papiers, s'émerveiller quand on s'intéresse à lui. Mais régulièrement, je le voyais prêter l'oreille, se concentrer pour analyser ce que nous faisions, ce qui se passait autour de lui. Je crois qu'il a vite compris que je me méfiais. Avec Gauthier, il jouait le poupon parfait : et que je te rigole dans les bras, que je te donne du papa, que je fais vroum vroum, que je réponds à tes sollicitations. Avec moi, il a tout de suite été plus taciturne. Moins intéressé. Il ne cherchait pas à me séduire. Je ne l'intéressais pas.

Pire : j'étais un obstacle.

~~Je pense qu'il ne m'aimait qu'il ne m'aime~~

Ou peut-être pas. J'était juste une adulte dans son chemin. Je ne sais pas.

Pareil avec Madeleine. Au départ, il prétendait jouer avec elle. Mais il a très vite eu peur de son imprévisibilité. Il ne pouvait pas la manipuler.

Il faut dire que nous voyions Madeleine très peu. Elle ne sortait du CIEF qu'une fois par mois, et lorsqu'elle était à la maison, il fallait appliquer un protocole très strict. Ne jamais la laisser seule avec lui. Lorsqu'ils étaient en contact, elle devait porter son dentier pour éviter tout accident. Pour moi, les week-ends avec Madeleine étaient des moments d'échappatoire. Pour la soustraire à la présence du petit monstre et éviter de la museler comme un chien, je l'emmenais passer les journées au parc. Nous retrouvions Aïssatou, à de rares occasions, nous pouvions même passer quelques heures avec Roméo. Élisa avait réussi à négocier un accord secret avec Claire et Marc. Un gentil couple, Claire et Marc. Vraiment. Rares sont les parents qui acceptent ce genre d'arrangement clandestin, cela peut leur coûter la garde de l'enfant. C'était un bonheur de voir Roméo et Madeleine se retrouver. Les voir, même occasionnellement, grandir ensemble. Je crois qu'ils y étaient sensibles, eux aussi. La séparation était toujours très dure, pour Aïssatou et Roméo bien sûr, mais pour Madeleine aussi. Et j'étais toujours très inquiète qu'elle parle, qu'elle raconte qu'elle avait vu son « petit noir frère », comme elle l'appelait depuis toute petite. Lorsqu'on les quittait, je marchais avec elle, longtemps, le temps que sa crise se calme. Je lui rappelais le jeu du secret : si elle voulait revoir Roméo, il ne fallait surtout pas qu'elle dise qu'elle l'avait vu. Surtout pas. C'était un moment à elle, à nous, et à personne d'autre. Surtout pas à l'école. Ni à papa. Surtout pas à papa.

Ça a duré un peu plus d'un an. Avant la crise.

~~Nolan~~

Je n'arrive pas à écrire son nom.

Je ne sais pas… ou plutôt si, je sais.

Si je le nomme, je l'humanise.

Je dois me sortir de la tête que ~~cet enfant est~~ c'est un enfant, que c'est mon enfant.

Il est devenu progressivement de plus en plus hostile vis-à-vis de Madeleine. De simple inconfort, ou gêne ponctuelle, Madeleine est devenue pour lui ~~une menace~~ ~~un obstacle~~ un encombrement. Un objet qui gêne et dont on dispose.

Il a commencé à provoquer Madeleine. Sous couvert de jeu, de rires, de partage. Il réclamait sa présence lorsqu'elle venait à la maison, souvent, le soir, à notre retour de promenade. Lorsque Madeleine était fatiguée et émue de sa séparation avec Roméo. Plus sensible, encore plus fragile. Et petit à petit, l'air de rien – qui peut soupçonner un bébé de malice ? – il cherchait la faille. Il cherchait à la faire basculer, à la mettre en rage.

Je ne sais pas. En écrivant ces lignes, je me dis une fois de plus que tout ça paraît totalement absurde, paranoïaque. Un enfant de quelques mois qui manipule et provoque une préadolescente. Ça n'a aucun sens. Et pourtant.

Des petites vexations. Des petites tricheries. Des pincements, des tapes maladroites, mais douloureuses. Il a acquis au fur et à mesure une conscience des montées d'angoisse de Madeleine, de ces moments avant qu'elle ne s'emporte, avant que ses émotions ne la débordent, ces moments où elle se met à parler plus haut, à faire des gestes plus brusques, à ressentir tout plus fort, jusqu'au point de rupture. Semaine après semaine, rencontre après rencontre, il répétait sa technique en appuyant à chaque fois un peu plus.

« La sorcière du placard aux balais »

Répéter la phrase maudite sans tout à fait la prononcer. Aller le plus loin possible dans la provocation. Jusqu'à la dernière syllabe.

Mais ce n'est pas Madeleine qu'il a fait craquer.

C'est moi.

Madeleine.
Tu me manques tellement.
Tellement.
Ma douce.
Ma toute douce.

JE T'AIME

~~« Vous êtes sûre que vous n'avez besoin de rien Madame Faron ? »~~

~~« Si, j'ai besoin que tu foutes le camp de ma vie, connasse, moucharde, dégage de mon appartement, retourne chez tes maîtres et va leur sucer leur sale queue de fachos. »~~

~~Cette sale petite bourgeoise catho cul serré qui s'est jamais fait sauter, je peux plus~~

~~Si seulement elle ose~~

~~ne pas arrêter~~

~~la pr~~

le reste de la feuille est déchiré

Comment ai-je pu me laisser enfermer à ce point ?

Calmement.

Je ne retombe pas dans la colère. Je joue leur jeu. Gentille Typhaine. Un peu à l'ouest, un peu dépressive, mais calme. Je ne leur laisse aucune prise.

Aucune.

Bon, si je ne veux pas passer pour une paranoïaque complète, il faut que je raconte ~~ce que Nolan~~ les raisons pour lesquelles j'en suis venue à ne plus considérer cet enfant comme mon enfant, comme un enfant, comme ... je ne sais même pas quels mots employer pour décrire la nature de ~~cette chose cette personne~~ cet être.

Passons.

Très vite, il y a eu le langage articulé. Comme je l'écrivais l'autre jour, à partir du moment où il a été admis en ADES, j'ai eu le sentiment qu'il recevait des consignes – je sais que tout ça paraît dingue, des consignes à un enfant en bas âge, ça ne fait aucun sens, je sais que je l'ai déjà écrit, mais je préfère le répéter, l'écrire encore et encore parce que rien de tout ce que je vais décrire ne m'est apparu comme une évidence. Je n'ai pas arrêté de me remettre en question, de douter, de me traiter de pauvre folle, parfois à voix haute.

Et pourtant. À partir de son admission, sa progression cognitive était certes spectaculaire, mais ~~mesurée retenue~~ acceptable.

Il s'est mis à former des mots complets dès six mois. Les phrases simples ont suivi assez vite. À un an, je suis convaincue qu'il parlait aussi bien qu'un enfant de quatre ans. Malgré ses approximations grossières, je suis certaine qu'il aurait été en mesure de tenir une conversation courante avec nous. Je ne dis pas qu'il aurait pu nous expliquer dans le détail la théorie de la relativité générale. Mais il savait parler.

Je pense qu'il a su lire à peu près en même temps. Je l'ai surpris à plusieurs reprises le regard rivé sur la télévision, ses yeux suivant le bandeau texte en bas de l'écran. Une chose le trahit systématiquement : lorsqu'il se concentre, lorsque ses capacités ne sont pas « parasitées » par son numéro de représentation sociale, une petite veine qui part de sa tempe droite et monte sur le bas de son front gonfle légèrement. Comme s'il sollicitait son cerveau de façon plus soutenue, comme si ses petits neurones ~~dégénérés~~ avaient besoin de plus de sang, de plus d'énergie. De la même façon, je me suis vite rendu compte lorsqu'il prêtait l'oreille à nos discussions, tout en faisant semblant de jouer. Sans tourner la tête, ses mouvements devenaient un peu plus lents, un peu moins précis. Toute sa concentration était dirigée vers nos paroles. Ces simagrées ont duré pendant environ un an. Il grandissait. Avec Gauthier, le statu quo était complet : nous étions devenus des étrangers l'un pour l'autre. Qu'est-ce que je pouvais faire ? Rien. Je ne pouvais pas divorcer – les divorces sont interdits lorsque la demande émane de l'épouse – et je n'avais plus d'emploi. J'étais prisonnière chez moi d'un système que j'avais approuvé. Je ne donnais plus de nouvelles à personne. Élisa restait à distance, la Tutelle la surveillait dès qu'elle s'approchait de moi. Elle tolérait mes petites sorties avec Madeleine, elle était inévitablement au courant des rencontres avec Aïssatou et Roméo. Mais tant que tout se passait à distance de lui… elle me foutait la paix. J'observais passivement son évolution. Je remarquais des dizaines de petits détails mais je n'en disais rien. Je crois qu'une part de moi était fascinée. J'avais été totalement neutralisée. Je jouais un rôle de poupée mécanique.

Et puis tout a commencé à prendre une ampleur… problématique.

Il y a eu les dessins. Et l'écriture. Pas l'écriture de lettres et de mots – je pense qu'il avait reçu des consignes en ce sens, pour ne pas effrayer les parents. Mais l'autre écriture.

Nous n'avons jamais connu la nature exacte des enseignements et de la prise en charge que les enfants du Programme recevaient à l'ADES. Pas de manuels scolaires, pas de fournitures, pas de réunion de parents d'élèves ni de rencontre avec les équipes pédagogiques, pas de visite de l'établissement. Rien de tout ça. Le Programme réclame une confiance aveugle, totale, absolue.

« Vous êtes les parents de la première génération d'enfants sains surdoués, circulez, y a rien à voir. Et estimez-vous heureux ~~d'élever~~ d'héberger la future élite mondiale. »

Dépôt le matin, retour le soir. Du lundi au vendredi. De huit heures à dix-huit heures.

Parfois, des week-ends entiers, des week-ends « découverte » en bord de mer, à la montagne ou je ne sais où. Une photo collective en guise de preuve, qui pourrait avoir été prise n'importe où, ou générée par IA. Ce qui, soit dit en passant, n'a jamais posé le moindre problème à Gauthier. Mais je reparlerai plus tard de lui, de nous, de ce champ de ruines qu'est devenue notre relation.

L'écriture et les dessins, donc.

Ma mémoire peut me tromper, et requalifier a posteriori des souvenirs que je n'avais pas sur le moment interprétés comme tels, mais il me semble que j'avais été intriguée, assez tôt, par une série de caractères récurrents qui pouvaient se deviner dès ses premiers gribouillis. Comment décrire ces symboles ? C'est difficile : des entrelacs, comme des nœuds marins, mais qui comportent des parties très géométriques. Des parallèles, des demi-cercles, des spirales. Des formes qui ne semblent pas du tout avoir été produites par hasard, par un trait maladroit ou aléatoire, et qui tendent à se répéter, même vaguement, d'un dessin à l'autre.

Le tout très hésitant, tremblant, imprécis.

Avant que ces symboles n'apparaissent de manière indiscutable – c'est assez récent, ou tout du moins, le fait qu'il ne les cache plus est assez récent – il y a eu l'épisode avec Isabelle. C'est là que tout a commencé à prendre des proportions délirantes.

C'était un dimanche après-midi. Bien avant la crise.

~~Nolan~~ Il avait un tout petit peu plus d'un an, c'était au mois de mars. Je me souviens de la date, parce que je venais de changer la salopette que la mère de Gauthier nous avait offerte pour son anniversaire ; elle était trop petite, il portait déjà du deux ans. La nouvelle salopette était un peu trop large, encore un peu rigide et il s'empêtrait sans cesse dans les bretelles, ce qui me faisait beaucoup rire.

Léa et lui étaient en train de jouer dans la chambre, avec Bénédicte. Je joue moi aussi, à un autre jeu : celui de la mère de famille épanouie, émerveillée, et curieuse de la progéniture de ma si chère amie.

La nuit commence à tomber, il fait un jour un peu gris, mais l'air est doux, les fenêtres ouvertes. Je me lève pour faire chauffer une nouvelle bouilloire, pour une nouvelle tisane, un peu lasse. Isabelle parle, comme à son habitude, en mère responsable et idéale. De l'eau a coulé sous les ponts depuis le dîner où je m'étais enfuie, furieuse. Mais ce jour-là, quelque chose ne va pas. Je la sens plus tendue qu'à l'accoutumée. Entre chacun de ses monologues mondains s'installe un silence, que je ne prends pas la peine de rompre.

Elle est évidemment curieuse ~~de l'évolution de Nolan~~ de ses progrès. Elle cherche quelque chose. Je connais ma partition sur le bout des doigts. Tout va bien dans le meilleur des mondes. Quelle précocité ! Quel développement ! Quelle chance nous avons ! Mais je sens Isabelle nerveuse. Préoccupée.

Léa, sa fille, sa petite merveille. Elle aussi est si alerte. Si réactive. Quel bouleversement pour elle qui a eu à élever – que ses domestiques ont eu à élever – trois Fragiles. Mais Isabelle s'interroge. Que font-ils exactement à l'ADES ? Tu as une idée ? Non parce que tout de même, on devrait savoir ce qui se passe, tu ne crois pas ? C'est pour leur bien, bien sûr. Et puis Léa, quelle merveille. Mais enfin, ça ne t'intrigue pas toi, ce qu'ils font avec les enfants toute la journée ? Et ces week-ends ? On t'a dit quelque chose ?

Je reviens m'asseoir avec la théière brûlante. Je lui verse une pleine tasse de je ne sais plus quelle mixtion insipide. Et je sens une faille. Prudence : c'est Isabelle. Mais il y a chez elle, sur son visage, un voile que je ne lui connais pas. Au lieu d'exploiter immédiatement le filon, je joue la mère impliquée mais sereine, je lui pose la main sur le genou, un grand sourire au visage, et je lui assure qu'elle n'a vraiment aucun souci à se faire : nos enfants sont entre de bonnes mains. Regarde comme ils sont vifs, développés et créatifs. Nos familles sont bénies !

C'est sur le mot créatif que je touche un point sensible.

— Écoute Typhaine – elle hésite, jette un œil vers le couloir qui donne sur la chambre où jouent les enfants. Je peux te montrer quelque chose ?

— Mais bien sûr Isabelle, tout ce que tu veux.

Elle saisit son sac à main, et sort une liasse de papiers pliés, de différents formats.

— Regarde : Léa dessine ça, tout le temps. Ça fait plusieurs semaines… non, plusieurs mois. Toujours ces mêmes formes. Et quand je lui demande ce que c'est, elle ne me répond pas. Elle dit que ce sont des images dans sa tête. Mais enfin, quand même… c'est un peu bizarre, non ? Tu trouves pas ça biza*rr*e ? – avec ce léger accent hispanique qui fait rouler un tout petit peu trop les *R*.

Je prends la liasse de papiers, je la déplie. Je ne sais pas si c'est arrivé immédiatement. Très vite en tout cas. Une aiguille de métal glacée qui pénètre mes cervicales, un pincement glacial qui se diffuse tout le long de ma colonne vertébrale.

Sur les pages gribouillées en différentes couleurs vives… comment décrire ce que j'ai vu, ce que j'ai compris instinctivement. Ce n'est pas un motif. C'est un assemblage de formes distinctes, abstraites. Comme des boîtes de volumes différents qui s'enchâssent les unes dans les autres, mais de façon irrationnelle. Un peu à la manière des escaliers d'Escher. Plus on les regarde, et plus c'est un défi pour l'entendement. Une illusion d'optique, mais qui n'en est pas une. La première chose qui vient à l'esprit est « ça ne fonctionne pas ». Page après page, le dessin est reproduit avec de subtiles variations. Ce n'est pas toujours le même labyrinthe de formes et de structures, mais ce sont les mêmes volumes, les mêmes jonctions, les mêmes aberrations géométriques. Page après page, après page, après page. Et dans les marges, il y a ces symboles. Pas vraiment des lettres, pas vraiment des mots. Juste des entrelacs comme ceux que je voyais ~~dans les dessins de Nolan~~ dans ses dessins à lui.

Isabelle se rend compte de mon inconfort. Je crois que je deviens livide. La paume de mes mains est moite. Un frisson part des lombaires, remonte. Les tempes deviennent légèrement humides. Mes avant-bras se mettent à trembler légèrement.

Du calme Typhaine, garde ton calme.

Respire, lentement.

Le sourire. La façade. Le masque.

La gentille Typhaine.

Je ne sais plus très bien ce que je lui ai répondu. Des dessins d'enfants. Des lubies. Il ne faut pas s'inquiéter. Elle dessine d'autres choses par ailleurs, non ? Oui oui bien sûr. Un petit silence s'installe. Nous nous regardons. Elle sait. Je sais. Je sais qu'elle sait. Nous savons. Je lui tends les dessins. Je peux en garder un ? Pour le montrer à Gauthier. Oui oui bien sûr.

Elle reprend les papiers pliés. Nous buvons cette tisane dans un silence pesant. Au loin, les enfants jouent. Ils rient. La voix de Bénédicte, enjouée. Je mets un peu de musique ?

Isabelle et Léa repartent. Bénédicte prépare le dîner. Aucune nouvelle de Gauthier. Rentrera, rentrera pas ? Ce soir-là, je m'en fous. Je regarde la feuille entrouverte sur la table basse du salon. On ne distingue pas grand-chose, quelques traits rouges tout au plus.

À cet instant, je ne veux pas complètement y croire. Je pense que c'est mon cerveau, ma mémoire qui me joue des tours. Que je délire. Que ça n'est pas possible. Je retarde le moment, la confrontation avec la réalité. Un verre de vin vidé.

Un deuxième.

« Encore un autre Madame Faron, vous êtes sûre ? »

Ta gueule, sers-moi et fais ton boulot.

Tellement envie de fumer.

Je profite de son inattention pour engloutir le verre, je m'en ressers un rapidement dans son dos avant qu'elle ne s'en rende compte. Je m'approche de la table, je saisis le papier plié en quatre. Je me lève, le pas un peu hésitant, certainement un peu saoule – l'alcool et les médicaments, pas la meilleure idée. Dans notre ~~chambre~~ ancienne chambre, la chambre de Gauthier aujourd'hui, sur le mur, à côté de la coiffeuse, il y a ce si joli dessin ~~que Nolan~~ qu'il nous a offert. Ce dessin qu'il a fait devant nous, pas à l'école, ici, à la maison, dans le salon, ce dessin que nous avons trouvé si joli, si surprenant, si élaboré. Ce dessin qui était tellement lui. Atypique. Bizarre. Inattendu. Je retire le cadre du mur, j'enlève le verre de protection, je le sors. Je pose le dessin de Léa par-dessus. Les feuilles n'ont pas le même format. Je les lève vers la lumière du plafonnier.

Les mêmes traits. Les mêmes courbes. Les mêmes dimensions. Pas les mêmes couleurs.

Mais à part ça, les deux dessins se superposent, presque exactement. Au centimètre près. Au millimètre près.

Les formes macroscopiques. Les symboles. Les entrelacs.

Tout se superpose, comme s'il s'agissait d'une photocopie.

C'est à partir de cet instant-là que j'ai voulu savoir.

Il ne s'agissait pas juste ~~de mon fils~~ de l'enfant qu'ils me forçaient à appeler mon fils. Ce n'était pas juste Nolan et Léa. C'était plus grave que ça. Tous ces gamins, tous ces enfants sortis du Programme. Combien de familles ? Combien de femmes ? Qu'est-ce que ces ordures eugénistes néofascistes ont foutu dans nos utérus ? Qu'est-ce qu'ils ont mis au monde ?

Nous étions mille cinq cents.

La première fournée. Les mères pondeuses du futur de la Nation. L'espoir non pas d'une civilisation mourante, mais d'un régime fascistoïde qui a réussi à développer un programme de fertilisation eugéniste dans la droite lignée de ce dont auraient rêvé, un siècle et demi plus tôt, les médecins sorciers nazis. Mais dans le contexte d'effondrement de la fertilité et de la recrudescence des naissances fragiles, ce contre quoi nos ancêtres s'étaient battus, les limites éthiques que l'extermination du milieu du vingtième siècle avait posées ont bien entendu volé en éclats. Il ne s'agissait pas de produire une race pure. Il fallait sauver l'espèce humaine.

Tant qu'on était à trafiquer le génome humain, autant le rendre plus performant. Retirer les gènes défectueux. Enlever les prédispositions suspectes. Nettoyer tout ça, pour produire des enfants ~~purs~~ sains.

Sauf que tout ne s'est évidemment pas passé comme prévu.

La superposition des dessins a eu l'effet d'un électrochoc. À cette période, j'étais lourdement médicamentée. Tout était pesant. J'avais cette boule d'anxiété, nichée juste sous mon sternum. Je savais que je devais faire quelque chose. La cyamémazine, l'antipsychotique que je prenais dissolvait complètement ma volonté. Et je ne cessais de douter. J'étais face à un système fonctionnel et parfaitement rodé. Seule avec mes pensées parasites. Seule face à un Programme, face à une Tutelle, face à un mari, face à une assistante maternelle, face à des médecins, face au monde entier qui m'expliquait que ce qui n'allait pas, ce n'était pas ~~mon fils~~ cet enfant mais c'était moi. Et que j'étais un danger. Pour lui. Pour moi. Pour tout le monde.

Il fallait me soigner.

Je ne sais pas qui lira ces lignes. Elles présentent ce que je ressens. Ma vision, l'objectivation de ce que j'ai vécu. À cette époque, j'étais seule. Isolée. Face à un mur, à un collectif, à un groupe coordonné qui me renvoyait le même message : je suis folle – j'invente ce que je vois – je suis irresponsable – je suis dysfonctionnelle – je ne sers à rien – je dois être encadrée.

Comment voulez-vous persister à croire que vous avez raison, que vous avez aperçu quelque chose qui ne colle pas, que vous êtes victime d'un système, lorsque tout le système s'escrime à vous rappeler que c'est vous le problème, c'est vous qui êtes brisée. Dans la brume permanente des médicaments, s'accrocher à une idée, croire à sa propre voix, celle qui dit : non, tu n'as pas tout imaginé, non, tu n'es pas folle, représente un effort titanesque. C'est sans doute pour ça qu'il m'a fallu tant de temps avant de réagir.

Mais avec le dessin, j'avais enfin une preuve tangible. Une objectivation. Un élément concret, que je pouvais montrer à quelqu'un d'autre. Il me fallait donc un regard extérieur. Une alliée.

J'ai rappelé Élisa.

Nous ne nous étions pas vues depuis plusieurs mois. Même si elle constituait un *red flag* pour la Tutelle, elle restait mon amie. Je pouvais aller la voir. Le moins souvent possible, mais ça n'avait rien de suspect.

La bascule a été difficile. J'avais la conviction – je savais – que Bénédicte me surveillait. Je sortais très peu à cette époque, et je pouvais difficilement reprendre une activité régulière sans attirer les soupçons. J'ai donc fait ce que tout psychotique paranoïaque fait à un moment donné : j'ai arrêté de prendre mon traitement, en cachette. Je n'ai pas tout interrompu du jour au lendemain, mais je l'ai réduit. Pour sortir du coton, de la langueur et de l'abrutissement quotidiens. Cela faisait pas loin d'un an que j'étais globalement inerte. Les méfiances et les soupçons à mon égard s'étaient délités.

Nous nous sommes retrouvées près de la maison, dans le parc de Charonne, sur l'ancienne Petite Ceinture. C'était au début du mois d'avril, le grand cerisier sur le pont de la rue des Orteaux était en fleurs. Les températures dépassaient déjà les vingt degrés. Je lui ai montré les dessins. Je lui ai tout expliqué, depuis la maternité. L'immobilité, les mouvements coordonnés, l'attention à nos discussions, les provocations répétées sur Madeleine, l'opacité de l'ADES, la petite veine sur le front, Bénédicte, tout jusqu'à l'inquiétude d'Isabelle, la plus pro-régime, la plus réac de toutes, et puis les dessins, tout ça ne pouvait pas être strictement le fruit de mon cerveau malade, tout était beaucoup trop cohérent, beaucoup trop organisé, tout était là sous mes yeux mais personne d'autre que moi ne semblait le voir, ou au contraire, tout le monde le voyait mais il fallait le taire, ou faire semblant que ça n'existe pas, est-ce que Gauthier est au courant, est-ce qu'il sait ce qu'est ~~ce truc cet enfant~~ cette créature, est-il même seulement humain est-ce que

~~c'est vraiment ça mon fils~~ ça provient de lui, de moi, de nous deux… j'ai dû parler en continu pendant près d'une heure. Élisa m'écoutait, patiemment. Son visage naturellement souriant, malgré les épreuves qu'elle avait traversées, devenait de plus en plus grave au fil de mon récit. Elle ne m'interrompait pas. Elle demandait des détails, des précisions à certains endroits, elle cherchait très attentivement à comprendre.

Quand je me suis tue, Élisa m'a enlacée. J'ai posé la tête sur son épaule. J'ai pleuré, sans sanglots. Ces larmes que je retenais depuis un an sont sorties toutes seules. En silence.

Nous sommes restées quelques instants, dans l'écho de ce flot ininterrompu de paroles qui, elles aussi, ne demandaient qu'à sortir.

Élisa me croyait.

Ce furent ses premiers mots: « Je te crois. »

Ceux qu'elle me dit ensuite ont été, comme à son habitude, ceux du bon sens, de l'évidence qui était là, juste devant moi, sous mon nez, et que je n'avais évidemment pas envisagée: je n'étais certainement pas la seule à m'inquiéter. Si même Isabelle avait des arrière-pensées, d'autres mères de la première vague devaient avoir elles aussi vécu des expériences similaires aux miennes.

Dans les services de maternité, de néonatalogie et d'assistance maternelle, à l'échelle d'un pays, il est statistiquement impossible de n'avoir que des viragos réactionnaires à la solde du pouvoir. Les informations filtrent, et aboutissent naturellement dans ce qu'il reste des réseaux féministes, LGBTQI+ et des milieux militants, affaiblis mais pas entièrement oblitérés: chez les médecins, doctoresses, éducatrices, sages-femmes, infirmières, institutrices, cantinières, femmes de ménage, directrices d'établissement, assistantes maternelles, toutes celles et ceux qui ont encore le bon sens de penser que ce pouvoir, un jour futur, finira bien par chuter.

Elle avait gardé des contacts, notamment une journaliste qui pourrait peut-être chercher des pistes. Évidemment, tout cela était extrêmement risqué. Entre son passif judiciaire et la surveillance dont je faisais l'objet, nous étions les plus mal placées pour aller fouiner dans les angles morts de ce programme national eugéniste de repopulation, le fleuron du gouvernement Néopatriote.

Pourtant, les premières réponses sont tombées assez vite. Non pas sur les mères actuelles, mais sur les disparues. Si nous étions mille cinq cents au départ, nous n'étions plus que mille quatre cent soixante-treize. Sur les vingt-sept femmes sorties du Programme, huit ont fait une fausse couche. Deux enfants ont eu des complications *post-partum*, et sont morts avant la fin de la première semaine. Une femme s'est fait avorter, et a été condamnée à mort en comparution immédiate. Il restait donc seize enfants viables, dont le parcours n'était pas suivi par les cliniques ou la Tutelle, et qui avaient été retirés des relevés statistiques. Sept de ces familles sont parties à l'étranger dans les six mois après la naissance de l'enfant, avec l'aval de l'État français, principalement vers la Russie.

Ce qui nous laissait neuf enfants, neuf femmes, neuf familles effacées des registres, disparues dans la nature. Où étaient-elles ? Pourquoi s'étaient-elles évanouies sans laisser de trace ? Ces informations-là étaient, elles, beaucoup plus complexes à trouver. Pour Élisa seule en tout cas. Mais j'avais mon idée, et je savais par quel biais entrouvrir une porte pour avoir accès à ce type de renseignement.

L'amour est un oiseau rebelle que nul ne peut apprivoiser
Et c'est bien en vain qu'on l'appelle s'il lui convient de refuser
Rien n'y fait menace ou prière l'un parle bien l'autre se tait
Et c'est l'autre que je préfère il n'a rien dit mais il me plaît

La somptueuse ouverture en ré mineur de *La Habanera.*

Nous sommes tous les quatre dans la loge. Isabelle est assise à côté de moi, Gauthier et Gilles devant nous. Comme à son habitude, elle est impeccable. Les cheveux relevés dans un chignon noir corbeau, dévoilant ses épaules nues. Elle porte une très élégante robe noire en bustier, qui met délicatement en valeur le teint hâlé de sa peau, son ossature fine sur une carrure robuste, les os de la clavicule apparents, joliment surlignés par un collier en argent et en émeraude, assorti aux deux pierres brutes non taillées de ses boucles d'oreilles. Comme toujours, c'est un sans-faute. Isabelle est une très belle femme, qui sait parfaitement se mettre en valeur. ~~Quel dommage qu'elle~~ Les seuls détails qui pèchent sont l'expression de son visage, une amertume imprimée dans les rides autour de sa bouche, une sévérité comme un voile revêche dont elle n'arrive jamais à se départir tout à fait et qui donne l'impression qu'elle peut mordre à tout moment. Pas mordre comme un chien, mais comme ~~une vipère~~ un crotale. C'est un sémaphore destiné au reste du monde : restez à distance, n'essayez pas de vous frotter à moi. Ça et ses mains. Elle a des mains affreuses. Elle les cache d'ailleurs souvent. Ce soir, elle porte de longs gants de soie noire brossée qui se marient parfaitement avec sa robe.

J'avais pris avec moi le dessin de Léa qu'elle m'avait laissé. J'avais décidé d'exploiter cette faille dans la cuirasse qu'elle n'avait pour une fois pas réussi à dissimuler. Isabelle la rigide commençait à vaciller dans son monde parfait, murée dans ses certitudes et ses privilèges. Peut-être allais-je réussir à la convaincre que, pour le bien de nos enfants, il fallait passer outre nos différences, nos inimitiés, et trouver un terrain d'entente acceptable pour nous deux. Acceptable, et *safe*.

Voici l'ordre ; partez, et faites bonne garde.

La fin de l'acte I approche. Pourquoi avoir choisi de faire ça à l'entracte à l'Opéra ? Parce qu'il n'y a pas de Bénédicte, pas de Victoria, pas d'ALIX. Juste nous deux, dans la foule, deux mères en train de regarder les dessins de leur progéniture. Acceptable, et *safe*.

Si tu ne m'aimes pas, si tu ne m'aimes pas, je t'aime !
Mais si je t'aime, si je t'aime, prends garde à toi !

Carmen pousse José, court sur le pont, jette sa corde par-dessus le parapet et disparaît dans les rires des cigarières qui entourent Zuniga.

Applaudissements. Les lumières se rallument. Je jette un œil à Gauthier qui ~~fait la gueule~~ applaudit, impassible. Lorsque nous sortons ensemble en public, nous nous contentons de donner le change a minima. Je prends son bras pour marcher. Il me demande poliment ce que je veux commander. Il me laisse le passage. Et c'est à peu près tout – ce qui me convient parfaitement. Il me jette un coup d'œil, me fait un signe de la tête assez neutre, qui peut tout aussi bien dire « ça t'a plu » ou « tu peux te lever pour qu'on sorte de la loge » ou « tu as l'heure ». Guy se retourne vers nous, un grand sourire aux lèvres. Il fait signe à Isabelle qui se penche vers lui, et lui murmure quelque chose à l'oreille que je n'entends pas, dans le vacarme des applaudissements. Je ne sais pas trop s'il faut que je me lève maintenant, s'il faut que je les attende. Gauthier lui aussi est ~~à demi retourné,~~ bloqué sur son siège. Manifestement, Isabelle ne comprend pas bien ce que Guy lui dit, et se penche un peu plus vers lui.

Je vois sur son épaule quelque chose que je n'avais jamais remarqué, ou auquel je n'avais jamais prêté attention. Juste à la frontière de son bustier, sur l'omoplate, une tache un peu plus claire sur sa peau. Comme de la dépigmentation, mais d'une forme assez précise. Une cicatrice, mais pas vraiment. Non. Peut-être un vieux tatouage effacé au laser. L'espace de quelques secondes. Je le remarque sans le remarquer. Gauthier se lève, Isabelle se recule, et l'information disparaît presque aussitôt qu'elle est apparue.

Je me souviens tout de même d'avoir été étonnée qu'Isabelle, cette grande bourgeoise coincée ~~du cul~~, se soit fait tatouer à un moment donné de sa vie. Mais après tout, elle ne m'avait jamais parlé de ses jeunes années en Espagne. Peut-être avait-elle fait partie d'un groupe féministe radical punk lesbien. Vraisemblablement pas, mais l'idée m'amusait. Et puis j'ai pensé au petit capricorne sur le haut de ma cheville que j'avais songé à faire enlever plusieurs fois sans jamais passer à l'acte, de peur qu'il reste une cicatrice et que ce soit plus laid à l'arrivée qu'au départ.

J'écris cela minutieusement aujourd'hui parce que je fais l'effort de recomposer la succession d'événements avec le plus de détails qu'il m'est possible de me rappeler. Mais sur l'instant, ces pensées étaient fugaces, éphémères. J'étais concentrée sur le fait qu'il fallait que j'aie brièvement accès à Isabelle, que je lui montre les dessins, que j'élargisse la brèche et que j'arrive à la convaincre sans qu'elle se sente prise au piège.

Nous sortons de la loge pour aller partager une coupe de champagne sur la terrasse de l'Opéra. La nuit est belle, mais encore un peu fraîche. Isabelle porte une magnifique étole en flanelle rouge sombre, qui à la fois couvre ses épaules et magnifie son port de tête altier, un soupçon arrogant.

Je prête à peine attention aux commentaires convenus sur la mise en scène et les performances de la mezzo-soprano ou du ténor. J'ai assez peu de temps avant la reprise du spectacle. De façon assez maladroite, je surjoue une sorte de prise de conscience.

— Ah au fait Isabelle ! J'ai quelque chose pour toi.

Isabelle se tourne vers moi, intriguée et un peu méfiante. Je fouille ostensiblement dans mon minuscule sac à main.

— Le dessin de Léa que tu m'avais laissé. Tu te souviens ?

Son visage se raidit. Elle se fend d'un sourire crispé.

— Tu… tu aurais pu le garder, c'était…

— Oh non écoute, c'est important de conserver les dessins de nos enfants, ce sont de si jolis souvenirs ! Et ils veulent dire tant de choses.

Je déplie la feuille devant ses yeux.

— C'est bien celui-là ?

Isabelle me jette un regard furieux et me tourne instantanément le dos.

— Oui, oui. J'en ai plein d'autres, garde-le.

Elle jette un coup d'œil à Guy et Gauthier, qui ne prêtent aucune attention à nous. Je lui attrape le poignet. Elle me fusille du regard. Je sens à cet instant dans ses yeux une telle colère, une telle haine que je la relâche immédiatement. Les crocs sortis, le venin perle, elle est prête à mordre. J'hésite, un instant, désarçonnée.

— Isabelle, écoute-moi. Ce n'est pas le dessin de ta fille. C'est celui de Nolan. Ils dessinent exactement les mêmes choses. Regarde, celui de Léa…

Je cherche de nouveau dans mon sac, mais d'un mouvement brusque, elle me repousse et me tourne le dos en marmonnant des mots en espagnol.

— *¡Maldita sea, estúpida!*

En une fraction de seconde, son expression est redevenue cordiale. Elle prend le bras de Guy, et fait mine de s'intéresser à leur conversation. Je suis à quelques centimètres derrière elle, penaude, humiliée. L'échec est total. Je fulmine. La lâcheté, la veulerie de cette femme. Évidemment, tout est simple pour elle. Elle est protégée, choyée, abritée. Du côté des puissants. Des oppresseurs. Bien confortable dans sa petite vie bourgeoise ~~de merde~~ égoïste, cette ~~espèce de salope~~ espagnole passive agressive, je sens ma colère monter, l'envie de lui arracher sa jolie robe, de lui démonter son chignon si parfait, de lui hurler que sa ~~connasse de~~ gamine est certainement aussi pétée du casque que le mien, de salir sa petite vie confortable, j'avale d'une traite la coupe de champagne, je fais un pas en la bousculant ostensiblement pour me lover contre Gauthier, je la regarde fixement, un long instant, ses yeux croisent les miens mais elle détourne la tête.

Taper pour taper, brusquer pour brusquer, je n'avais vraiment aucune stratégie autre que la volonté de la désarçonner, de la mettre en porte-à-faux, de l'embarrasser publiquement. De me venger de sa couardise et de son conformisme. Je coupe sans égards la discussion insipide que les deux hommes faisaient semblant d'entretenir.

— Je ne savais pas que tu étais tatouée. Comment est-ce que tu l'as fait retirer ?

Stupeur.

Le masque d'Isabelle se fissure. Comme une pellicule de glaise qui se fendille, et qui tombe plaque par plaque. Guy me dévisage. Je n'ai aucune idée de ce qui vient de se passer. Je suis moi-même surprise, je ne comprends pas du tout où je viens de mettre les pieds. L'espace d'un micro-instant. Guère plus. Puis Isabelle éclate de rire. Un rire faux. Qui dit exactement l'inverse de ce qu'il tente de signifier.

S'il n'y avait pas eu ses réactions aussi maladroites, empesées, s'il n'y avait pas eu cet instant suspendu qui crie « NON », je les aurais peut-être crus. Je n'aurais peut-être rien relevé.

Mais tout est là : surprise, colère, peur, agressivité. ~~Du pur carburant à paranoïa.~~

— Qu'est-ce que tu racontes, voyons…

— La cicatrice sur ton omoplate. C'est pas un tatouage effacé ?

Regard entre Isabelle et Guy, très rapide, presque imperceptible. Coller au récit. Mensonge. Faille. Danger.

— Non… C'est une tache de naissance.

Ce n'est pas Isabelle qui répond.

C'est Guy.

En plein dans le mille.

Je suis moi-même estomaquée d'avoir levé un aussi gros lièvre, presque par hasard. Si gros que leur défense ne cesse de hurler à la confirmation. Réagir vite, désamorcer, faire l'imbécile qui est tombée sur le code du coffre-fort par hasard.

— Oh, d'accord. Non parce que j'ai ce petit tatouage affreux – je lève le bas de ma robe – que j'aimerais faire retirer depuis… – j'implique Gauthier, retour à la normalité – depuis un bout de temps mon chéri non ?

— Oui, ça fait des années qu'elle en parle.

Isabelle reprend son rire artificiel, Guy embraye, change de sujet. Mais elle m'envoie un regard fulgurant, un couteau aiguisé qui me tranche la nuque, glace mes cervicales et descend jusque dans mon estomac. J'ai touché un endroit extraordinairement sensible, sans le savoir. Pourquoi ce tatouage ? Où ai-je mis les pieds ?

Sonnerie.

Deuxième acte.

Nous retournons dans la salle de Garnier.

Les tringles des sistres tintaient avec un éclat métallique,
et sur cette étrange musique les zingarellas se levaient.
Tambours de basque allaient leur train, et les guitares forcenées
grinçaient sous des mains obstinées,
les mêmes chansons, les mêmes refrains,
les mêmes chansons, les mêmes refrains.

Isabelle garde son étole sur les épaules. Elle prend bien soin de les cacher, maintenant.

Moi, je tourne en boucle. ~~Le petit train qui s'emballe.~~ Je n'ai qu'une question en tête : quelle corde sensible ai-je touchée en évoquant ce tatouage effacé ? Ou alors je me suis gourée, et c'est une dépigmentation naturelle. Mais dans ce cas, pourquoi est-ce que j'ai à ce point la certitude que j'ai tapé pile au bon endroit ? Et pourquoi, encore une fois, tout le monde sait, sauf moi ?

Je réfléchis mieux, mais je me méfie encore de moi-même et de ma propension à voir des signes, des indices là où il n'y en a pas. Un tatouage sur l'omoplate. N'importe qui peut en avoir. Le signe d'une appartenance politique honteuse ? Quelque chose qu'il faut faire disparaître en tout cas. Escamillo épargne Don José. Et je tourne en boucle. Un rapport avec l'origine espagnole d'Isabelle ? L'Espagne a intégré l'UPE, l'Union des Patriotes Européens, avec la France, la Belgique, l'Italie, l'Autriche, les Pays-Bas, la Pologne, la Hongrie, la République tchèque, la Serbie, le Danemark et la Grèce – les douze Patriotards, comme on les appelle. Quand bien même elle aurait fait partie d'un mouvement dissident ou d'extrême gauche dans sa jeunesse, c'est aujourd'hui une femme de quarante ans mariée à un cacique du système. Qui pourrait lui reprocher ses errances ? Guy s'apprête à occuper un poste au gouvernement. Certes. Que son épouse ait un passé séditieux serait sans aucun doute un handicap.

À ce moment, je m'en tiens là. Et si Isabelle avait été une gauchiste ? Mais cette option ~~me paraît tellement improbable~~ ne me satisfait pas du tout. Il y a plus. Autre chose. ~~Plus gros~~ Après tout, Gauthier et moi nous sommes rencontrés dans un syndicat étudiant, avant le coup d'État institutionnel des Néopatriotes. Et si Isabelle était comme nous ?

J'ai passé le reste de l'opéra à retourner le problème dans tous les sens, sans trouver de réponse satisfaisante.

pour pays tout l'univers,
pour loi, pour loi la volonté ;
surtout, surtout, oui,

la liberté ! la liberté !

Applaudissements.

Nous sortons de l'Opéra. D'habitude, ~~on va~~ nous allons dîner ensemble. Mais pas ce soir. Je demande à Gauthier, dans l'AutoTaxi, si j'ai fait une bourde, si mes propos étaient déplacés. Il me répond à moitié. Je ne sais pas à ce moment-là s'il sait, ou non. Il ne me parle plus. Je suis un fardeau dans sa vie, dans sa carrière. Tout chez lui exprime l'agacement. Je me cale contre la portière, le regard perdu dans le défilé nocturne des rues parisiennes jaunâtres et vides.

Il n'y a plus personne dans les rues. Plus de bars. Plus de rues animées. Plus rien.

Paris est devenu une ville morte.

Ce monde est en train de crever sous nos yeux.

Cette histoire de tatouage m'a obsédée. La diminution progressive puis totale des médicaments n'a pas contribué à arranger mes comportements ~~obsessionnels~~ compulsifs. Comment ~~allais je pouvoir~~ trouver une réponse ? Je ne pensais plus qu'à ça, j'échafaudais des théories délirantes, à base d'implant sous-cutané, de cybernétique, de marque de torture, d'espionnage… Il fallait que je comprenne, pas tant pour convaincre Isabelle de nous aider – je ne me faisais plus beaucoup d'illusions sur sa possible coopération après le scandale de l'Opéra – mais parce qu'il y avait devant moi une aspérité, un secret, quelque chose de caché que je devais découvrir. À tout prix.

~~J'aurais dû dès le départ en~~

Pour une raison obscure, je n'ai pas raconté cet épisode à Élisa. C'était ma découverte. Ma quête. C'était à moi de la résoudre, sans l'aide de personne. ~~Ce qui était complètement~~ Cette histoire avait par ailleurs assez considérablement renforcé ma paranoïa, non que je perde confiance en mon amie, mais ~~je ne mais je ne voulais pas l'impliquer~~ je ne voulais pas prendre le risque d'ébruiter une information dont moi seule disposais. ~~J'étais convaincue que je tenais~~ Je voulais trouver la réponse, seule.

Ce qui, je m'en rends compte aujourd'hui, était parfaitement absurde.

~~La fébrilité L'excitation~~ La conviction que j'allais dévoiler un immense complot dont j'étais la pièce centrale, le tout couplé avec l'arrêt des médicaments, l'isolement, les tensions grandissantes à la maison, quelques jours avant le séjour mensuel de Madeleine : les ingrédients parfaits d'un cocktail explosif pour aller droit à la catastrophe.

Et c'est exactement ce qui s'est passé.

En pire.

J'essayais de me souvenir avec le plus de précision possible de ce à quoi ressemblait cette marque sous l'épaule d'Isabelle. Mais je l'avais vue trop brièvement, dans la semi-pénombre de la loge de l'Opéra, et il me fallait trouver un moyen de la revoir, plus clairement.

Petit à petit, jour après jour, à force de retourner le problème dans ma tête dans tous les sens ~~je ne pensais qu'à ça, jour et nuit~~ une ébauche de solution a commencé à se dessiner. Une sorte de plan, une esquisse qui ~~s'élaborait~~ se précisait, jusqu'à prendre les atours d'un plan ~~infaillible~~ à peu près infaillible.

À peu près.

Me remémorer cette soirée est un exercice particulièrement pénible.

~~Mon état mental~~

~~J'étais en train de perdre pied~~ J'étais en train ~~de plonger J'étais dans une phase maniaque~~

~~Le plan avait pourtant Le plan consistait à pousser Gauthier à~~

~~Je ne C'est~~

~~C'est Madeleine~~

illisible

~~J'aurais dû penser à la présence de Madeleine~~

~~Tout se serait bien passé si au lieu de si j'avais attendu~~

ratures illisibles

~~J'avais passé la journée au lit J'avais passé la journée à repasser à revoir le plan dans ma tête J'avais passé la journée à reprendre une par une~~

~~Toute la journée j'avais~~

~~Toute la journée~~

Gauthier devait rentrer à dix-huit heures avec Madeleine ~~Bénédicte Je devais Il suffisait~~

~~Tout partait d'une idée~~

~~Tout au long de la journée, je m'étais préparée à j'avais~~

~~Tout au long de la journée~~

~~Ce sont les hurlements de Nol~~

~~C'est quand j'ai réalisé que je lui avais arraché~~

ratures illisibles

plusieurs pages du carnet sont déchirées

Tout était clair dans ma tête.

C'était un vendredi après-midi. Bénédicte devait rentrer de l'ADES avec Nolan vers dix-sept heures trente. Je m'étais assurée que Gauthier passe chercher Madeleine au CIEF en sortant du ministère. Ce qui, normalement, le ferait arriver un peu après, sur les coups de dix-huit heures. Soit beaucoup trop tôt par rapport à sa charge de travail usuelle.

En rentrant, après avoir fait ce que je lui demandais, il irait certainement s'enfermer dans le bureau pour continuer à travailler, et se tenir le plus éloigné de nous possible. Bénédicte s'occuperait du bain de Nolan, et moi de retrouver ma grande Fragile qui pourrait bien s'occuper toute seule quelques minutes, le temps que je lance la recherche.

Je mûrissais ce déroulé depuis plusieurs jours. Étape par étape. Minute par minute. En fumant.

Je fumais de plus en plus.

L'angoisse, l'approche de la date.

Tout ce château de cartes si fragile que j'avais construit dans mon esprit.

Alors évidemment, ce vendredi après-midi… un verre de vin.

Pour faire retomber la pression.
Je tournais en rond dans la chambre, à la fenêtre.
Je repassais en boucle les séquences de ce… de ma mission.
Un verre de vin, une cigarette. Une autre.
Un autre.

Ventiler.
Débrancher.
Se calmer.

J'entends les pas dans le couloir.
Quelqu'un devant la porte, sur le palier.
Une voix féminine étouffée, indistincte.
Des grommellements, un bruit de clés, la porte s'ouvre.
Silence.
— ALIX, lumière dans l'entrée.
Silence.
— Madame Faron ?

Je suis dans la chambre. Je dors. Enfin, je ne dors pas du tout, mais je ne lui réponds pas. Je l'entends maugréer. Elle fait ce qu'elle fait. Elle se débarrasse. Nolan proteste. Elle lui parle, je ne distingue pas exactement ce qu'elle lui dit. J'attends. Je suppose qu'elle le pose dans son parc. Ses pas approchent de la chambre.

— Madame Faron ?

Je suis au lit. La tablette à côté de moi. Assoupie. En robe de chambre. Classique Typhaine.

— Madame Faron ?

Bénédicte entrouvre la porte. Les stores extérieurs sont baissés. La chambre baigne dans la pénombre de fin d'après-midi. Je l'entends renifler, il doit rester une odeur résiduelle de tabac. J'ouvre un œil.

— Oh Bénédicte ! Bonsoir.

Un peu confuse.

— Quelle heure est-il ?... Mmmmh. Oh mince. Je... Tout va bien ?

Je me redresse.

— Oui tout va bien, ne vous inquiétez pas...

Je me rallonge.

— Très bien... vous donnez le bain à Nolan ? Madeleine...

— Madeleine n'est pas encore arrivée madame.

— Ah...

Silence.

— Madame, je crois qu'il y a un problème avec ALIX.

J'attends quelques secondes, puis je me retourne vers elle, j'entrouvre les yeux.

— Comment ça ?

— Eh bien... la reconnaissance biométrique n'a pas fonctionné à l'entrée. J'ai l'impression qu'elle est hors ligne.

— Mmmmh...

Silence.

Je la laisse attendre. Au loin, Nolan commence à chouiner. Je me retourne dans le lit, et lui tourne le dos.

— Gauthier regardera ça quand il rentrera.

Les chouinements de Nolan deviennent un peu plus insistants.

— Bon, très bien. Je verrai avec M. Faron à son retour.

Elle hésite un instant. Je reste immobile. Elle fait un pas en arrière et sort de la chambre.

Première étape. J'entends Bénédicte prendre Nolan, grogneur, dans ses bras. Elle passe tout de suite dans la salle de bains pour faire couler le bain, et retourne vers la cuisine pour commencer à préparer le dîner. Au loin Nolan proteste, s'apaise, puis se tait. Je ne l'entends plus. Des placards, des casseroles, des récipients.

Ce n'est que la première étape. Mes jambes s'agitent. Je fais mon possible pour rester calme. Je repasse le déroulé du plan dans ma tête. Facile. La gentille Typhaine, un peu fatiguée ce soir. S'en tenir au plan. Mes jambes ne veulent pas rester calmes. Je n'aurais pas dû boire ~~ce verre~~ ces verres de vin. Mon corps me trahit. Je respire profondément. Calme-toi. Une étape après l'autre.

Attendre.

Attendre.

Attendre.

Attendre.

Attendre.

Des pas dans l'entrée. Madeleine, sa voix, ravie d'être à la maison. Ma grande fille. Enthousiaste. Heureuse. J'entends la voix de Gauthier qui râle. Les clés, la porte.

— ALIX !

Pas de réponse. Au loin Bénédicte.

— Bonsoir Monsieur Faron. Il y a un problème avec ALIX.

Madeleine court, ouvre la porte, entre dans la chambre, elle porte un kilt vert sur une paire de collants blancs, et un gilet aux couleurs un peu criardes, elle saute sur le lit, sur moi.

— MMMmammmmh ! BsssszzzmmMMamammhh !

Elle m'embrasse avec son dentier, elle me bave dessus, je la prends dans mes bras, je défais la boucle de sa muselière de silicone. Elle me sourit de toutes ses dents, ses petites canines trop hautes au-dessus de ses incisives, ses longs cheveux bruns tout raides maintenus par un serre-tête orné de minuscules oreilles de chat qui ne cesse de glisser, et son regard pétri d'amour avec ce léger strabisme qui pétille. Ma grande Fragile.

Ma grande fille.

Elle me fait un immense sourire, et plonge sa tête dans mon cou pour sentir mon odeur. Elle isole une mèche de ma tignasse pour en faire un doudou et la frotter contre l'aile de son nez.

— Maman ma maman maman, ma belle maman.

Gauthier passe une tête dans la chambre.

— C'est quoi le problème avec ALIX ?

Madeleine ne me lâche pas, sa tête est lovée contre mon épaule, emboîtée dans mon cou.

— ALIX ? Et ALIX ? Elle est où ALIX ?

Elle fait un mouvement brusque, tourne la tête sur le côté. Mon visage se retrouve noyé dans sa chevelure désordonnée. Je la dégage et la peigne avec mes doigts derrière ses oreilles.

— Typhaine ? Tu me réponds ?

Je pousse légèrement Madeleine sur le côté.

— Bonsoir Gauthier.

Il lève les yeux au ciel.

— Commence pas s'il te plaît. Tu sais ce qu'il s'est passé ? Ça fait combien de temps qu'elle est offline ?

— J'en sais rien, je viens de me réveiller.

— ALIX elle fait dodo ! Comme maman ! Dodo ALIX ! Dodo maman !

Madeleine pouffe de rire en essayant de me chatouiller.

— Arrête ma chérie… va voir Bénédicte, ton frère est là, tu vas lui faire un bisou ?

— Non ! Bisou maman, d'abord bisou maman !

Madeleine plonge à nouveau sa tête dans mon cou. Je la repousse.

— File voir ton frère ma puce.

À la porte de la chambre, Gauthier soupire.

— Allez Madeleine, viens. Bénédicte t'attend.

Madeleine se relève, me glisse un bisou sur le lobe de l'oreille avec un sourire. Je lui rends son dentier. Elle le prend, réajuste ses lunettes, et sort de la chambre en se glissant sous le bras de Gauthier. Il est à contre-jour, mais je discerne dans son expression une nuance d'irritation. Je suis vautrée dans le lit, en peignoir.

— Ça va ?

Je lui renvoie son regard.

— Comme un charme.

Il soupire.

— Ça sent le tabac…

— Et ?

Il traverse la chambre, tire les rideaux, s'apprête à appeler ALIX mais se ravise. Il se retourne vers moi.

— Tu te lèves ?

J'attends, quelques instants. J'hésite.

— Oui, j'arrive. Tu veux pas regarder ce qui merde avec ALIX ?

Il traverse la chambre sans se retourner.

— Je vais regarder oui.

Il ferme la porte. Je respire, lentement. C'est maintenant que tout se joue.

Maintenant.

Ne pas se précipiter.

Attendre.

Encore un peu.

Je me lève. J'avance vers la porte. Je l'ouvre.

Le couloir.

J'avance vers son bureau. Il est sur son terminal. Concentré.

— Tu t'en sors ?

Sans me regarder.

— Je sais pas. Attends.

Il se lève. Il sort du bureau. Il ouvre le placard du serveur juste à côté de moi. Il s'accroupit. Il trafique quelques boutons, vérifie des connexions sur la tour principale. Je reste là debout, nonchalante.

— Alors ?

— Je sais pas. J'ai l'impression que le serveur local a été rebooté et est resté hors ligne.

Il se relève, retourne dans son bureau. L'écran du terminal fixe est bleu électrique. Deux champs de saisie, blancs. Login. Mot de passe.

Mon pouls s'accélère.

Gauthier remplit les champs. Il est devant le clavier virtuel, je ne vois pas ce qu'il tape. Écran bleu, une succession brève de lignes de code. Écran bleu, encore. Un visage féminin neutre se forme en 3D sur l'écran holo.

« Bonjour Gauthier, bienvenue à la maison »

Gauthier se relève.

— ALIX ? Opérationnelle ?

« Bien sûr Gauthier. Que puis-je faire pour vous ? »

— Rien, c'est bon.

Je suis dans l'encadrement de la porte. Gauthier me regarde. Je baisse les yeux.

— Alors, c'était quoi ?

Il s'approche et reste debout près de moi, méprisant.

— Qu'est-ce que t'en as à foutre ?

Il renifle à nouveau.

— Ça fait combien de jours que tu t'es pas lavée ?

Je fais un pas en arrière. Il sort du bureau.

— Allez, va t'occuper de ta fille et fous-moi la paix.

Il passe devant moi, défait sa cravate, et se dirige vers la salle de bains.

— ALIX, un bain chaud, trente-huit degrés.

« Bien sûr monsieur Faron, avec plaisir. Le bain sera coulé dans approximativement quatre minutes »

Il tourne à l'angle du couloir. Je me précipite dans son bureau. L'interface est encore active, l'écran allumé.

Rapide. Commande clavier.

Accès administrateur compte *gauthierfaron*

Archives vidéo apt508.

Recherche.

Fonction analyse et reconnaissance faciale.

Critères de sélection : Isabelle Cléments *only*.

Date : toutes dates jusqu'à aujourd'hui.

Copie de toutes les occurrences dans le dossier « documents perso » utilisateur *typhainefaron*.

Début du scan des données en tâche de fond.

Fermer le programme.

Écran bleu.

La silhouette du visage commence à se former.

J'éteins l'écran holo.

La lueur bleue qui baigne la pièce disparaît aussitôt.

Il fait sombre.

Je sors du bureau.

J'ai un début de vertige.

Mes mains tremblent, ma tête tourne.

Je m'appuie sur le montant de la porte.

Pour le moment, tout fonctionne.

Tout flotte.

Tout va bien.

Pour l'instant.

Inspire.

Expire.

Doucement.

J'avance dans le couloir.

La porte de la salle de bains est fermée. L'eau coule. Le murmure d'une radio, des notes de musique, une voix suave.

Tout droit.

Au bout, Nolan est dans son parc, à côté de Bénédicte qui ne le lâche pas des yeux.

Madeleine. Ma Madeleine.

J'arrive dans le salon. Elle est assise par terre en tailleur. Elle est très excitée, comme à chaque fois qu'elle revient à la maison. Elle se lève, son serre-tête glisse sur son front, elle le repousse du dos de la main, le fait tomber par terre et se jette sur moi. Je titube, et manque de tomber.

— Maman elle joue, on joue avec moi ?

— Oui doucement ma puce, attends un instant…

Bénédicte me regarde.

— C'est bon Madame Faron ? ALIX est online ?

« Tout à fait Bénédicte, que puis-je faire pour vous ? »

Je ne sais plus bien ce que j'ai marmonné, ni ce que Bénédicte a répondu. J'avais envie d'une cigarette, et d'un verre de vin. J'avais surtout envie de me ruer sur ma tablette pour aller vérifier les résultats de la recherche dans la base de données vidéo de l'appartement. En plus de dix ans de visites, de dîners, vu le nombre de fois où Isabelle et Guy sont venus à la maison, il devait forcément y avoir au moins une image, ne serait-ce qu'une, de son épaule découverte. Mais pour vérifier ça, il fallait encore patienter un peu.

Attendre.

Madeleine ne me lâchait pas. Elle me tirait par la manche, elle était tellement réjouie de me voir, elle voulait sa maman pour elle, rien que pour elle. Et je n'avais vraiment pas l'esprit à ça. J'ai joué avec elle un petit bout de temps, pendant que Bénédicte donnait à dîner à Nolan et que Gauthier était retourné s'enfermer dans son bureau pour bosser. Elle essayait de me raconter ce à quoi elle passait ses journées au CIEF. Principalement du microtasking. Elle avait développé un amour immodéré pour les formes géométriques. Toutes les formes. Carrés, rectangles, polygones, losanges, ovales, cercles, bleus, orange, jaunes, rouges, roses, violets, verts, marron, elle me les passait tous en revue, de toutes les couleurs. Et il fallait les dessiner à chaque fois qu'elle les citait.

Elle avait aussi une relation d'amour-amitié-haine avec une jeune Nora. Je ne comprenais pas trop si elle voulait lui faire des bisous ou la mordre. Chez Madeleine, les deux se confondaient souvent. J'écoutais son flot de paroles ininterrompu. Elle parlait tellement, et si vite qu'elle postillonnait et finissait par se baver sur le menton. Je l'essuyais en tâchant de la calmer, de l'apaiser. Je ne cessais de regarder l'heure avancer, lentement, s'égrener minute par minute.

ALIX avait certainement fini de compiler les extraits vidéo depuis longtemps. La réponse était là, au bout de mes doigts, sur ma tablette posée sur la table du salon. J'ai profité du moment où Bénédicte est partie mettre Nolan en pyjama pour faire trois choses. Me servir un verre de vin, que j'ai englouti cul sec, avec Madeleine dans le dos qui ne voulait pas me lâcher d'une semelle. Récupérer ma tablette. Aller m'enfermer dans les toilettes.

J'avais beau dire à Madeleine d'attendre maman dans le salon, rien n'y faisait. Elle continuait à me parler derrière la porte et à m'interpeller quand je ne lui répondais pas dans la seconde.

L'écran sur les genoux, j'ouvre mon dossier perso. Le nombre d'occurrences est délirant. Je me dis qu'il va me falloir des semaines pour regarder chaque plan, chaque image, à la recherche de cette petite cicatrice sur l'omoplate droite. Je fais défiler à la va-vite les captures vidéo. Isabelle, toujours en plongée, toujours impeccable. De face la plupart du temps. Les images passent, des dizaines d'images, des centaines d'images. De face, ça ne me sert à rien.

— Maman dis maman ! Tu viens je veux te raconter comment Nora maman elle a pas voulu que les carrés ! On vient jouer aux formes encore maman s'il te plaît !

Madeleine gratte par terre, devant la porte des toilettes.

— Une minute ma chérie, laisse maman faire pipi, va m'attendre dans le salon s'il te plaît.

— Mais maman tu comprends pas il faut que tu viennes qu'on te montre, il faut te montrer pourquoi Nora a pas voulu les carrés !

Pas de face, par commande écrite à ALIX – passer juste un premier filtre, et exclure toutes les photos inutiles. Je veux voir Isabelle de dos. Madeleine fait glisser un feutre sous la porte et hausse de plus en plus la voix. Au loin, la voix de Gauthier.

— Typhaine !! Tu peux la sortir du couloir maintenant s'il te plaît elle commence à me gonfler !

Un premier feutre roule sous la porte.

— Coucou maman, elle va venir pour qu'on fait les formes bientôt ? Hein ? Elle va venir bientôt ?

Un deuxième feutre.

— Madeleine ma chérie s'il te plaît, écoute maman. Tu vas dans le salon maintenant, j'arrive tout de suite.

— Hop ! Un crayon encore pour maman dessiner !

Un troisième feutre roule jusqu'à mes pieds.

— Madeleine ça suffit ! Tu écoutes maman ou…

— Oui maman, j'écoute maman m'écoute, on va jouer encore aux formes hein maman, mamaaaaan, maman maman ma beeeeeelle mamaaaaaan !

— Typhaine !! Tu sors de là et tu t'occupes d'elle merde !

Les photos disparaissent sous mes yeux à mesure qu'ALIX applique le filtre. Des photos de dos d'Isabelle et de son chignon impeccable, mais rien d'intéressant ou d'exploitable, une voix dans ma tête me dit de reposer la tablette et de remettre ça à plus tard, mais je suis hypnotisée, je veux tellement savoir ce qu'elle, ce qu'ils me cachent tous, Madeleine s'est mise à chanter à tue-tête devant la porte des toilettes, elle crie presque et il faut que je la fasse cesser, mais je vois cette mosaïque de photos hypnotiques clignoter devant mes yeux, Isabelle en plongée, vue d'en haut, ces épaules et cette nuque, toujours couvertes, Typhaine tu fais vraiment chier !! Me force pas à… Bénédicte vous pouvez aller retirer Madeleine du couloir c'est insuppor… Un instant Monsieur Faron, je couche Nolan et je m'en occupe, Madeleine chante de plus en plus fort, comme toujours quand son père hausse le ton, elle m'envoie les uns après les autres des feutres sous la porte, ils glissent jusqu'à mes pieds, il doit y en avoir une dizaine, les photos disparaissent, apparaissent, la voix dans ma tête a beau hurler qu'il faut que je repose la tablette et que je sorte mais je veux voir, je veux savoir, je sais que ça va apparaître là juste sous mes yeux et je ne peux pas, je n'arrive pas à, Putain c'est pas vrai ! des bruits de pas, Gauthier arrive je secoue la tête, ça va pas Typhaine de tout mettre en péril tu es malade je pose la tablette sur le rebord du lavabo, je me lève des toilettes je tire la chasse, Gauthier tape à la porte, trois coups très forts Qu'est-ce que tu fous là-dedans nom de Dieu ! Toi, tu viens avec moi, tu arrêtes de hurler comme ça ! Madeleine se met à crier je sais qu'il l'a attrapée brusquement, je m'apprête à ouvrir la porte mais là devant moi, juste sous mes yeux il y a une photo, une photo très nette, en couleur, Isabelle *17 rue du Repos apt.508 img87090823_B9* dans l'entrée elle est en train d'enlever ou de remettre une veste l'image avance et recule de quelques secondes, elle enfile puis enlève puis enfile puis enlève cette veste elle porte un bustier qui glisse lorsqu'elle écarte les bras juste avant de se retourner, et là en plein milieu de l'omoplate juste sous mes yeux, pas floue, pas brouillée, tout à fait précisément : la cicatrice.

Pause.

J'étire l'image du bout de mes doigts.

C'est on ne peut plus clair : on dirait le symbole de l'euro, ou un E arrondi, mais dans le sens inverse, vers la gauche.

Tout ça pour ça.

Madeleine hurle dans le salon. Gauthier crie plus fort pour la faire taire.

Je sors précipitamment des toilettes. Je jette ma tablette au loin sur le lit par la porte de la chambre. J'arrive au pas de course dans le salon.

— Ça va pas de laisser ta fille beugler comme ça ? Tu vois dans quel état elle se met ?

Madeleine est en pleurs, son visage est écarlate et ses lunettes de travers. Gauthier est en train de l'attacher à sa chaise, il lui a remis son dentier en silicone, qui étouffe une partie de ses cris. De la morve coule de son nez. Je ne veux pas, je ne suis pas en état d'entrer en conflit maintenant. Je m'approche d'eux, je fais signe à Gauthier de partir.

— Laisse… laisse-moi faire…

Mais Gauthier ne se pousse pas. Il me regarde, de près.

— Qu'est-ce que tu as ce soir ? C'est quoi ton numéro là ?

— C'est bon Gauthier, excuse-moi, je… je m'occupe d'elle, laisse-moi.

Au loin, Nolan s'est mis à pleurer aussi.

— Voilà, bravo, t'as tout gagné !

Gauthier tourne les talons, furieux.

Bénédicte est plantée dans la cuisine, le regard fuyant. Elle pose son torchon et court à petits pas vers le couloir. Madeleine gémit, étouffée par son dentier, elle me regarde les yeux emplis de larmes, derrière ses lunettes de travers, couvertes de buée. Je retire ses lunettes, les essuie avec mon t-shirt, puis je prends un kleenex pour lui moucher le nez. Elle souffle fort. Je remets ses lunettes sur son nez. Je lui caresse la joue.

— Je suis désolée ma puce. Maman est désolée.

Madeleine geint, à bas bruit, les yeux noyés, l'air désespéré. Je prends sa tête contre moi, et lui caresse doucement les cheveux. Bénédicte revient, et me jette un regard sévère, accusateur. Tout est ma faute.

~~Je suis incapable~~
~~Je n'aurais pas dû me~~
~~J'étais convaincue que j'étais sur le point~~

J'étais totalement obnubilée par ce plan, j'étais convaincue que j'allais aboutir ~~à une découverte~~ à un élément objectif qui allait confirmer ~~qu'il se passait bien quelque chose, que j'avais perçu~~ que je ne m'étais pas trompée, que j'allais remonter la pente, comprendre ce qui m'arrive. Je pensais que j'allais pouvoir enfin arrêter de subir un ordre du monde qui n'était pas le mien.

Tout ça pour cette image insignifiante. Cette forme qui aurait dû me révéler la face cachée de cette société. Un euro à l'envers. Qu'est-ce que j'attendais ? Un symbole illuminati ? Une trappe d'accès à une unité centrale ? Un numéro de série ? Rien de tout ça. Juste une vilaine cicatrice, peut-être une morsure, ou un accident quelconque.

Je caressais la joue de Madeleine, perdue dans mes pensées. En colère contre moi. Contre Gauthier. Contre cette vie en prison. En colère contre mon incapacité à prendre soin de la seule personne importante auprès de moi, de la seule petite lueur dans ma vie, ma grande fille fragile.

Tout aurait pu s'arrêter là.

Tout aurait dû s'arrêter là.

Gauthier est revenu dans le salon, avec Nolan, écarlate, dans les bras. Il hurlait à pleins poumons. Gauthier avait beau le bercer, lui parler à voix basse, il criait de toutes ses forces, d'un cri perçant et aigu. Ses cris ont bien évidemment relancé les larmes de Madeleine, qui s'est mise elle aussi à pleurer de plus en plus fort. Le concert de hurlements à qui mieux mieux est très vite devenu insupportable. Bénédicte a accouru pour essayer de retirer Nolan des bras de Gauthier, mais il refusait de se laisser faire et s'accrochait de plus belle au cou de son père. Madeleine poussait une longue plainte sourde, puissante, presque ininterrompue. Et plus elle gémissait, plus Nolan criait fort, partait dans les aigus, comme s'il essayait de couvrir la voix de sa sœur. Gauthier faisait le tour de la pièce, repartait dans le couloir, essayait de l'apaiser, suivi par Bénédicte qui tentait de le distraire sans succès.

Je passais ma main dans les cheveux de Madeleine, je murmurais des mots doux près de son oreille, mais elle m'écoutait à peine, elle ne quittait pas Nolan du regard, je ne sais pas si elle m'entendait à vrai dire, je ne sais pas ce qui se passait entre eux deux, nous n'étions au milieu que pour endurer la cacophonie exaspérante de leurs hurlements.

Lorsque Gauthier est revenu dans le salon, Nolan avait baissé d'un ton. La colère, la fatigue, l'énervement, le niveau sonore, la frustration, l'attente, la déception… tout ça m'avait mise dans un état d'épuisement nerveux et de fébrilité tel que je sentais l'arythmie des battements de mon cœur jusqu'au bout de mes doigts, j'avais le visage en ébullition, je rêvais d'aller m'enfermer dans ma chambre pour mettre des bouchons d'oreille et fumer cinq cigarettes d'affilée. Madeleine aussi était en train de se calmer. Elle sanglotait contre moi, à bas bruit.

Et brusquement, Nolan a commencé à s'agiter et à donner de grands coups de pied à Gauthier. Il se contorsionnait en tendant les bras dans ma direction et en hurlant « maam-maaaa ». Gauthier, excédé, est venu vers moi, essayant tant bien que mal de ne pas faire tomber Nolan qui à force de gesticulations glissait entre ses mains. Il hurlait si fort que Madeleine a pris peur et s'est blottie un peu plus contre mon épaule, tout attachée qu'elle était à sa chaise. Gauthier m'a tendu Nolan. Nos regards se sont croisés, très brièvement.

Il n'y avait rien de triste dans ses yeux. Ils étaient remplis de larmes, certes. Mais ils n'exprimaient aucun chagrin. Il tendait les bras vers moi, mécaniquement.

— Tiens, c'est de ta faute s'il est dans cet état, démerde-toi avec lui !

J'ai tendu les bras pour le prendre, mais Nolan a frappé Madeleine sur le haut de la tête. Pas un petit coup anodin en passant. Il l'a frappée pour lui faire mal, en cherchant à la griffer avec ses minuscules ongles coupants. Il l'a fait délibérément. Il avait planifié ce moment, ce geste, cette provocation.

Je l'ai vu dans ses yeux.
Ses petits yeux malfaisants.

Une vague de haine m'a traversée. J'étais à deux doigts de le gifler, ou pire, de le jeter au sol. Mais au moment de l'attraper, son corps s'est raidi.

Non.

Il s'est tendu, comme une corde. Il s'est arc-bouté en me donnant un violent coup de pied dans les côtes et en poussant en arrière. J'ai saisi son bras, mais le reste m'a échappé. Furieuse, j'ai hurlé quelque chose comme « Viens là, saloperie… ». Déséquilibrée par le poids de son corps, j'ai cherché à le rattraper in extremis. Ma main s'est resserrée sur le haut de son bras, qu'il a tendu en arrière.
~~J'ai l'impression~~
~~Je suis sûre qu'il~~
~~Je le sais. Il voulait~~
Il voulait tomber.
Il voulait que je le laisse tomber.

Gauthier a esquissé un geste, mais trop tard. J'ai perdu la prise sur son bras qui a glissé entre mes mains. J'ai tout juste eu le temps de lui attraper l'avant-bras. Je l'ai saisi de toutes mes forces. Le poids de son corps a fait le reste.

Il y a eu un tout petit craquement.

Minuscule.

J'ai senti son bras devenir tout mou.

J'ai lâché.

Gauthier l'a rattrapé de justesse, avant qu'il ne touche le sol.

Là je n'entends plus rien.

Tout est ralenti.

Flou.

Ça crie, ça hurle encore.

Il est dans les bras de son père.

Son bras pend sur le côté, inerte.

Bénédicte se précipite sur son hololink.

Je recule de quelques pas, et je tombe assise sur le canapé.

Madeleine tend une main vers moi, elle m'appelle.

Mais je n'entends rien.

Tout s'effondre.

Tout s'écroule.

Je me suis fait piéger.

Comme une débutante.

Je voulais des réponses. Je voulais comprendre.

Je voulais résoudre le grand mystère.

Je n'ai rien trouvé. Rien obtenu. Rien fait d'autre que déboîter et briser le bras ~~de cette sale petite de mon fi~~ de l'enfant d'un an et demi qui se fait passer pour mon fils. Devant mon mari. Devant ma fille. Devant la femme venue me surveiller. En flagrant délit de maltraitance.

Un médecin est venu.

Bénédicte a tout lâché.

Elle a tout dit.

J'avais bu. Une bonne partie de la journée.

Bu et fumé.

Je buvais et je fumais en cachette.

J'étais aphasique, dépressive, paranoïaque, alcoolique, agressive.

Et j'avais arrêté de prendre mon traitement.

En douce.

Depuis plusieurs semaines.

J'étais toxique.

J'étais dangereuse.

Pour lui. Pour moi.

Pour ma famille.

Pour le monde.

Un danger.

Un danger à éloigner.

Gauthier a signé l'internement d'office.

Je les ai suivis lorsqu'ils sont venus m'emmener.

Je n'ai pas protesté.

Je n'ai rien dit.

J'avais perdu face à un petit monstre de dix-neuf mois.

Bientôt vingt.

Battue, humiliée.

Éliminée.

À cet instant précis, j'ai associé Nolan à mes propres limites – qui n'étaient pas seulement celles de la souffrance, mais celles de la défaite.

De ma défaite.

La solitude.
L'ennui.

Le chagrin finit par disparaître.
La pensée aussi.
Ça s'estompe.

On ne pense plus à rien.

Il ne reste que la solitude.

On n'existe plus.

Et l’ennui.

Je pourrais poursuivre mon récit à ma sortie de l'hôpital, reprendre le fil de ma vie, raconter maintenant mon retour à la maison, mes dernières semaines avec Madeleine.

Ou

Je pourrais tâcher d'écrire ce qui s'est passé durant ces dix-sept mois.

Ce devait être un mois au départ.

De repos.

Puis deux. Un peu plus.

Ça ne pouvait pas être moins que la première fois.

Donc trois.

Puis quatre.

Puis cinq.

Puis…

Des médicaments.

En pilules, mais je les recrachais. En injections alors.

Puis en intraveineuses.

Je dormais beaucoup.

Combien d'heures par jour ?

Je ne sais pas.

Peut-être plusieurs jours d'affilée.

Comment savoir. Toutes les journées se ressemblaient.
Les visites déjà rares se sont espacées.
Élisa venait, au début.
Aïssatou, un peu.
Gauthier, à peine.
Je ne voyais pas Madeleine.
Je ne voyais pas Nolan.
Je ne m'en suis pas inquiétée.
Il y avait bien une voix, une partie de moi qui se demandait si…
Mais les heures, les jours, les semaines s'écoulaient si lentement, si lentement, que je ne remarquais pas l'espacement des visites.
Quarante-neuf heures par jour.
Vingt-quatre jours par semaine.
Combien de mois ? D'années ?
Sortirais-je un jour ?
On ne me disait rien.
Ni les médecins, ni les infirmières.
Personne.
Ils me donnaient des pilules.
Des repas.
Des injections.
Est-ce que je sortais ?
Je ne m'en souviens pas.
Peut-être, dans le parc.
Tout était égal.
Insipide.
Interminable.
J'étais seule.
Je ne tenais plus sur mes jambes.
Allongée dans mon lit.

Ma peau a pris la couleur des draps.
Grise.
Terne.
Assise dans mon fauteuil, face à la fenêtre.
Dans le parc, peut-être.
Ou pas.
Printemps ou été ?
Printemps ou automne ?
Automne ou hiver ?
Aucune idée.
Peu importe.
Le jour gris.
La lumière blanche.
Une pilule, une pilule, une autre pilule.
Toujours plus de pilules.
Toujours.
La solitude. L'ennui.

Il reste l'ennui.

Rien ne peut plus surprendre que l'ennui. On croit chaque fois en avoir atteint le fond. Mais ce n'est pas vrai. Tout au fond de l'ennui, il y a une source d'un ennui toujours nouveau.

On peut vivre d'ennui.

À l'aurore, dans mon lit, hagarde, je regardais chaque matin le jour se lever après quelques heures de sommeil chimique, la bouche sèche, au bord de la conscience.

Je voyais la nuit refluer sous la lueur grise corrosive du levant.

Les rares pépiements des quelques oiseaux survivants, le murmure léger d'une ville qui renaît sans cesse, sans changement, dans un mouvement perpétuel, matin après matin, jour après jour.

Là, on ne peut pas dire. Là, c'est la découverte d'un ennui nouveau. On le découvre venu plus loin que la veille. Creusé d'un jour. Je m'enfermais dans mon palais de solitude, avec l'ennui pour me tenir compagnie.

Élisa n'est plus venue.
Aïssatou non plus.
Lui toujours, un peu.
Mais c'est comme s'il ne venait pas.

C'est lui qui me l'a dit.
Je ne sais plus quand.
« Quand » n'avait plus aucun sens.
Élisa et Aïssatou avaient été arrêtées.
Dénoncées, certainement.
Pour leurs rencontres illégales avec Roméo.
Peut-être Claire et Marc ?
Personne ne savait.
Élisa avec son passif judiciaire était retournée directement en prison, sans jugement.
Décision administrative arbitraire.
Durée indéterminée.
Idem pour Aïssatou.
Durée indéterminée, dans un centre de rétention.
La triple peine.
Privée de son enfant.
Emprisonnée.
Expulsée.
Quand ?

Personne ne savait.
« Quand » n’avait plus aucun sens.
Pour aucune de nous trois.

Puis un matin, c'était fini.

On est passé m'annoncer que je sortais.

On m'a aidée à faire mes affaires. Il fallait que je libère la chambre. Une ambulance me ramènerait à la maison. Sans que je sache ni pourquoi ni comment.

J'ai fait ce qu'on m'a dit. J'ai plié mes t-shirts, mes pyjamas. Je ne me suis pas vraiment réjouie. C'était une information comme une autre.

Je me suis assise sur le bord de mon lit.

J'ai attendu qu'ils viennent me chercher.

Ils pouvaient tout aussi bien m'amener dans un de leurs centres. Gauthier n'était pas là. Était-il encore là? Est-ce que j'allais apprendre qu'il avait obtenu une dérogation de divorce, me retrouver à la rue, dans un foyer, privée à jamais de ma fille?

À vrai dire, ce matin-là plus rien n'importait vraiment. J'étais prête à tout accepter.

À vrai dire, ce matin-là j'étais prête à mourir.

La mort est du domaine de la foi, paraît-il.

Ce matin-là, j'étais prête à entrer au monastère.

Ce n'est pas ce qui s'est passé.

J'étais seule, voûtée, les jambes ballantes. Un ambulancier a fini par venir. Nous sommes descendus en ascenseur, au sous-sol. Je suis montée à l'arrière. L'ambulance a démarré, j'étais encore assise, isolée dans cet espace médicalisé, sans fenêtre, trimballée je ne sais où. Puis elle s'est arrêtée, le moteur a été coupé. Quand la portière s'est ouverte, je me souviens d'avoir trouvé un goût étrange à l'air. Une texture. C'était plus humide, plus gras aussi, un peu salé. Il y avait une odeur complexe, pas très agréable, mais ce n'était pas l'odeur aseptisée et alcaline du détergent. Je ne sais plus s'il faisait beau ou non. Tout était très lumineux. Sur le sol, les ombres projetées des arbres et des réverbères traçaient des lignes géométriques. Il y avait des nuances, du contraste.

La couleur de mes mains n'était pas la même. Elles avaient beaucoup maigri. Je voyais mes tendons, l'ombre et les replis de mes phalanges livides.

17 rue du Repos. Nous étions devant mon immeuble.

« rue du Repos »

La cruelle ironie.

L'ambulancier m'a gentiment prise par l'épaule, et accompagnée jusque dans le hall d'entrée. J'étais un peu désorientée. Je l'ai remercié, et quand je me suis retournée Gauthier était là. Il m'attendait.

Je le revois devant moi, dans le porche de l'immeuble. Il avait les traits tirés, et une barbe de quelques jours. Il n'avait pas dû aller travailler, ou alors il venait de rentrer parce qu'il avait retiré sa cravate et sa chemise était entrouverte. Je ne sais pas combien de secondes, de minutes ou d'heures nous sommes restés l'un face à l'autre. Il a dit un mot à l'ambulancier, il a signé une tablette. J'étais là, à côté de lui et je le regardais. Je regardais ses yeux verts cernés derrière ses lunettes noires à gros cadre. Les pattes d'oie un peu plus marquées que dans mon souvenir. Les reflets gris dans sa barbe drue et dans les quelques poils qui dépassaient de sa chemise bleue ouverte. Il sentait… je sentais tout de lui, son parfum, le même, *Opium pour homme*, poivré, musqué, un peu trop suave, une touche de transpiration, celle qui me faisait tourner la tête et qui me donnait envie d'enfouir mon visage dans son torse, de sentir sa pilosité contre ma joue, de me blottir contre lui, il y avait aussi une touche de tabac, je…

Je n'en revenais pas d'être là. De retour.

Il a hésité un instant.

Que faire ? Parler ? Je ne parlais plus, je n'avais pas parlé depuis des mois, je ne savais pas si je pouvais encore prononcer des mots, depuis combien de temps n'avais-je pas…

Ma tête tournait, c'était trop d'émotions, trop d'imprévu, trop de stimuli. Je ne sais pas si c'est moi qui ai attrapé l'épaule de Gauthier parce que mes jambes me lâchaient, ou si c'est lui qui m'a prise par les épaules. Nous nous sommes enlacés. Nous avons pleuré.

La porte du hall s'est ouverte. Une voisine que je ne connaissais pas s'est arrêtée, gênée. Nous nous sommes séparés. Elle nous a contournés. Gauthier a marmonné quelque chose.

je suis désolé je suis…

Il a attrapé mon sac au sol, j'ai pris son bras, et nous sommes montés dans l'ascenseur avec la voisine. Je me souviens d'un parfum aigre, trop fruité, quelque chose à la mûre qui me portait au cœur. Puis le couloir du cinquième, interminable, la porte de l'appartement, bioscan.

« Bonjour Typhaine, ravie de vous revoir, bienvenue à la maison »

J'étais partie un an et demi.

Le canapé.
La table basse.
La petite lampe, sur le guéridon à côté de la fenêtre.
Le rideau blanc, qui vole légèrement lorsque la baie vitrée est entrouverte.
À nouveau.
Combien de fois ai-je été là ?
Combien de temps ?
Ils ne m'ont pas enfermée dans un de leurs centres quelconques aux acronymes tous similaires. Ils ne m'ont pas mise à la rue non plus. Ils m'ont renvoyée chez moi. C'est tout comme s'ils m'avaient envoyée en prison.
Les retrouvailles avec Gauthier ont fait long feu. La présence continuelle de Bénédicte n'aidait certes pas à recréer de l'intimité. Sur injonction des médecins, et je suppose de la Tutelle, son statut avait évolué de garde d'enfant à garde malade. Elle était désormais ma chaperonne, assignée à résidence à mes côtés pour me préparer à manger, faire le ménage, les courses, ranger la chambre de Nolan et surtout s'assurer que je prenais bien mes médicaments, le matin, le midi et le soir. Je n'étais seule que quelques dizaines de minutes par jour, lorsqu'elle sortait

faire les courses ou pour ses allers-retours à l'ADES. Quand bien même j'aurais eu la tentation de m'échapper, la note de mon SIREC était au plus bas. Je n'avais ni le droit de prendre les transports, ni de payer dans un commerce, et si j'étais contrôlée seule sur la voie publique j'étais renvoyée immédiatement chez moi.

La nuit, il y avait Gauthier. Nous ne nous parlions pas beaucoup. Je le voyais très peu, jusqu'à ces dernières semaines. Il a essayé, les premiers jours, de faire quelques efforts. De me parler, de renouer un fil, un contact. Mais je n'étais pas prête. J'avais abdiqué. La Tutelle avait gagné.

Nolan avait gagné.

J'avais tout perdu. Mon travail. Mes amies. Ma fille. Ma santé mentale. Mon mari. L'homme que j'aimais tant. Mon complice. Mon confident. Défaite en rase campagne. Il avait tout emporté. Je vivais emprisonnée face à un inconnu, avec qui naguère je partageais une vision du monde. Un homme avec qui j'avais décidé de construire un cocon, une cabane de résistance, de faire le dos rond à la tyrannie le temps que le vent tourne. Continuer à vivre, à faire « comme si » mais ne rien renier.

Jamais.

Ne jamais oublier qui nous sommes, d'où nous venons, dans quel monde nous souhaitons vivre. Cette vision, il l'avait bradée pour son profit, pour son bénéfice, pour son avenir à lui. Et celui de son fils. Quitte à piétiner nos valeurs. Quitte à piétiner notre passé.

Quitte à me piétiner, moi.

Nous ne sommes pas de la génération qui a connu la Dernière Insurrection. Cette génération dont nous rencontrions les ultimes représentants, déjà âgés, dans le secret de soirées clandestines planquées dans d'exigus locaux condamnés et depuis longtemps oubliés, dans les sous-sols de nos universités partiellement privatisées. Ils nous transmettaient leurs récits de barricades, de grèves illimitées, de résistance et de grand soir. Cette génération qui a cru que face au coup de force institutionnel, il était encore possible de faire entendre la voix du peuple, que l'heure de la révolution était sur le point d'advenir. Cette génération dont il ne subsiste aujourd'hui plus aucun témoin, et dont les luttes se sont fracassées sur la répression brutale et meurtrière d'un pouvoir totalitaire à qui tous les gouvernements précédents avaient préparé le terrain. Nous sommes d'une autre génération, tardive, timorée, apeurée. Celle qui est née bien après la reconquête autoritaire, l'échine courbée. Celle pour qui il est devenu dangereux de contrevenir. Celle pour qui il est devenu honteux de penser. Celle pour qui l'abdication n'est pas un choix, mais une fatalité.

Nous étions pourtant convaincus que nous serions plus solides. Plus intelligents, plus évolués que le système.

Quelle blague.

Je me souviens de cet après-midi. Nous étions partis quelques jours sur la côte d'Albâtre, à Gueutteville. Nous y allions souvent pendant nos études. J'avais trouvé une charmante maison, toute petite, qui était devenue comme une résidence secondaire, sans l'être tout à fait. La propriétaire, Éléonore, avait notre âge, elle avait hérité d'un vaste domaine à la mort prématurée de ses parents. Elle avait du mal à joindre les deux bouts, seule avec ses deux enfants, dont un Fragile, dans cette immense demeure de briques roses aux volets bleu clair. Du coup, pour arrondir les fins de mois, elle louait une petite dépendance, nichée au fond de l'interminable jardin. C'était une minuscule maison qui consistait en une seule pièce et deux fauteuils, face à une cheminée qui occupait tout le mur du fond. Il y avait un lit étroit sur le côté dans lequel le grand corps de Gauthier et moi nous encastrions comme nous le pouvions, devant une grande baie vitrée qui donnait sur un éden végétal luxuriant, une profusion qui échappait à toute maîtrise.

Gauthier venait de finir son troisième cycle de droit public, pendant que je trimais encore pour passer le barreau. C'était entre nous un sujet de discussions sans fin. Gauthier avait enchaîné quelques stages au ministère du Travail et de la Force productive, mais il n'était pas satisfait. Il avait le sentiment que ce n'était pas sa place, et que ce n'était pas là qu'il serait le plus utile. Pour ma part, les choses étaient très claires : une fois le barreau obtenu, je m'inscrirais pour une spécialisation en droit des étrangers. S'il y avait un domaine où il fallait à tout prix poursuivre la lutte politique et défendre le peu de droits que les Néopatriotes n'avaient pas détruits, c'était celui-ci, même s'il s'agissait d'un choix de carrière non seulement ardu, mais potentiellement dangereux.

Nous ne doutions pas à l'époque que le vent tournerait, que le pouvoir autoritaire finirait par tomber, que les jours heureux reviendraient, inévitablement. Notre ambition, à l'un comme à l'autre, était d'amorcer la transition. À Gauthier d'intégrer les institutions, de faire son nid dans l'un de ces postes de conseillers ministériels immuables, quelle que soit la couleur politique, et de préparer le terrain de l'intérieur pour le retour d'un gouvernement démocratique. À moi de m'occuper des populations migrantes fragilisées, de travailler à ce que des ruines du système d'accueil – qui était de facto un système d'emprisonnement – puisse renaître un réseau de solidarité, et surtout de protéger du mieux possible les êtres humains broyés par le système punitif et xénophobe en place.

Tel était notre plan. Notre projet.

Je me souviens de cette journée. Nous étions partis nous balader en bord de mer, au pied des colosses de calcaire, sur cette plage de gros galets gris, à perte de vue. Nous adorions marcher jusqu'au bout d'une longue jetée en bois corrodée par les embruns, qui donnait l'impression de pouvoir s'effondrer à tout moment, et qui avançait si loin dans les eaux que lorsqu'on arrivait au bout, on avait l'impression d'être en pleine mer. Il n'y avait plus rien d'autre que la mer. C'était une de ces journées où l'horizon d'un ciel gris délavé se diluait dans les tons vert pâle, gris-bleu des flots, dans un dégradé où plus rien n'existe, ni le ciel ni la terre, qu'un long continuum pastel. Nous étions là, l'un contre l'autre, emmitouflés dans nos manteaux et dans nos écharpes géantes. Depuis que nous étions arrivés, la veille, je sentais que Gauthier ruminait, qu'une idée le travaillait mais qu'elle n'était pas encore mûre pour être dite. C'était l'un des piliers de notre relation : se laisser le temps, se parler au moment opportun, ne pas brusquer l'autre s'il n'était pas encore prêt. En bons juristes, nous avions cette nécessité d'épuiser notre débat interne, de fourbir notre propre plaidoirie avant de l'exposer.

— Guy Cléments me propose un poste au ministère de la Justice.

Il avait le visage fermé, les sourcils froncés. Il ne me regardait pas, ses yeux verts fixaient le lointain, cette ligne d'horizon diluée entre le ciel et la mer, comme s'il essayait de les scinder par la force de son esprit.

Je connaissais Guy Cléments. Un pur produit du système, ancien syndicaliste étudiant de la Droite Unifiée, passé aux Néopatriotes non pas tant par conviction que par opportunisme. Un juriste brillant au demeurant. Pas un apparatchik infréquentable. Il venait régulièrement donner des conférences à l'université, nous avions eu avec lui des discussions assez tumultueuses mais toujours ouvertes. Acceptables. Guy était un homme qui voulait réussir, et pour qui le choix du camp politique était annexe, tant que cela défendait ses intérêts. C'était en tout cas, à cette époque, le message qu'il faisait passer.

Je me souviens avoir été surprise par la sécheresse de cette annonce, et surtout par la solennité de Gauthier. Certes, Guy avait basculé du côté du pouvoir, mais nous savions où nous mettions les pieds, et cette opportunité paraissait intéressante de prime abord. Le ministère de la Justice était un ministère important, le deuxième dans l'ordre protocolaire, et c'était un secteur dans lequel il paraissait essentiel de s'implanter dans la perspective d'une réforme profonde à la prochaine alternance politique.

Je resserrai mon emprise contre le bras de Gauthier, tant pour me protéger du vent du large, vif, qui nous fouettait le visage, que pour lui manifester silencieusement mon soutien et mon affection. Mais je sentais bien qu'il y avait un élément qui m'échappait sans lequel il n'aurait pas été aussi distant. Pas distant : soucieux.

— C'est une bonne nouvelle, non ?

— Sans doute, oui.

— Mais y a autre chose. Un truc qui va pas.

Gauthier avait ce même visage impassible, étranger à lui-même. Ce visage qui ne cesse de dire que son débat intérieur est toujours en cours, qu'il lui est impossible d'aboutir à une conviction intime.

— Est-ce que je peux t'aider ?

Les lunettes de Gauthier se recouvraient d'embruns. Immobile, taiseux, perdu à l'intérieur de lui-même. Je ne l'avais jamais vu à ce point incertain. Fracturé.

— Gauthier ?

— Guy a besoin de moi pour aider le ministre à préparer la refonte du Code pénal.

Il ne me regardait toujours pas. Il ne me regardait pas parce que me regarder, c'était prendre le risque de trancher. De refuser. De ne pas s'engager dans ce qui était sans aucun doute la pire, la plus abjecte des compromissions à mes yeux. À nos yeux. Il essayait sans aucun doute de rester dans l'examen objectif des conditions, de ne pas me mêler, moi, à ce choix dont il savait que je le réprouverais sans l'ombre d'une hésitation. Il cherchait à réfléchir au-delà des affects, de développer une approche globale, systémique, quitte à mettre de côté, pour un temps, les plus profondes de ses convictions.

Les Néopatriotes avaient rétabli la peine de mort.

C'était la première mesure prise par leur gouvernement d'exception, immédiatement après avoir maté la Dernière Insurrection, instauré le triple état d'urgence migratoire, sanitaire et social et abrogé temporairement les droits du Parlement.

Ils avaient par la suite accumulé les lois répressives, le durcissement des condamnations, la multiplication des peines plancher, le rétablissement des travaux forcés, puis des camps de travail, la limitation puis l'interdiction de l'avortement ; tout un panel de sanctions et de coercitions qu'ils souhaitaient maintenant unifier dans une vaste réforme du Code pénal. Transformer le Code pénal en instrument juridique de répression et d'exécution massives et systématiques. Pour donner au totalitarisme les atours de la légalité.

— Mais tu n'es pas pénaliste ! Pourquoi est-ce qu'il est venu te chercher, toi ?

Quelques secondes de silence. La mixture était amère, et Gauthier était dans une lutte interne acharnée, silencieuse mais brutale.

Un long soupir.

— Précisément pour mon profil.

Un dernier tri dans ses idées. Argument, contre-argument, examen des faiblesses de la structure défensive. Il fit ce geste qu'il faisait avant d'aller à la barre, lorsqu'il plaidait encore : secouer brièvement la tête, plusieurs fois, très rapidement, comme pour chasser le non essentiel, les idées parasites, les ultimes scories logiques pour se donner un élan et achever de se convaincre lui-même avant d'aller convaincre les juges.

— Tu connais Guy. Ce n'est pas un facho dans l'âme. Il va piloter une réforme qui le dépasse. Et je pense qu'il n'est pas entièrement d'accord avec ce qu'ils veulent faire. Même pour lui, ça va trop loin. Il a besoin de quelqu'un à côté de lui pour tempérer. Quelqu'un d'assez technique, qui connaisse les institutions, de pas trop politique, qui puisse l'aider à assouplir les textes, à ne pas aller droit dans le mur. J'ai de beaux restes en droit pénal… Je ne serais pas le seul, il veut prendre deux autres juristes. Et puis, il sait où je me situe politiquement, je pense que ça le rassure. Il veut un garde-fou.

Je ne sais plus exactement ce que je lui ai répondu. Je sais que je lui faisais confiance. J'admirais Gauthier, intellectuellement, un jeune juriste brillant, très nettement plus affûté que le tout-venant des petits fachos ou des nervis serviles prêts à tout pour se faire une place au chaud. C'était un gros morceau à avaler, certes. Les Néopatriotes étaient durablement installés au pouvoir. Petit à petit, ils détruisaient l'ordre ancien, et sur les ruines des institutions, implantaient tous les aménagements légaux et constitutionnels pour se maintenir à la tête de la Nation – il n'était plus question d'État, ni de république.

Mais à cette époque, nous pensions que ça ne pouvait être que temporaire. Que statistiquement, mathématiquement, logiquement, le vent allait tourner. Qu'ils finiraient inévitablement par chuter. Que cette période était une erreur, une parenthèse malheureuse. Que le bon sens, l'humanisme, la coopération, la solidarité ne pouvaient que revenir, parce que toutes ces valeurs nous sont intrinsèques. Elles sont ce qui nous définit en tant qu'espèce. Je le savais, Gauthier le savait. Quelle que soit l'amertume de la pilule, nous serions plus forts que ce système oppressif.

Après tout, l'Histoire nous montre que les dictatures, les pouvoirs autoritaires finissent toujours par être renversés.

Et l'Histoire se répète, n'est-ce pas ?

L'Histoire se répétait peut-être.

Avant.

Jusqu'à l'effondrement.

Aujourd'hui, l'Histoire cesse de se répéter.

Elle s'achève.

Je relis mes notes, il faut que je sois plus scrupuleuse, que j'aille à l'essentiel.

Je ne suis pas en train d'écrire ma biographie. Je dois raconter étape par étape tout ce que j'ai vu, ce que j'ai vécu, et ce qui a conduit à la mort de Madeleine. ~~Et comment ce~~ ~~Et pourquoi je suis sûre que~~

~~Je reprends~~

Le transfert de l'hôpital à l'appartement a changé très peu de choses à ma vie. J'étais toujours enfermée, sous la surveillance constante non plus d'une équipe d'infirmiers et d'aides-soignantes, mais de Bénédicte. Elle me couchait, me levait, me lavait, me changeait, me préparait à manger, me donnait à manger lorsque je n'arrivais pas à sortir de ma torpeur. Je n'avais plus aucun espace d'intimité. Tout avait été concédé. Mon corps était un objet ~~dont on dispo-sait~~ dont Bénédicte disposait, habillé, nu, allongé, assis dans la baignoire, bien frotter entre les jambes, me mettre, m'enlever les tampons, me mettre, m'enlever les protections quand j'ai commencé à uriner au lit parce que j'étais trop assommée ou inconsciente pour me lever, me coiffer le soir, avant le retour de Gauthier, parfois enlever la robe de chambre pour mettre des habits, une petite touche de maquillage pour me faire ressembler à quelque chose d'humain. J'étais une poupée de chair amorphe dont elle faisait ce que lui indiquait la Tutelle. Et Gauthier, je suppose.

Mais je m'en moquais.

Enfin, je ne sais pas si je m'en moquais. Je vivais dans un état semi-comateux permanent, et je m'y étais accoutumée. Je dormais entre seize et dix-huit heures par jour. Parfois plus. Ce qui avait l'avantage de faire passer les journées et les semaines beaucoup plus rapidement. Je peux l'écrire aujourd'hui : j'avais complètement abdiqué. Il faut bien comprendre que je vivais dans un état aux frontières de la lucidité. Je ne comprenais pas pourquoi ils me maintenaient à domicile. Pour préserver les apparences ? Mais quelles apparences ? À la demande de Gauthier ? Comme une faveur qu'on lui aurait accordée ?

Je ne crois pas que me voir dans un tel état de délabrement était une faveur. Plutôt un calvaire. Peut-être en me gardant à la maison, Gauthier m'avait-il sauvé la vie ? Encore faut-il s'entendre sur ce qu'est la vie. Cet état végétatif n'avait qu'un rapport très lointain avec « la vie ». C'était une autre forme d'incarcération. La pire de toutes.

Je l'avoue : dans les rares moments où les épaisses brumes chimiques s'estompaient confusément, j'essayais de fomenter une stratégie pour en finir. Mais ma mémoire était une vraie passoire, et j'étais incapable d'élaborer une pensée complexe, en plusieurs étapes. Tout se troublait, se confondait dans mon esprit, il m'était quasi impossible d'articuler deux idées l'une à la suite de l'autre. Planifier un suicide était totalement hors de portée.

De temps à autre, je me rappelais que j'avais envisagé l'idée de voler des médicaments pour avaler les boîtes entières. Mais où étaient-ils ? Les avais-je déjà pris, ou y avais-je seulement pensé ? Si je les avais pris, où les avais-je cachés ? Comment y accéder ? Quel jour étions-nous d'ailleurs ? Et où étais-je ? Il m'arrivait d'ouvrir les yeux dans ma chambre, les volets fermés, dans la pénombre, et d'être totalement désorientée ; il me fallait plusieurs minutes pour reconnaître l'espace autour de moi, pour remettre bout à bout les souvenirs et revenir au temps présent, après d'importants efforts de concentration. Il m'arrivait même par moments d'avoir à lutter pour attraper un lambeau de mémoire, un élément autour de moi, un objet, une photo qui me permette de me souvenir de qui j'étais, qui m'aide à retrouver mon nom, à rattacher mon identité à ma conscience, à ce corps inerte. La plupart du temps, ces combats étaient trop épuisants et je retombais, pétrie d'angoisses, dans un sommeil lourd, le t-shirt collé à la peau, trempé d'une sueur glaciale.

À côté de moi, ou des décombres de moi, ~~Nolan~~ il prospérait.

Il avait beaucoup grandi. Ses traits s'étaient affirmés. Il n'avait plus ce visage générique des tout jeunes enfants. Bien sûr, toutes les mères affirment que leur nouveau-né est unique, et distinguent dès les premiers jours des ressemblances flagrantes avec le père, la grand-mère, le neveu. C'est une convention, un joli petit mensonge issu du temps où les analyses génomiques n'étaient pas systématiques et où les enfants pouvaient encore être ceux du facteur ou du voisin d'en face. Alors les hommes, pour se rassurer, et leur épouse avec, pour se protéger, affirmaient que ce petit bout de nez était bien celui de son père. Pour être tout à fait honnête, jusqu'à dix-huit mois, bien malin celui qui peut dire qu'un enfant ressemble à l'un de ses parents.

Durant mon séjour à l'hôpital, j'avais fini par donner corps à cette idée selon laquelle Nolan n'était pas mon ~~enfant~~ fils. Je n'avais aucun moyen de savoir exactement ce que les généticiens avaient trafiqué avec mes ovules, avec les spermatozoïdes de Gauthier, et s'il en restait quoi que ce soit dans l'œuf qu'ils avaient implanté dans mon utérus. Je m'étais convaincue que Nolan était un monstre de Frankenstein version troisième millénaire, assemblé de toutes pièces, brin d'ADN par brin d'ADN, un patchwork chromosomique, un être humain de synthèse.

J'espérais secrètement qu'il n'ait rien à voir avec moi.

Mais ce fantasme s'était déjà fissuré au cours des rares visites de Gauthier à l'hôpital, lorsqu'il me montrait des photos de lui sur son holo. Les yeux d'abord. Leur couleur s'est fixée. Ils sont du même vert profond tirant sur le gris sur le bord de l'iris que ceux de son père. Leur forme également, légèrement en amande, sur l'extérieur de la paupière. La similitude est tellement criante qu'elle s'impose immédiatement, au premier coup d'œil. « Il a les yeux de son père. »

L'autre élément distinctif, c'est la forme de son visage. Bien sûr, à un peu plus de trois ans, c'est encore un visage poupin, quoique très dessiné. Mais le trait des mâchoires, en angle obtus, qui descend vers un menton marqué, rectangulaire. C'est du pur Gauthier. Sans l'ombre d'un doute.

Pour le reste, son nez est encore un peu retroussé, et il a de belles joues roses. Gauthier, ou Bénédicte, lui a laissé pousser les cheveux. Aujourd'hui, il a cette très belle tignasse brun noir, un peu folle, qui lui tombe juste à la frontière des sourcils et qui lui donne un air espiègle d'enfant sauvage. Je suis allée rechercher des photos de moi à son âge. Notre ressemblance est plus diffuse, mais elle n'en est pas moins évidente. Toutes les proportions sont là. La taille, la place des yeux, du nez, de la bouche, des oreilles : tout est agencé de la même façon, ce qui donne une impression de familiarité extrêmement saisissante. Et puis il y a cette coquetterie, ce petit creux au milieu du menton, cette fossette si typique de la famille de ma mère.

Cette familiarité m'est apparue très clairement, dès mon retour à la maison. C'était un pied de nez de plus, une couche supplémentaire sur la victoire à plate couture qu'il avait emportée. Alors que j'avais achevé de me bercer de l'illusion que ce petit monstre n'avait rien à voir avec moi, qu'il était un parfait étranger et que nous n'avions rien en commun, tout son visage me disait : regarde-moi, je suis de toi, je suis comme toi, je proviens de toi, de vous deux.

Je dois reconnaître que cette ressemblance, à mon retour, m'a fait l'effet d'une estocade. Mon dernier rempart de protection, le fantasme que cet enfant ne m'appartenait pas tombait en ruines devant l'évidence. J'avais enfanté un monstre. Et ce monstre procédait de moi.

Il n'était certes pas souvent là. Et lorsqu'il était là, le soir, je dormais la plupart du temps. Nous nous croisions, nous cohabitions dans le même espace, un espace qu'il avait entièrement conquis. Nos interactions étaient très limitées. D'abord parce que je n'étais pas en état d'interagir avec qui que ce soit, et encore moins avec un enfant en bas âge considéré comme trésor national par la Tutelle et par une armée de zélotes dont la lieutenante vivait à temps plein sous mon toit. Néanmoins, de temps à autre, pour maintenir un semblant de normalité, ou pour justifier ma présence à domicile, Bénédicte me l'apportait, en général lorsque j'étais lourdement sédatée, au fond de mon lit et donc inoffensive. Dans cet étrange rituel, elle effectuait avec lui une sorte de petit spectacle, où il fallait dire bonjour à maman, montrer à maman un dessin, dire à maman un nouveau mot, raconter à maman un événement anodin, certainement fabriqué de toutes pièces. Revêtir les atours d'une vie normale, ou pousser jusqu'à ses limites le processus d'humiliation.

Fais un bisou à maman.
Maman est fatiguée, il faut la laisser se reposer maintenant.
Dis-lui au revoir.
Au revoir maman.

J'étais la spectatrice de ma défaite.

Après avoir été séparée de lui un an et demi, j'ai vu. J'ai tout vu.

Il ne se méfiait plus de moi. Il m'avait exclue de son champ d'attention. À ses yeux, ~~je n'existais plus~~ je ne représentais plus une menace. Il était libre, même en ma présence, puisque ma parole n'avait plus aucun poids. J'ai assisté, impuissante, à son évolution.

À mon retour de l'hôpital, Nolan avait un peu plus de trois ans. Plus personne ne s'étonnait qu'il parle couramment, avec quelques imperfections certes, mais il avait le vocabulaire d'un enfant de… je ne sais pas, dix ou douze ans. Il bégayait un peu, il faisait quelques fautes d'accord. Mais j'ai la conviction que ces fautes étaient volontaires, qu'il simulait le fait d'être un enfant, qu'il s'agissait même de l'un des enseignements de l'ADES : faire semblant de ne pas savoir, faire volontairement des erreurs. Le langage, ce n'était rien par rapport au reste.

Je vais tâcher de raconter factuellement ce dont j'ai été témoin, sans essayer de l'interpréter. Je veux garantir ici que ce que je vais décrire n'est pas le fruit d'hallucinations provoquées par les traitements lourds qu'on m'administrait. Ce sont des comportements précis, répétés, que j'ai pu observer à plusieurs reprises, sur des laps de temps suffisamment longs pour exclure la possibilité d'affabulations ou de bouffées délirantes.

La première chose, ce sont les voix.

Nolan n'est pas un enfant particulièrement volubile. Ou en tout cas, pas en public, pas devant les adultes. La chambre dans laquelle je dors, l'ancienne chambre de Madeleine, jouxte la sienne. La tête de mon lit est collée au mur mitoyen des deux pièces. Je dormais la plupart du temps. Mais le corollaire paradoxal à cette hypersomnie est que je ne cessais de me réveiller. Ce n'étaient pas vingt heures de sommeil d'affilée, ou même deux fois dix heures. C'était un état semi-comateux, qui fluctuait sans cesse entre veille et sommeil, entre conscience et inconscience, une sorte de paralysie cérébrale et corporelle de laquelle il est impossible de s'extraire. Il m'arrivait souvent de me réveiller en pleine nuit et de rester, inerte, allongée, incapable du moindre mouvement, dans un état de vigilance altéré mais présente à moi-même. Lucide.

C'est dans ces moments-là que je l'ai d'abord entendu parler seul, en pleine nuit. Pour être précise, la première fois que j'ai perçu les murmures, ce n'est pas parce que je l'entendais parler seul. J'ai eu l'impression fugace qu'il y avait quelqu'un d'autre dans sa chambre. Une autre voix.

C'est cette perception qui m'a tirée de ma torpeur, comme un stimulus atavique qui chuchote : *un étranger est dans ton foyer – ton enfant est en danger*. Une injonction qui court-circuite toutes les strates de neuroleptiques, une urgence absolue et vitale de protection de l'espèce. J'ai voulu me lever dans un mouvement de panique, mais mon corps ne répondait pas. J'étais paralysée, clouée dans mon lit, dans un état – je l'admets – de grande confusion. À vrai dire, je ne savais pas très bien si ce que je venais d'entendre était issu d'un rêve éveillé, ou d'un cauchemar suivi d'une crise d'angoisse qui m'aurait arrachée au sommeil. J'avais le sentiment chevillé au corps qu'il y avait quelqu'un d'autre derrière le mur, quelqu'un – ou plutôt quelqu'une, une femme inconnue – ~~dans la chambre de mon~~ ~~de Nolan~~ dans sa chambre.

J'avais beau essayer de sortir du lit, pressée par les décharges d'adrénaline, par les vagues de panique qui me parcouraient, il m'était totalement impossible de me déplacer, de faire bouger mes membres de façon coordonnée.

Et puis soudain, j'ai entendu la voix à nouveau.

Nolan parlait à quelqu'un.

Sa voix était claire, basse, mais très nette.

Un silence.

Il y avait une autre voix, basse aussi, mais distincte.

Une voix de femme.

Une voix de vieille femme qui cherche à se faire passer pour une petite fille.

Une voix aspirée et grinçante.

Une voix qui chuchote, mais qui n'arrive pas à se départir de quelques pics aigus.

Nolan lui répond.

Les deux voix sont très proches, l'une à côté de l'autre.

La vieille femme rigole.

Non, elle ricane.

Je luttais de toutes mes forces pour me mettre en mouvement mais j'étais paralysée par l'angoisse et par les sédatifs. J'ai fait la seule chose dont j'étais capable, la seule chose que je pouvais exiger à mon corps de produire : un cri.

Je me suis mise à hurler.

Les deux voix se sont tues.

J'étais éveillée. Je n'avais pas imaginé ces voix. Je ne les avais pas rêvées.

Il n'y avait plus aucun bruit dans l'appartement, à part celui du souffle diffus de la climatisation. Gauthier dormait comme à son habitude avec un champ de réduction de bruit, il n'avait probablement rien entendu. Plus aucun son ne provenait de la chambre de Nolan. Plus de voix, plus de mouvement.

Je sentais mon rythme cardiaque battre à tout rompre derrière mes yeux, dans mes tempes, il emplissait tout mon champ de conscience, je n'entendais plus que mon cœur battre. J'essayais de me raisonner, de rationaliser : personne ne pouvait entrer dans l'appartement, de jour comme de nuit, surtout pas une vieille femme. Il n'était tout simplement pas possible d'imaginer que quelqu'un soit, au milieu de la nuit, en train de discuter en cachette avec Nolan dans la chambre juste derrière la mienne. Ça ne pouvait pas se produire. Ça ne pouvait, en toute logique, qu'être le fruit d'une hallucination nocturne liée aux sédatifs dans une phase de sommeil plus léger.

J'essayais de me concentrer sur mon souffle, de le ralentir, de revenir progressivement à la raison, au réel, inspirer et expirer tout doucement pour dénouer le point dur et froid dans le haut de ma cage thoracique qui m'empêchait de respirer.

Une crise d'angoisse nocturne.

Encore une.

C'est tout.

Les crises d'angoisse passent.

Elles s'estompent.

Inspirer, expirer lentement.

Je me concentrais sur ma respiration, les yeux fermés.

Et puis soudain, juste là, au bout du lit, un chuchotement.
Elle est là, regarde-la.

elle

bouge

pas

D'abord Nolan.

Puis l'autre voix.

Vieille.

Grinçante.

Le souffle coupé.

Yeux ouverts.

Paralysée.

Dans l'entrebâillement de la porte.

Gris sur gris.

Je suis sûre : il est là.

Debout.

Il m'observe.

Immobile.

Seul.

Elle est là, regarde-la.

Le cœur s'emballe.

L'espace d'un instant.

La respiration coupée.

La terreur.

Absolue.

J'essaye d'inspirer, mais l'air ne passe pas.

La silhouette disparaît.

Des murmures.

Il répond. L'autre voix, la vieille.

Et une autre. Encore une autre voix.

Distincte, plus grave.

L'air ne rentre pas, l'air n'arrive pas à rentrer.

J'essaye de hurler, mais ça ne sort pas.

Je ne peux plus respirer.

Le cœur cogne si fort qu'il va exploser.

La lumière.

Je ne peux pas tendre la main.

Mon corps inerte.

Impossible de bouger.

Immobile. Paralysée.

Respire.

Respire.

Gorge nouée.

Un cri qui ne sort pas.

Un cri muet.

Laisse-la.

Ma tête tourne.

Elle sert à rien.

La pièce entière bascule.

Elle est folle.

Trou noir.

Quand je rouvre les yeux, la chambre baigne dans la lumière grise et blafarde du petit matin, celle que les volets n'arrivent pas à occulter. Je suis confuse, ma bouche est pâteuse, je veux attraper la bouteille d'eau sur la table de nuit. Je tends la main, je la sens au bout de mes doigts, je tente de la saisir mais elle est lourde, elle glisse, ma prise n'est pas assez ferme, je la sens m'échapper, elle tombe au sol. Je n'ai pas le courage de la ramasser.

Je me rendors.

La voix de Bénédicte me réveille, plus tard.

— ALIX, ouvre les volets.

La lumière devient envahissante. Brutale.

J'émerge, péniblement.

Comme chaque jour.

L'épisode nocturne ne me revient pas tout de suite à l'esprit.

J'aurais pu oublier ce qui s'est passé cette nuit-là. Ou le ranger, si tant est que je m'en sois souvenu, dans le tiroir inconfortable de mes terreurs nocturnes.

Mais ce n'était pas un cauchemar.

Et ce n'était qu'une première fois.

Ces voix, parce qu'il y en avait en effet plusieurs, je les ai entendues à nouveau. Quelques nuits plus tard. De plus en plus souvent. Il ne se cachait plus de moi. J'étais neutralisée. Folle. Il n'avait plus besoin de faire son cirque de « petit garçon normal ».

Je ne suis pas folle. Personne ne s'introduit furtivement dans l'appartement à la nuit tombée. Ces voix, c'est lui qui les interprète. Il entretient des conversations élaborées, avec des personnages qu'il incarne comme s'ils étaient avec lui dans la pièce. J'ai pu l'observer subrepticement au milieu de ces discussions. Il est en général assis, plutôt immobile. Jamais allongé. Parfois, il dessine en même temps. Il est toujours très concentré. La veine qui palpite sur sa tempe est gonflée, d'autres sont apparues sur son front. Dans ces moments, il a des mouvements oculaires erratiques. C'est difficile à dire, je ne l'ai observé que de rares fois, de nuit, et toujours de façon fugace. La plupart du temps, il chuchote. Mais les voix sont tout à fait distinctes, elles ne se mélangent pas, elles ne se confondent pas. Elles se répondent. Elles ne s'interrompent jamais, elles ne se coupent pas la parole. J'en ai distingué trois différentes, outre celle de Nolan. J'ai même fini par leur donner un nom. La plus fréquente, celle avec qui il communique le plus, c'est la VIEILLE FEMME, qui n'a en fait pas grand-chose à voir avec une voix de personne âgée, c'est une voix aiguë, grinçante, aspirée vers l'intérieur. Il y a la voix plus grave, celle du GRAND GARÇON et une troisième, plus difficile à comprendre, le PETIT CHIEN, qui consiste en des sortes de jappements plaintifs, comme ceux d'un enfant imitant un petit chien asthmatique.

Tous les enfants ont des amis imaginaires. Peut-être pas tous, mais beaucoup de ceux qui grandissent seuls. Je me souviens de la mienne. Elle s'appelait Anna. C'était une petite fille blonde, une princesse suédoise qui avait perdu son trône et que tout le monde avait oubliée (sauf moi bien sûr). Elle savait qu'un jour, un prince viendrait la retrouver, elle se marierait avec lui et deviendrait la nouvelle reine de Suède. Je jouais avec Anna, j'étais sa femme de chambre, mais aussi son amie et sa confidente. Je la consolais, je lui rappelais qu'elle n'allait pas rester abandonnée toute sa vie. Je savais, moi, qu'elle était une princesse. Anna était souvent triste. J'imagine que ça m'empêchait de l'être moi-même. Je parlais avec Anna. Anna me parlait. Je ne me souviens pas si je donnais une autre voix à Anna. Peut-être un peu plus aiguë ? Comme lorsque je jouais avec mes poupées. Il y avait cette autre poupée un peu abîmée, un peu vieillotte. Jenny.

Les traits de son visage étaient à moitié effacés à force d'avoir été barbouillés au feutre, lavés, essuyés, maquillés, relavés… Ses cheveux avaient été coupés, ou plutôt taillés à diverses reprises et ne ressemblaient plus à grand-chose d'autre qu'une touffe hirsute aux longueurs inégales. Jenny était la méchante. La sournoise. C'est elle qu'il fallait punir à chaque fois. Et Jenny avait une vilaine voix, criarde. Elle finissait enfermée, isolée. Elle n'apprenait jamais ses leçons. Elle ne comprenait pas. Il fallait sévir, toujours plus. La dérouiller. Et puis la consoler après, quand elle avait pris trop cher. C'était la méchante Jenny. La pauvre Jenny.

Je ne sais pas qui étaient les amis imaginaires de Nolan. Je ne sais pas s'il parlait vraiment avec des amis imaginaires. J'ai essayé de comprendre ce qu'il disait, mais en vain. Il parlait trop bas, il murmurait, je n'arrivais pas à capter le sens des phrases. Certains mots, à la volée tout au plus. ~~Je ne pouvais pas~~ Je ne peux pas me contenter de l'explication des « amis imaginaires ». Je ne sais pas pourquoi. ~~Il y a autre chose~~. Il se passe quelque chose d'anormal. Nolan entretient des conversations complexes avec ces voix. Structurées. Organisées. Je n'arrive pas à m'ôter de la tête l'idée qu'il communique réellement avec d'autres ~~enfants~~ personnes. Je n'arrive pas à croire que ce sont des êtres fictifs, issus de son imagination. Ou alors cet enfant est malade. Très malade.

S'il n'y avait que les voix, je me serais certainement fait une raison. Je n'aurais pas cherché à tout prix une explication. Mais il y a les dessins. Si on peut encore appeler ça des dessins. J'ai ramassé un matin, pendant que Bénédicte était partie l'accompagner à l'ADES et avant qu'elle ait eu le temps de ranger sa chambre, des feuilles remplies de ces… je ne sais pas comment les appeler : schémas ? structures ? codes ? Toujours ces mêmes entrelacs qu'il a commencé à dessiner très tôt, ces sortes de nœuds complexes, de plus en plus élaborés. Plus il maîtrisait son trait, plus les symboles étaient précis, détaillés. Il y en avait des lignes et des lignes. Des pages entières.

Exactement comme des lignes d'écriture, mais de tailles et de proportions distinctes. Certains motifs se répétaient à différents intervalles, comme des lettres, avec à certains intervalles de légères modifications. Parfois, ce n'étaient que des fragments qui se répétaient, alors que le reste ~~changeait~~ évoluait.

C'est ça : ces structures linéaires évoluaient, au sens d'une progression de laquelle émanerait une cohérence, un sens sous-jacent. Toutes ces lignes étaient incroyablement organiques, magnifiques, hypnotiques. Certaines parties me faisaient penser à des efflorescences, à la manière des motifs floraux dans les marges enluminées des manuscrits médiévaux. Elles communiquaient parfois entre elles, verticalement sur un, deux, ou trois niveaux. C'était d'autant plus saillant que toutes n'étaient pas dessinées de la même couleur. Ces symboles mêlés les uns aux autres étaient animés par un mouvement poétique, envoûtant.

J'en ai gardé une, l'une de ces feuilles où la structure me paraît la plus complexe, la plus achevée. Je l'ai regardée de nombreuses fois, de longs moments. Plus je l'observe, et plus je suis convaincue qu'il s'agit en effet d'une écriture codée, que ces symboles sont porteurs de sens.

C'est sans doute parce que j'étais happée par la beauté de l'intrication et de la délicatesse de ces traits que je n'ai pas tout de suite compris que les couleurs correspondaient à des parties différentes. Et encore un peu plus de temps pour apercevoir les différences de graphie. Chaque couleur a son propre tracé. Le noir est plus anguleux, moins souple, moins délié contrairement au rouge, qui est plus fleuri, plus ornemental. Le vert un tout petit peu plus petit, plus resserré et ramassé. Tandis que le bleu, beaucoup plus rare, est très basique, presque simplifié. Ces variations sont assez subtiles, mais une fois qu'on les a identifiées, elles sont indiscutables.

Il m'a fallu du temps pour faire le lien. Et pourtant tout était là, devant mes yeux. Évident.

Quatre couleurs.

Quatre écritures.

Quatre voix.

Quatre personnes.

De tout cela, je n'ai rien dit. Je n'ai rien laissé paraître. Ce n'est pas tant que je le souhaitais. J'en étais incapable. Ce que je décris là, aujourd'hui, dans ce carnet, je ne l'ai pas observé en quelques jours. Ce n'est pas le fruit d'une révélation soudaine qui m'aurait fait reprendre mes esprits. C'est une recomposition, une tentative de mise à plat objective, condensée d'une foule de souvenirs brumeux, dans cette longue période floue d'errance catatonique qu'ont été les mois suivant mon retour de l'hôpital.

Coucher tout cela sur papier est à la fois salutaire, parce que j'arrache ces souvenirs au brouillard dans lequel ils se sont formés pour leur donner corps et prendre l'ampleur de la réalité absurde et terrifiante qui les constitue. Ces mots qui se forment sous ma plume, de plus en plus clairement, de plus en plus aisément, dans la froide lumière de la lucidité, sont autant de liens qui me raccrochent au réel, qui me confirment que je ne suis pas cette personne à la dérive, délirante et apathique en laquelle ils m'avaient transformée. Et pourtant, tout me paraît si lointain, comme le fruit d'un mauvais rêve, d'une torpeur toxique de laquelle j'ai enfin réussi à m'extraire.

Et pourtant, aujourd'hui, Madeleine est morte.

Elle est morte ~~en partie~~ par ma faute. ~~Elle est~~
~~Non~~

Je dois m'en tenir au récit. Poursuivre, raconter comment et pourquoi Madeleine est morte. Comment et pourquoi je suis sortie de cette camisole chimique.

Est-ce parce que j'étais assez sage, ou trop absente ?

Est-ce parce qu'il fallait que d'une façon ou d'une autre, je joue mon rôle de mère ?

Est-ce parce que me maintenir dans un tel état de torpeur à domicile présentait plus de risques que d'avantages ?

Est-ce parce que les psychiatres de la Tutelle estimaient que j'avais été brisée et que je ne présentais plus aucun danger ?

Est-ce parce que Gauthier ne me supportait plus dans cet état végétatif ?

Est-ce parce que l'épouse d'une élite montante du parti ne pouvait décemment pas ressembler à un zombi ?

Est-ce parce qu'il avait décidé que je ne servais à rien ?

Toujours est-il qu'ils ont commencé, doucement, à réduire ma posologie. Très doucement. Très progressivement. Je crois aujourd'hui, sans avoir aucun moyen de le confirmer, que la Tutelle estimait que j'avais purgé ma peine. Voilà ce qu'il en coûtait de ne pas accepter le cadeau génétique de l'État néopatriote. Voilà où je retournerais à l'instant où je montrerais à nouveau le moindre signe de méfiance ou de sédition.

Sédition = Sédation.

J'avais été disciplinée.

Si dans un premier temps, ils m'avaient réintégrée à domicile, même dans un état comateux avancé, c'est parce que dans leur conception rétrograde et autoritaire de la famille, un enfant devait grandir avec sa mère à ses côtés. Un papa, une maman. Surtout pour former l'élite de la Nation, les *übermensch* qui allaient repeupler le monde et forger le futur de l'humanité.

Le bâton d'abord. J'avais tâté le bâton. Je savais ce qui m'attendait. La Tutelle m'avait signifié, on ne peut plus clairement, que j'avais épuisé mes crédits. Elle relâchait son emprise, mais j'étais en sursis. Au moindre écart, retour de la camisole chimique. À vie.

Il était encore temps de sauver les apparences. De préserver le cadre familial. De donner à cet enfant un foyer uni, pour favoriser un développement socioparental équilibré.

J'ai donc commencé, lentement, à reprendre pied. À moins dormir. À me laver moi-même. À m'habiller tous les jours. J'étais encore très groggy, mais je n'étais plus assommée. Gauthier réapparaissait lui aussi dans mon panorama quotidien. Il nous arrivait de dîner ensemble. Nous parlions peu. Vraiment très peu. Mais il était là, à côté de moi. Je pense qu'il voulait faire la paix, lui aussi. J'étais prête à tout accepter.

Tout.

Doucement, sous la supervision de Bénédicte, ils m'ont laissée approcher Nolan. Officiellement. Il fallait leur montrer que j'étais enfin prête à jouer la mère aimante. À me consacrer à cette petite merveille. J'ai fait tout ce qu'ils attendaient de moi. Sans retenue. Sans exception.

J'avais perdu beaucoup de poids, j'étais faible et très vite fatiguée, ce qui me permettait d'écourter les séquences de démonstration de mère idéale. Bénédicte était ravie. Elle n'avait jamais été aussi épanouie. Elle était entièrement dévouée, extrêmement prévenante. Elle avait réussi sa mission. Qui sait, peut-être avait-elle touché une prime. J'ai recommencé à sortir. Accompagnée bien sûr. Je n'avais pas vu l'extérieur depuis près de deux ans.

C'était il y a trois mois, tout juste, mi-mars. C'était une belle journée, très ensoleillée, avec les restes d'un petit vent frais qui fait bruisser les premiers feuillages. Cela faisait déjà quelques semaines que le thermomètre dépassait les vingt degrés. C'était le moment de l'année le plus agréable, avant l'arrivée des premières chaleurs caniculaires de mai. Nous ne sommes pas allées loin, je me fatiguais encore très vite. Nous avons marché quelques mètres, Bénédicte et moi, pour nous poser juste en face, au cimetière du Père-Lachaise. Je n'avais plus d'acrimonie envers Bénédicte. J'étais même convaincue qu'elle ne faisait que le travail pour lequel elle était employée. Elle pensait certainement bien faire : aider une famille à se reconstruire malgré les troubles mentaux de la mère et un père absent ; accompagner ce petit garçon si vif, cette incarnation de l'avenir de la nation, préparer son futur et lui apporter les soins et l'attention que sa pauvre mère malade ne pouvait lui prodiguer. Bénédicte n'était pas une mauvaise personne. C'était une ancienne jeune fille qui vieillissait, seule. Une petite blonde un peu fade, au teint trop clair, qui ne devait certainement pas avoir de famille et qui avait trouvé dans la mienne un substitut. Elle aurait pu être jolie si elle l'avait voulu. Si elle l'avait su. Mais on lui avait enseigné qu'elle était destinée à servir – les hommes, le système, Dieu – et elle l'avait accepté sans broncher. Je ne lui en voulais pas. Je ne lui en veux toujours pas.

Nous avancions toutes les deux, bras dessus bras dessous. Je commençais à m'attacher à ma geôlière malgré elle. Nous nous sommes assises sur un banc, à l'ombre des érables. Bénédicte avait ses habitudes, elle venait souvent se promener ici pendant que je dormais et qu'il n'y avait plus rien à faire à la maison. Elle me racontait qu'elle venait s'asseoir sur ce banc, seule.

Pas tout à fait seule. Quelques minutes après notre arrivée, le premier pointa le bout de ses moustaches, sautant sur une stèle juste à notre gauche. C'était un gros matou gris avec le ventre blanc, un peu poussiéreux, Grisou. Chaleureux, mais indépendant. Il vint vite se faufiler entre nos jambes, mais impossible de le caresser. Dès que je tendais la main, il se recroquevillait, les oreilles en arrière, prêt à cracher.

— Laissez-le venir. Il va trouver un petit coin au soleil et se mettre sur le banc, juste là.

Après quelques circonvolutions entre nos chevilles, Grisou sauta en effet sur le banc, s'allongea de tout son long, tout près de moi dans un rayon de soleil, et commença à se lécher les pattes en ronronnant puissamment. Quelques secondes plus tard arriva en trottinant, depuis l'autre côté de l'allée, un deuxième chat, tigré, qui donna immédiatement des coups de tête insistants dans les mollets de Bénédicte.

— Lui c'est Philémon. Toujours affamé, mais c'est une vraie peluche une fois qu'il a grignoté.

Elle sortit de son sac un petit tupperware, dans lequel elle prit une poignée de croquettes qu'elle jeta sur les pavés. Le chat se rua dessus, dans l'indifférence manifeste de Grisou, avant de venir s'installer sur ses genoux, les deux pattes avant étirées comme un sphinx, pour se faire gratouiller sous le menton.

Puis vint la troisième, la dernière, plus discrète. Wanda, une toute petite chatte noire. Elle sauta maladroitement sur le dossier du banc. Elle passa derrière moi en claudiquant, son bassin était partiellement paralysé. Elle se mit tout de suite à se frotter contre ma nuque. Après deux allers-retours, elle s'étendit derrière moi, en posant nonchalamment l'une de ses pattes sur mon épaule, comme pour dire au monde entier que j'étais sa créature, qu'elle m'avait élue et que je lui appartenais.

Nous sommes restées là, en silence, toutes les deux… tous les cinq devrais-je dire, profitant de la douceur de l'air, de la quiétude du cimetière, à peine troublée par les croassements des nombreuses corneilles qui faisaient de temps à autre dresser une oreille agacée à Wanda.

Ce sont les oiseaux qui m'y ont fait penser.

Elle avait une fascination pour les corneilles, depuis toute petite. Lors de nos promenades, elle se ruait sur elles en criant, dès qu'elle en apercevait dans une allée. Mais lorsqu'elles se mettaient à croasser trop fort, ou qu'elles étaient trop nombreuses, elle faisait demi-tour et revenait se blottir contre moi effrayée, mais en continuant à rigoler, rassurée que je sois là pour la protéger.

J'ai demandé à voir Madeleine.

Où trouver le courage de raconter cet après-midi.
Où trouver le courage de me remémorer cette journée.
Je voudrais ne pas avoir à l'écrire.
Je voudrais ne pas avoir à la revivre.
Plus jamais.
Je ne sais pas si j'ai la force.

La visite a été organisée assez rapidement. J'allais ~~un peu~~ mieux. Je donnais tous les signes de coopération qu'ils attendaient de moi. J'avais repris ~~un peu de~~ du poil de la bête. Le printemps s'était installé. Les arbres avaient verdi. Les cerisiers commençaient à fleurir. Des circonstances idéales pour organiser une réunion de famille. Pour montrer que tout était rentré dans l'ordre.

Madeleine ne resterait pas tout le week-end, une demi-journée était suffisante pour commencer. Pour ne pas trop me fatiguer, bien sûr. Pour graduer les récompenses, surtout. Après deux ans de punition, la Tutelle n'allait pas du jour au lendemain céder à ~~mon premier caprice~~ ma première demande.

Tout avait été soigneusement organisé par Bénédicte. Elle irait chercher Madeleine en fin de matinée, nous déjeunerions ensemble, tous les quatre avec Nolan et Gauthier. Et puis nous irions faire une promenade au lac du bois de Vincennes – elle adorait faire un tour en barque, et Bénédicte nous rejoindrait pour la raccompagner en fin d'après-midi.

Une belle journée, bien rodée, bien encadrée. La première page d'un nouvel acte, dans lequel chacun joue sa partition, proprement.

J'étais nerveuse. Enfin, tout aussi nerveuse que les multiples anxiolytiques, régulateurs d'humeur, antidépresseurs et neuroleptiques me laissaient la possibilité de l'être. Je n'avais pas vu Madeleine depuis deux ans. Ce n'est pas que je redoutais de la voir, au contraire. C'était la conscience retrouvée de cette absence. De ma désertion. J'avais laissé passer deux ans de ma vie, de sa vie, sans aucun contact. Entre ses quatorze et ses seize ans, ma fille, ma grande Fragile n'avait plus vu sa mère, pas une seule fois. Je ne savais même pas ce qu'ils lui avaient dit, quelle histoire ils lui avaient racontée.

J'imagine qu'elle avait dû me réclamer, s'énerver, se mettre en colère, pleurer… peut-être avait-elle fini par s'habituer. Peut-être même oublier que sa maman était encore en vie, que sa maman pensait encore à elle. Avais-je vraiment pensé à elle ces deux dernières années ?

Honnêtement, très peu. De façon éparse. Je me souviens d'une conscience lointaine, écrasée par le poids de la fatigue. Son visage apparaissait dans de brefs éclairs, des demi-rêves ; par à-coups, je me souvenais d'elle. J'étais incapable de savoir où elle était, ce qu'elle faisait, quelle était la dernière fois que je l'avais vue. Au mieux, j'arrivais à identifier qu'elle était en sécurité, ou dans un centre. Au mieux, ~~je me rassurais~~ je me disais que je ne l'avais pas abandonnée. Ou qu'elle n'était pas morte.

Ces brèves prises de conscience faisaient poindre des attaques d'anxiété, aussitôt refoulées. Le souvenir tout juste réapparu disparaissait aussi vite, dès que je sombrais à nouveau dans les brumes du demi-sommeil permanent, du carcan ouaté et de l'injonction chimique autoritaire à ne surtout pas penser.

Oui, j'avais quasiment oublié ma fille pendant deux ans. J'étais rongée de culpabilité. La perspective de la revoir m'enchantait autant qu'elle me terrifiait. Et si Madeleine m'avait oubliée elle aussi. Si elle refusait de me revoir. Si on l'amenait ici de force, et qu'elle se mettait à hurler en ma présence, à se débattre, à essayer de me mordre. Elle allait sur ses dix-sept ans. Son corps avait dû changer. J'avais laissé une jeune adolescente, j'allais retrouver une quasi-adulte. J'avais terriblement envie de fumer. De boire un verre de vin aussi. Tout cela était impossible. Tout cela appartenait au passé. J'étais allongée, dans ma chambre, sur le dos. J'essayais de respirer calmement, les yeux fixés au plafond, ma main droite sur le sternum, la main gauche à plat le long de ma cuisse. Je n'avais pas vécu de crise d'angoisse aussi forte depuis plus de deux ans. Certes, les médicaments l'atténuaient. Un peu. Cela ne faisait que quelques semaines que j'étais sortie de ma camisole chimique. Je recommençais tout juste à m'accoutumer à ma présence dans ce monde dont je n'avais perçu qu'un écho distant, flou, pendant des mois. Et cette présence m'attaquait frontalement, me secouait en me distribuant de violentes paires de gifles. Elle me hurlait l'ordre de recommencer à vivre, et de protéger la seule personne que j'aimais plus que tout.

Je me débats avec tout ça quand Gauthier vient frapper à la porte. Il entrouvre, passe la tête pour me demander si tout va bien. Bénédicte est en route avec Madeleine, elles devraient arriver dans les prochaines minutes. Mon rythme cardiaque fait un bond. Les paumes de mes mains sont trempées. Gauthier reste là, dans l'encadrement. Certainement un peu inquiet, lui aussi.

— Ça va aller ? Tu as besoin de quelque chose ? Un verre d'eau ?

Beaucoup de pensées affluent à ce moment-là, beaucoup de pensées et beaucoup d'angoisses. Gauthier fait un pas dans la chambre – il n'y est pas entré une seule fois depuis mon retour. Je me redresse, j'imagine que je devais avoir une sale gueule. Je m'assieds sur le bord du lit. Ma tête tourne très fort.

— Oui bien sûr, ça va aller. Ne t'inquiète pas.

Un pas de plus.

— Tu es sûre ? Je peux…

Je le regarde. Il est préoccupé, mais pas comme avant. Pas agacé. Sincèrement préoccupé. Un peu gauche, également. Comme si lui non plus ne savait plus comment faire. Nous nous regardons quelques instants l'un l'autre. Je crois qu'il veut que tout se passe bien. Pas seulement pour lui. Pour nous. Peut-être même un peu pour moi. J'esquisse ce que j'imagine ressembler à un sourire. Je sollicite des muscles qui ne l'ont pas été depuis bien longtemps.

— Je t'assure. Laisse-moi quelques secondes. J'arrive.

Il hésite.

— Prends ton temps. Je… je suis à côté.

Il sort de la chambre.

Inspirer.

Expirer.

Je vais revoir ma fille, tout va bien se passer.

Je vais revoir ma grande fille.

Ma grande fille fragile.

Je vais voir ma fille pour la dernière fois.

Dans le salon, Gauthier joue avec Nolan, ils sont assis par terre. Ils se retournent tous les deux quand j'arrive. Gauthier a son air inquiet. Nolan fait un immense sourire, se relève maladroitement et court dans mes jambes en criant « Maman est réveillée ! ». Il enserre ma cuisse – il dépasse déjà le mètre et c'est un grand et beau garçon. Il lève la tête vers moi, et tend les bras pour que je le prenne. Gauthier s'apprête à dire quelque chose comme « Maman est fatiguée » ou « Viens me voir », mais je m'accroupis – je ne suis évidemment pas en état de le porter, il doit faire au moins quinze kilos. Nolan m'attrape par le cou, et pose sa tête dans le creux de mon épaule. Je passe mon bras autour de sa taille. Je sens son odeur, un mélange de savon, celle de son shampooing doux, et une toute petite touche de cette transpiration d'enfant légèrement acide, qui disparaît si vite quand ils grandissent.

Je sens ces muscles de mon visage bouger à nouveau. Je me sens sourire.

Mon bébé, cet enfant dont j'ai si longtemps pensé qu'il était autre chose, qu'il n'était pas le mien, qu'il était une sorte de monstre ; cet enfant qui lui non plus ne m'a pratiquement pas vue, que je n'ai pas vu grandir et qui d'un seul coup me jette son amour au visage, sa tendresse, son affection spontanée. Celle d'un fils pour sa maman.

Je sens les larmes monter. Pas les larmes d'avant, des larmes chaudes, des larmes de répit.

Gauthier est à côté de nous. Lui aussi a un grand sourire. Au loin, la sonnerie de l'ascenseur. Des pas dans le couloir. D'abord de marche, puis de course. La voix de Bénédicte, qui appelle au calme. La porte s'ouvre.

« Bonjour Madeleine, bonjour Bénédicte. Bienvenue à la maison »

Ton visage.

Ton sourire.

Tu as lâché la main de Bénédicte, et tu as couru vers moi, les bras grand ouverts.

Tu étais si grande.

Si grande.

Une femme, presque.

Je m'extrais de l'emprise de Nolan, je jette un œil à Gauthier qui le prend immédiatement dans ses bras. Tu te rues sur moi, tu me tombes dessus, je bascule en arrière, nous basculons toutes les deux. Tu n'arrêtes pas de rigoler et de dire « mamaaaaaaman, maman c'est maaa maman ma maman chérie mamaaaaaan ». Nous sommes toutes les deux par terre, je rigole avec toi, j'essaye de repousser un peu ta tête en arrière pour te regarder, j'enlève les cheveux fous de ton visage, ton visage qui a tellement, tellement changé. Tu ris aux éclats, tu es si heureuse.

Nous sommes toutes les deux au sol, comme des folles, folles de joie, je sens des larmes qui roulent sur mes tempes mais ce sont les mêmes larmes, des larmes de joie, des larmes de soulagement, des larmes de délivrance. Tu essayes de me chatouiller, je te dis non, mais c'est un non qui veut dire oui. Je sens ton poids, tu pèses une tonne sur moi qui ai tellement maigri. Tu plonges ton visage dans mon cou et tes « maman » deviennent des « ouahouahouah » juste pour me faire rire, je ne sais pas ce que tu imites ou ce que tu veux me dire, mais je me tords de rire sous toi. J'ai tes longs cheveux bruns dans les yeux, dans la bouche, tu es partout sur moi autour de moi, et tu n'arrêtes pas de rigoler.

Ma grande fille.

J'aperçois Gauthier, et Bénédicte à côté de lui. Et Nolan dans ses bras. Gauthier a un petit sourire aux lèvres, mais très léger. Je vois tout de suite que ça ne va pas. Que nous n'allons pas. C'est trop, trop de rires, trop d'émotions, trop de démonstrations, il faut revenir au calme, il faut se reprendre. Je déplace Madeleine, je lui dis quelques mots sur un ton doux pour la calmer, pour juguler l'excitation. Bénédicte l'attrape par le bras pour la dégager.

— Allez, viens avec moi, on va se débarbouiller.

Je vois son visage se crisper immédiatement. Je lui fais signe, un signe tacite, les deux yeux fermés lentement, un code que l'on partage depuis qu'elle est toute petite. Elle résiste un instant, puis elle se relève, et suit Bénédicte dans la salle de bains. Je suis toujours au sol. Gauthier secoue légèrement Nolan dans ses bras, il lui parle à voix basse. Nolan me regarde, par terre.

Son regard.

L'éclair d'un instant.

Un regard froid. Calculateur. Glacial. Le seul fait de me le rappeler me glace le sang. Bien évidemment, la mémoire est subjective. Ces souvenirs, surtout compte tenu de ce qui s'est déroulé dans les heures suivantes… ils peuvent être déformés. Interprétés.

Je ne sais pas.

J'ai pourtant l'impression de revoir clairement tous les instants. Toutes les images. Cet éclat de méchanceté. De jugement. Je me suis sentie prise en faute. Misérable. Moins que rien. Tout ça en une fraction de seconde, à travers le regard que me lançait mon fils de quatre ans et quelques mois, depuis les bras de son père. Un regard que je suis la seule à avoir perçu.

Je me relève. Mon niveau d'anxiété remonte en flèche. Nolan a évidemment repris le comportement et l'activité d'un enfant normal. Gauthier l'amène dans la cuisine, l'assied sur sa chaise surélevée, allume le four pour réchauffer les pizzas que Bénédicte a préparées. Madeleine a toujours eu une passion pour les pizzas.

Le déjeuner passe comme si je n'y assistais pas. Nous mangeons, tous ensemble, avec Bénédicte. Je suis à côté de Madeleine, j'interagis avec elle mais ce sentiment de sérénité, ces brefs et merveilleux instants que j'ai vécus quelques dizaines de minutes plus tôt sont taris. Asséchés. Je n'ai en tête que l'image du regard malveillant ~~de Nolan de ce sale petit~~, sans cesse, en boucle. Je le scrute, je cherche à comprendre, à me convaincre, je sens tous les rouages de la peur se réactiver, les mécanismes de la défiance, une partie de moi essaye de crier que je me trompe, que ce que j'ai perçu dans ce regard n'est pas réel, mais en vain.

~~Nolan~~

Cet enfant me fait peur.

Mais Madeleine, d'habitude si prompte à absorber les sentiments alentour, ne perçoit pas mon inquiétude. Ou elle ne le montre pas. Peut-être que le lien tacite qui nous unissait, cette vigilance de tous les instants, est rompu. Elle dévore ses parts de pizza à pleine bouche, son t-shirt est maculé de sauce tomate. Je m'accroche à elle, à cette gloutonnerie, à cette fringale de vie. De nous tous autour de la table, c'est finalement elle qui est le plus à l'abri. Son handicap la protège. Non qu'elle ne perçoive pas les tensions qui l'entourent, bien au contraire. Elle a toujours été extrêmement sensible à mes sautes d'humeur, à mes périodes dépressives, aux frictions qu'il pouvait y avoir entre Gauthier et moi. Mais pas aujourd'hui. Elle est imperméable à ces pensées complexes parasites, celles de cette société dégueulasse qui la considère à peine mieux qu'un esclave, celles de ce petit frère anormal qui, du haut de ses quatre ans, la juge déjà comme un frein à son développement, comme un poids dont il faut se débarrasser pour qu'il ne reste que lui, pour que tous nos efforts et nos attentions lui soient consacrés, à lui, rien qu'à lui, et à lui seulement.

Et c'est ce qui s'est passé.

Le déjeuner terminé, Madeleine débarbouillée, nous sortons tous ensemble, comme une parfaite petite famille bourgeoise fonctionnelle, pour profiter des beaux rayons de soleil de l'après-midi de ce presque début d'été. Bénédicte part devant avec Nolan qui insiste pour marcher. Madeleine ne veut pas me quitter. Elle me tient par la main, elle n'arrête pas de se blottir contre moi, elle me parle en continu, me raconte plein d'histoires dont je ne comprends pas la moitié. Je fais mon possible pour revenir dans le présent, pour sortir des pulsations d'angoisse qui battent sous ma peau, juste sous mon épiderme. Gauthier s'en rend compte. En sortant de l'appartement, il a ce geste, gentil, inhabituel, il me prend par les épaules et me demande si tout va bien. Je lui réponds que oui, bien sûr, je passe une merveilleuse journée.

Mais juste avant de sortir, il me saisit la main et me murmure :

— Typhaine, me raconte pas de bêtise. Si ça ne va pas, tu peux rester à la maison. Reste avec Madeleine même si tu veux. On va faire un tour et on vous retrouve ici.

Une attention prévenante, mais autoritaire. Ne fous pas tout en l'air. Prends tes responsabilités. Tu sais ce qui est en jeu. La Tutelle. Le sursis.

Je sais tout ça. Mieux que lui. Et je ne cesse de me répéter que je ne peux pas me laisser déstabiliser à ce point, aujourd'hui, ~~par un simple regard de Nolan~~ par la simple interprétation que je me fais d'un regard.

C'est mon épreuve, en conditions réelles. Je ne vais pas ~~laisser cette petite merde~~ le laisser tout gâcher. J'ai fait ce que j'avais à faire. Ce que je m'étais entraînée à faire. Jouer mon rôle. Le tenir.

— Je vais bien, ne t'en fais pas.

Gauthier cherche, de façon insistante, une confirmation dans mon regard. Je réunis toute l'énergie dont je dispose à ce moment pour le rassurer. Madeleine revient en courant vers nous et me tire le bras. Elle m'agace un peu. Je l'envoie appeler l'ascenseur. Elle court à toute vitesse jusqu'au bout du couloir.

Nous la suivons. Je sens un soupçon de bienveillance chez Gauthier. Une préoccupation. Encore fragile, lointaine. Mais une attention que je ne lui connaissais plus. Et cette attention m'apaise. Nous montons dans l'ascenseur, tous les trois. Comme avant.

Madeleine m'a enserré la taille et me serre en chantant une chanson à mon ventre. Elle me chatouille un peu, je rigole. Juste avant d'arriver au rez-de-chaussée, Gauthier me passe la main dans le dos. Un grand frisson me parcourt des pieds à la tête. Une chaleur, aussi. Il dépose un baiser dans mes cheveux, et prend une grande inspiration pour s'imprégner de leur parfum. Comme avant.

— Ça va aller.

La porte de l'ascenseur s'ouvre. Bénédicte est déjà sortie, dans le petit jardin extérieur qui donne sur la rue. Madeleine court vers la porte vitrée. Elle l'ouvre, elle nous la retient de façon ostentatoire, et fait une petite courbette lorsque nous passons devant elle. Je sors en dernier, elle m'attrape la main, et agite mon bras d'avant en arrière.

Le ciel est d'un grand bleu, et il commence à faire un peu trop chaud. La ville sent le bitume et les gaz d'échappement. Il n'y a pas un soupçon d'air. Mais Bénédicte a tout prévu. Un bob bien sûr, pour lui couvrir la tête. Mais aussi une ombrelle.

Je remarque qu'elle n'a pas pris la poussette. Je me dis que ça aurait été plus simple. Elle confie Nolan à Gauthier, qui le prend dans ses bras. Bénédicte ouvre l'ombrelle, et nous sortons tous les cinq dans la rue. J'ai beau n'avoir mis qu'une petite robe en coton à manches courtes et un simple gilet par-dessus, j'ai immédiatement chaud. C'est l'un des effets secondaires pénibles des neurorégulateurs. Avoir le bout des doigts gelés, et transpirer à grosses gouttes de la tête jusqu'au coccyx. Je sors mon éternelle pince en plastique imitation écailles pour attacher mes cheveux en fouillis, et laisser le peu d'air rafraîchir ma nuque, déjà trempée.

Madeleine m'attrape le bras, et me tire en avant. Je me laisse traîner. Elle n'arrête pas de parler. Je ne prête aucune attention à ce qu'elle raconte, je ne saisis qu'un mot sur quatre. Je réalise que finalement, je suis peut-être en bonne voie. Ces petits pics d'angoisse sont normaux et vont finir par s'espacer et disparaître. Cette vie m'avait manqué, cruellement. À cet instant précis, je suis prête à tout faire pour la récupérer. Vraiment tout.

Nous arrivons vers le boulevard de Ménilmontant. La lumière est très blanche, très forte. Aveuglante. Je dis à Madeleine de se calmer, d'attendre son père, son frère et Bénédicte qui sont encore quelques mètres derrière nous. Madeleine trépigne. Elle est vraiment très excitée, et elle tient absolument à me montrer quelque chose. Je ne sais pas si c'est de l'autre côté de la rue, dans le cimetière ou ailleurs. Je suis dehors avec elle, ça n'est que ma deuxième sortie, je commence à avoir vraiment trop chaud et je n'ai pas pris mes lunettes de soleil. Je me demande si Bénédicte a pris de l'eau.

Les voitures passent assez vite, dans ce bruit étouffé, sourd et presque imperceptible des véhicules électriques autonomes. Je me dis que j'aurais dû prendre moi aussi un chapeau. Je sens des gouttes de sueur se former dans ma nuque et sous mes aisselles, l'une d'elles glisse le long de mon bras. Gauthier et Bénédicte arrivent. Je crois qu'il était question d'aller manger une glace. Je ne sais plus bien.

Nous sommes là, sur le trottoir. Gauthier me jette un regard interrogateur. Je devais faire une drôle de tête, en nage, un peu trop pâle. Bénédicte me demande si j'ai soif. C'est vrai, j'ai soif. Elle me tend l'ombrelle, et ouvre son sac à la recherche d'une bouteille. Je prends l'ombrelle.

Je lâche la main de Madeleine.

Gauthier, Nolan dans les bras, se rapproche de moi, pour profiter de l'ombre. Le flux d'air, léger, de la circulation toute proche. Gauthier se penche pour prendre la bouteille d'eau.

Je suis nez à nez avec ~~Nolan~~ lui.

Son regard.

Plongé dans le mien.

Il me fixe.

La veine sur son front.

La malice.

L'intention.

Il regarde Madeleine.

La route.

Et puis

un geste

nonchalant

de la main

L E S

L U N E T T E S

V O L E N T

Devant mes yeux.

Les lunettes de Madeleine.

Je ne lui tiens plus la main.

Elle se précipite.

TROIS PAS
pour les rattraper.

TROIS PAS
dans l'avenue.

La première voiture braque, l'évite, la deuxième juste derrière la percute de plein fouet.

Premier choc.

Le corps est projeté contre la voiture devant.

Deuxième choc.

La voiture suivante s'encastre.

Pousse celle qui a tapé.

Sur la première.

Troisième choc.

Le reste je ne sais pas.

Je me souviens du sang.

Il y avait du sang partout.

Il y avait du sang partout.

Nous avons enterré Madeleine.
Seuls.
Gauthier, et moi.
Et Bénédicte.
Il n'y avait personne d'autre.
J'ai refusé que Guy et Isabelle viennent.
Élisa était en prison, Aïssatou en CRDI.

~~Nolan n'était pas~~
NOLAN
NOLAN
NOLAN
NOLAN
Que je m'habitue à écrire ce nom maudit.

Nolan n'était pas là. Il était hors de question qu'il vienne. Pour moi bien sûr, comme pour la Tutelle. La petite merveille avait déjà subi un traumatisme bien trop important pour lui infliger celui du crématorium.

Gauthier m'a tenu la main. Il m'a serrée dans ses bras.

Bénédicte nous a laissés. Nous lui avons donné sa journée.

Nous avons pleuré, longuement, l'un contre l'autre. Nous sommes rentrés. Dans l'ascenseur, je ne pouvais pas m'arrêter de pleurer. J'étais contre lui, la tête enfouie entre son torse et son bras. Je sentais son parfum, sa légère odeur de transpiration. Il me tenait par l'épaule, il ne me lâchait pas.

La porte d'entrée.

« Bonjour Typhaine, bonjour Gauthier. Toutes mes condoléances »

J'ai fait tomber ma veste noire par terre, j'ai dégagé mes chaussures du bout du pied. Gauthier a enlevé sa veste. J'ai levé la tête, nous nous sommes regardés, les yeux dans les yeux.

Immobiles.

Silencieux.

En larmes.

De ces larmes qui ne soulèvent même plus de sanglots. Elles coulent, sans obstacle. La tristesse exsude, parce qu'il n'y a pas assez de place dans le corps pour la contenir. Tout est douleur. Tout le corps fait mal. Le malheur infini. On croit qu'on ne pourra jamais revenir en arrière. Que la vie ne sera plus jamais que ce malheur-là.

Sans fin.

Sans limite.

On croit que notre propre vie est terminée. Parce qu'il est impossible d'enterrer son enfant. C'est l'inverse du vivant. On n'enterre pas son propre enfant. On doit mourir avant. Pas après. Pas eux. Ils ne peuvent pas mourir avant nous.

Pas elle.

On croit qu'on ne va jamais se relever de cette douleur-là.

Ni moi.

Ni lui.

Il tend la main, il essuie quelque chose sur mon visage. Ce sont peut-être mes larmes. C'est peut-être mon maquillage qui coule et qui noircit mes joues. Ses yeux verts sont cernés de rouge, gonflés. Son teint est blafard. Ses joues sont râpeuses, il n'a pas eu le temps, ou le courage de se raser ce matin. Je tends la main. Je m'accroche à lui. J'attrape sa nuque. J'ai peur de tomber. J'ai si peur de tomber si je ne m'accroche pas à lui. J'ai peur que tout s'effondre. Il m'agrippe. Il me saisit par la taille. Il me serre contre lui. Je plante mes doigts, mes ongles dans son cou. Ma tête tourne, je pense que je vais tomber dans les pommes. Je sens mon coeur battre dans mes tempes, dans mes mains, dans mon aine.

Je colle ma bouche contre la sienne.

Je dévore ses lèvres.

Sa langue dans ma bouche, son haleine, son goût, le goût de l'homme que j'aime, il m'enserre si fort contre lui, je décolle j'enroule mes jambes autour de ses hanches il est déséquilibré il titube il se retient au mur, son souffle en moi sa langue contre la mienne sa respiration saccadée lourde son odeur mêlée de sueur et de parfum, ses mains fouillent dans mon dos sous ma jupe dans ma jupe il cherche ma culotte ses doigts passent par-dessus par-dessous je suis instantanément trempée il entre une première fois en moi je bascule nous tombons au sol.

Nous avons dormi ensemble cet après-midi-là. L'un contre l'autre.

Tous les deux.

Seuls.

Comme avant.

J'ai ouvert les yeux, je ne sais pas trop au bout de combien de temps. Il faisait encore jour. Gauthier était réveillé. Il me regardait dormir. Il m'a caressé la joue, et m'a demandé si j'avais bien dormi. J'ai souri, doucement. Difficile de mal dormir avec tout ce que je prends. Lui n'avait pas dormi du tout. Beaucoup pleuré, à ce qu'il m'a dit. Il m'a embrassée. Il s'est levé pour aller préparer un thé. Il ne fallait pas trop traîner, il devait aller récupérer Nolan à l'ADES. Nous avons bu notre thé, allongés l'un sur l'autre dans le canapé du salon.

Comme avant.

Presque comme avant.

Il s'est levé. Il est allé s'habiller.

Je flottais dans un état totalement confus.

Inconsolable et apaisée.

Déchirée entre une tristesse abyssale et la chaleur de ce lien ressuscité.

Profondément malheureuse et animée par ce désir retrouvé.

Gauthier est revenu. Il s'est penché pour m'embrasser. Nous nous sommes embrassés longuement. Vraiment longuement. Au moment de partir, lorsqu'il s'est reculé, il m'a glissé quelque chose dans la main. Il m'a fixée, pour être certain que je ne réagirais pas.

Pas un mot.

Un sourire.

Un pas en arrière.

À tout à l'heure ma chérie.

Puis il a mis son manteau, s'est retourné une dernière fois comme pour s'assurer que j'avais bien compris, et il a quitté l'appartement. Je ne savais pas trop ce qu'il avait glissé dans ma main. Un petit bout de papier apparemment. Je me suis levée, et je suis allée aux toilettes. Loin des caméras, et d'ALIX. Je me suis assise, j'ai déplié le bout de papier froissé. C'était l'écriture de Gauthier.

J'ai peur de lui, moi aussi.
Je suis désolé.
Je te crois.

III

Je…
J'étais en colère.
En colère contre toi.
Contre nous.
Contre moi.
Contre le monde entier.
Je vois aujourd'hui à quel point j'avais tort.
À quel point j'ai été stupide.
Aveugle.
Endoctriné.
Je t'ai abandonnée.
Je sais, je…
J'ai…
Je t'en voulais.
J'étais fou de rage.
Contre toi.
On nous offrait la chance de notre vie…
Non. La chance de ma vie.
Dès le début, depuis ce soir chez Alice où je t'ai annoncé que Guy…
Dès le premier soir je n'ai pas fait attention à toi.
Un sale con égoïste, abruti et flatté par le système.

Je suis désolé.

Tout le mal que je t'ai fait.

Tout ce que tu as subi, tout ce que tu as enduré par ma faute.

Tout ce que j'ai refusé de voir, d'entendre, parce que je te rendais responsable de ne pas te conformer à ce qui aurait dû être notre petit monde parfait.

De ne pas me remercier, de ne pas les remercier pour ces privilèges.

Pour ce privilège.

J'ai tout abandonné en route, noyé dans le boulot, dans la propagande.

Je suis désolé.

De ne pas t'avoir écoutée.

De ne pas t'avoir crue.

D'avoir accepté qu'ils me débarrassent de toi.

D'avoir imaginé que je pourrais construire ce monde parfait sans toi.

De m'être convaincu que tu étais ingrate, perdue, folle, irresponsable, dangereuse.

Je…

Tout le mal que je t'ai fait.

Que je vous ai fait.

À toi et à Madeleine.

Madeleine… mon Dieu…

Madeleine…

J'ai perdu pied, j'ai…

J'ai cru que c'était toi qui perdais le contrôle, alors que c'était moi.

Tu étais la seule lucide de nous deux, tu as… je t'ai…

Je suis désolé, il n'y a…

Il n'y a pas assez de mots pour dire…

Pour te dire combien j'ai honte.

Combien je réalise l'ampleur de mon égoïsme.

J'ai conscience que je ne pourrai jamais mesurer toute l'horreur de ce que tu as subi.

Par ma faute.

Je ne sais pas si tu peux me faire encore confiance.

Je ne sais pas si je mérite ton pardon.

Mais je te le demande.

Piteusement.

Je veux te dire aujourd'hui que je te crois.

Que j'aurais dû te croire dès le début.

Dès le premier jour.

T'écouter.

Quand tu es partie à l'hôpital, je… j'ai voulu me persuader que tout allait s'arranger.

Que la vie allait redevenir calme.

Normale.

Tranquille.

C'était un mensonge, évidemment.

Je me suis noyé dans le boulot.

Je ne voyais presque plus Nolan.

Madeleine…

Encore moins.

Plus du tout, en fait.

Je l'ai abandonnée elle aussi.

Bénédicte s'est installée dans sa chambre, pour qu'il y ait quelqu'un le soir.

Dans ta chambre.

Pour s'occuper de lui.

Je n'avais vraiment conscience de rien.

J'étais persuadé que tout allait bien.

Que tout rentrait dans l'ordre.

C'est Guy qui m'a mis en garde, aussi dingue que ça puisse paraître.

Enfin, mis en garde. Il m'a alerté.

Il m'a prévenu que la Tutelle était… vigilante.

Vigilante et préoccupée.

Il m'a rappelé qu'avoir eu accès au Programme était une faveur.

Et que maintenant que Nolan était hors de danger… que tu avais été éloignée, la Tutelle attendait une reprise en main.

Bref, qu'on nous laissait une dernière chance.

Qu'on me laissait une dernière chance.

Avant de me… avant de nous l'enlever.

Pour éviter que se produise un nouvel incident.

Je ne savais pas bien de quoi il voulait parler, quand il disait « nouvel incident ».

Mais j'ai compris le message.

Je suis rentré plus tôt à la maison. Je me suis occupé de Nolan.

Pour la première fois.

Je me suis occupé de mon fils.

De notre fils.

J'ai passé du temps avec lui.

J'ai appris à découvrir qui il était.

Un enfant incroyablement épanoui. Curieux. Créatif. Original. Surprenant. Précoce.

Un enfant parfait.

Enfin, comment dire… pendant quelques semaines, ou quelques mois, tout était parfait.

Vraiment.

Non.

Tout avait l'air parfait.

Je travaillais moins. L'atmosphère à la maison était calme.

Sans Madeleine.

Sans toi.

Bénédicte s'occupait de tout.

Je n'avais qu'à récupérer mon fils, ce petit bonhomme, le soir en rentrant. Aller au parc, sortir le week-end. Quand je voulais me reposer, bouquiner, Bénédicte prenait le relais.

La vie tranquille.

L'illusion de la vie tranquille.

J'ai tout fait pour y croire.

Mais ça n'a pas résisté très longtemps.

On a beau se répéter que le réel est ce qu'on souhaite qu'il soit, construire une cage, un beau mirage en trois dimensions… ça n'est pas le réel.

Le réel, c'était toi.

Hagarde, à l'hôpital.

J'avais beau venir peu, je ne pouvais pas ne pas venir.

Et te voir, le regard perdu, allongée dans ton lit, livide, à peine consciente…

Ça m'était…

Ça m'était insupportable.

Insupportable.

C'était me rappeler que tout était de ma faute.

Que je les avais laissés faire.

Ma trahison.

Mon impardonnable trahison.

Petit à petit, cette vie rêvée, cette vie factice a été contaminée, infiltrée, envahie par ma culpabilité.

Par la honte.

Par la haine de moi.

Je ne supportais plus de faire semblant.

Je me suis mis à dormir de plus en plus mal.

À me réveiller en pleine nuit, à me relever.

Et j'ai commencé à entendre les voix.

Ses voix.

Les chuchotements dans sa chambre.

Au début, je pensais qu'il parlait dans son sommeil. Que c'était une forme de somnambulisme léger. Je n'y ai pas prêté beaucoup d'attention.

Et puis ça m'a trotté dans la tête. J'ai coupé mon champ de réduction sonore. Et j'ai commencé à l'entendre.

Distinctement.

J'ai commencé à l'épier.

Pour être tout à fait honnête, je n'y croyais pas trop au début.

En tout cas, je ne voulais pas y croire.

Je voulais faire en sorte de ne pas y croire.

Mais il y avait tout le reste.

La précocité.

Les dessins.

Tous les indices.

Et toi.

Surtout.

Toi et ta défiance.

Quel que soit le mal que tu t'es donné pour le cacher, j'ai toujours vu qu'il t'inquiétait, que tu n'étais pas sereine en sa présence.

Qu'il se passait entre toi et lui quelque chose de souterrain, de non-dit, auquel tu n'avais jamais vraiment voulu… non pardon, auquel tu n'as jamais pu me donner accès.

Et puis il y avait cette graine, plantée dans mon esprit, et qui, malgré mes efforts pour la déraciner, voulait à tout prix germer.

« un nouvel incident »

Alors j'ai commencé à chercher. À fouiller.

Au bureau d'abord.

Le soir, tard, quand il n'y avait plus personne

Tu penses bien, il fallait que je fasse super gaffe. J'ai pris le maximum de précautions pour ne pas laisser de traces. Mais bon, je ne suis pas expert informatique. Dès que je commençais à approcher même de loin les fichiers du Programme, je tombais sur des impasses. Tout était classé, protégé, globalement inaccessible.

Et j'avais vraiment la trouille de me faire choper.

C'est cette histoire d'incident qui me tournait sans cesse dans la tête.

Ce terme : incident.

Quel incident ?

Pourquoi Guy avait-il parlé d'un « nouvel » incident, comme d'une menace, quelque chose qui pourrait m'arriver…

Il m'a fallu un certain temps avant de faire le lien.

C'est surtout que… forcément, personne ne m'en parlait.

Personne n'en parlait devant moi, vu que… enfin, avec tout ce qui se passait, ton internement, et tout ça. J'étais le seul à ne pas réaliser que tout le monde au bureau imaginait que j'allais être le prochain. Le prochain à péter les plombs.

Comme ce type, au ministère de l'Intérieur. Une autre famille sélectionnée pour le Programme. Le mec a complètement craqué, et il a buté toute sa famille. Avant de se tirer une balle. Le type est devenu dingue. Parano. Je n'ai pas réussi à avoir des tonnes de détails, mais bon, c'était compliqué avec sa femme aussi. Il était absent, de plus en plus souvent. Et puis la Tutelle a voulu mettre le gamin en sécurité, mais quand ils sont venus le chercher, le mec s'est barricadé chez lui… bref, ça s'est mal terminé, il a liquidé le môme en premier, et puis tout le monde, ses autres gamins, sa femme, ils ont pas eu le temps d'intervenir.

Bon, tu me diras : un mec qui pète les plombs, qui massacre tout le monde, ok c'est dingue, c'est triste. Et puis quoi ?

Ben justement…

Il n'y aurait pas que cette histoire… enfin, que cet « incident ». Il y en aurait d'autres.

De plus en plus.

Personne ne veut trop en parler. Surtout devant des parents d'enfants du Programme. Mais une fois qu'on a ouvert cette porte, qu'on y prête attention, on se rend compte que ça discute. En douce. Les gens commencent à se poser des questions.

C'est une ambiance très malsaine.

Plein de bruits circulent, des histoires complètement démentes : y en a qui racontent qu'une gamine prend le contrôle de ses parents la nuit pendant leur sommeil, que certains peuvent déplacer des objets par la pensée, qu'ils parlent des langues inconnues, ou carrément qu'on a découvert sous la peau d'un môme qui s'était blessé des circuits et des câbles…

Et je te raconte pas les trucs les plus dingues, sur l'insémination extraterrestre, sur la réincarnation des Pères Fondateurs, bref, du pur délire. Mais comme tout le monde parle de ça à demi-mot et que personne ne dément, ça prend des proportions hallucinantes. Et plus la prochaine campagne d'insémination approche, plus ça prend de l'ampleur. Certaines familles qui ont été sélectionnées hésitent, les plus fachos chez les Néopatriotes commencent à se poser des questions…

Il paraît que le ministre de la Famille et du Repeuplement doit intervenir bientôt, pour lever les doutes, et remotiver tout le monde. Peut-être même le PN. Ils ont déjà repoussé de six mois la campagne de diagnostic préimplantatoire, tu te souviens?

Ouais, voilà, repoussée de six mois et pas un mot officiel.

Tout le monde a l'impression qu'ils ont mis le Programme en stand-by.

Donc les gens gambergent, et les langues se délient.

Apparemment, Isabelle a des problèmes avec Léa. Enfin, c'est ce que j'ai compris à demi-mot, je ne les ai pas vues ensemble depuis super longtemps. Guy évacue le sujet dès que j'essaye de prendre des nouvelles. Ce qui veut tout dire.

Et ça m'a rappelé ce qu'il s'était passé à l'Opéra, entre Isabelle et toi.

Du coup… je me suis remis à fouiller, mais à la maison cette fois.

Je n'ai pas trouvé grand-chose… je ne sais pas si tu avais caché d'autres trucs mais si c'est le cas tu les as très bien cachés.

Le peu que j'ai trouvé m'a suffi.

Les dessins. Ou plutôt le dessin. L'autre.

Au début j'ai pas compris.

J'ai trouvé deux dessins similaires.

Enfin, similaires non: parfaitement identiques.

Je me suis souvenu de l'Opéra. De la colère d'Isabelle. Qu'il s'était passé quelque chose. Et j'ai compris que l'un des deux dessins était de Léa.

On voit d'ailleurs une petite différence dans le trait, quand on observe attentivement.

Bref… pas la peine de le répéter, tu sais déjà tout ça.

Pour moi ça commençait à faire beaucoup.

J'ai compris que ça avait été beaucoup pour toi aussi.

Et que je n'étais pas là pour t'écouter.

Pour t'épauler.

J'ai hésité à t'en parler, tu sais… à l'hôpital.

Mais tu étais tellement loin, tellement absente.

Je… ça t'aurait fait plus de mal que de bien, je crois.

Et je pouvais aussi arrêter un instant d'être égoïste, et tâcher de réparer ce que j'avais fait.

Te récupérer, d'abord.

Te faire sortir de là.

Une étape après l'autre.

D'abord auprès des médecins, j'ai haussé le ton pour qu'on réduise ta posologie.

Bon, mon statut d'officiel du ministère de la Justice a aidé un peu.

Et puis auprès de Guy.

Je te passe les détails, mais j'ai joué la carte de la solitude, de l'épuisement, de l'absence. Du besoin pour Nolan de grandir avec une présence maternelle. J'ai montré patte blanche, je lui ai assuré que tout irait bien désormais. Et que tu serais plus utile à la maison auprès de moi, et de notre enfant. Sous surveillance constante, mais au moins présente. Puisque c'était ça, le deal initial. Celui de la famille parfaite. Avec un enfant parfait.

On ne s'était pas vus depuis un bail en dehors du taf, Guy et moi. Je l'ai trouvé tendu. Je suis sûr que lui aussi connaît les rumeurs, qu'il s'inquiète pour Léa et qu'Isabelle ne doit pas lui rendre la vie simple.

Bref.

Guy a glissé un mot à je ne sais qui, mais toujours est-il qu'un mois et demi après, tu étais dehors.

Et moi pendant ce temps-là, j'ai continué à chercher, à essayer de trouver des fragments de réponses. Et plus ça va, plus j'ai l'impression que c'est en train de craquer de partout.

Y a eu d'autres cas de familles qui implosent.

Des articles dans la presse.

Des trucs épars, mais qui commencent à s'accumuler.

Ils auraient sorti des enfants de leur famille parce que les parents pétaient les plombs. Apparemment il y aurait un centre de placement, un endroit où ils mettent les gamins quand ça va trop loin. Là aussi, c'est hyper confidentiel, c'est quasi impossible d'avoir des infos par la voie officielle.

Si tu t'intéresses, c'est que t'es suspect.

À vrai dire, je me demande pourquoi ils nous ont pas encore pris Nolan.

Peut-être parce que je suis un peu trop haut dans la hiérarchie.

Qu'ils ont peur d'un scandale officiel ?

Je sais pas.

À moins que ce soit Guy ?

Vraiment j'en sais rien.

Vous étiez combien au départ ? Mille cinq cents c'est ça ?

Sur les mille cinq cents, il reste combien de familles fonctionnelles ?

La prochaine vague, c'est quinze mille bébés.

Tu imagines si ça merde à ce point, ils vont jamais pouvoir encadrer la suite.

Mille cinq cents familles, c'est encore à peu près gérable.

Quinze mille ils vont être complètement dépassés.

Sans compter les autres pays de l'UPE qui doivent lancer leur propre Programme.

Ça va être un sacré bordel, ils peuvent pas repousser indéfiniment…

Bref.

Je t'avoue que je sais plus trop quoi faire.

Ou trop quoi te dire.

Je parle tout seul comme un fou…

Pardon, je devrais pas dire ça.

Je ne sais pas si tu veux me pardonner.

Je ne sais pas si tu peux me pardonner.

Je comprendrais que tu ne le veuilles pas.

Que tu ne le puisses pas.

Les deux.

Je veux te dire que j'ai honte de ce que j'ai fait, de la personne que j'ai été.

J'ai honte d'avoir détruit ce qui était nous.

Notre alliance.

Notre cocon.

Notre amour.

J'ai honte d'avoir tourné le dos à celle qui a toujours été ma seule et unique alliée.

Je me hais de m'être laissé à ce point infecter par leur système, par leur idéologie, par leurs promesses.

De les avoir laissés s'insinuer à ce point entre nous.

De les avoir laissés me convaincre que l'ennemie, c'était toi.

Et de les avoir crus.

Je…

Je veux te dire que je suis avec toi, maintenant, et jusqu'au bout.

Je te crois.

Je m'excuse de t'avoir fait subir tout ce que tu as subi.

Je t'aime.

Toujours.

Plus encore maintenant qu'hier.

Notre pacte, si tu le souhaites, tient encore.

Je peux être, si tu le veux bien, à tes côtés.

Je ne te lâcherai plus jamais.

Plus jamais.

On va leur faire payer ce qu'ils t'ont fait. Ce qu'ils ont fait à Madeleine. Ce qu'ils font à toutes les autres familles.

Je t'aime Typhaine.

Je t'aime.

Est-ce que tu m'aimes, encore un peu ?

Un tout petit peu ?

LIMOGES : PEINE DE MORT PRONONCÉE CONTRE LE PÈRE QUI A TUÉ SON BÉBÉ.

Il avait mis le feu à son enfant, qui est mort des suites de ses blessures deux jours plus tard.

Un homme a été condamné ce lundi 15 janvier à la peine capitale par la cour d'assises de Limoges pour avoir brutalement tué son fils âgé de 13 mois.

Le 24 décembre, à la veille de Noël, ce père, âgé de 37 ans et fervent catholique, a profité de l'absence de sa femme pour asperger le nourrisson de white-spirit et a enflammé le produit à l'aide d'un briquet, dans son appartement de Limoges. L'enfant, entre la vie et la mort lorsque sa mère l'a récupéré, a succombé à ses multiples blessures deux jours plus tard.

L'enfant était l'un des 1 500 nouveau-nés issus du Programme de génoembryologie.

« Délire paranoïaque »

L'homme, interpellé peu après et alcoolisé à ce moment-là, tenait un discours incohérent et prétendait que son enfant était

« démoniaque » et « possédé ». « Ma cliente a confié à son père un petit garçon souriant portant un body "I love my daddy" ("j'aime mon papa", NDLR). Quelques heures plus tard, elle a retrouvé un corps carbonisé dans un tel état qu'elle a eu peur de le regarder », a résumé à l'audience Me Joëlle Caillet, l'avocate de la mère, accusant le géniteur de « délire paranoïaque ».

Durant les deux heures de débat, la défense a maintenu la thèse d'une bouffée délirante aiguë, pointant « la très bonne insertion socioprofessionnelle » de son client, et les deux expertises psychiatriques qui appuient cette hypothèse. « Depuis la mort de mon fils, j'ai l'impression que la vie ne sert plus à rien », a lâché l'accusé, haut gradé dans l'armée de l'air, devant la cour. Les jurés l'ont condamné à une peine capitale par électrocution, suivant le réquisitoire de l'avocat général, qui a souligné l'extrême gravité des faits, qualifiés de « crime contre la Nation française ».

C'était un ensemble de bâtiments blancs, la plupart de plain-pied, encerclés d'un interminable mur d'enceinte dont le moindre centimètre carré était tagué, dans l'une de ces anciennes zones industrielles de la banlieue parisienne, de celles qui pourraient tout aussi bien être à l'abandon qu'en activité. L'édifice était aussi austère qu'anonyme, un de ces lieux devant lesquels on passait sans même s'en rendre compte, dont il était impossible de connaître l'usage ni d'imaginer ce que pouvaient renfermer ces murs, ce que transportaient les camions banalisés qui deux fois par semaine entraient et sortaient de cet énorme portail blanc sale et rouillé, si toutefois on ne prêtait pas attention aux fils de fer barbelés sur le haut des murs, aux pics d'acier qui garnissaient tous les poteaux alentour, et aux très discrètes caméras de surveillance disséminées çà et là, qui quadrillaient tout le quartier.

Si on n'y prenait pas garde, on ne pouvait pas savoir. On ne pouvait pas deviner.

En revanche, dès lors qu'on savait pourquoi on était ici, c'était mauvais signe.

D'ailleurs, lorsqu'on y entrait, c'était pour ne plus en sortir. Pour ne plus en sortir vivante, en tout cas. Sauf à de rares exceptions près.

À de très rares exceptions.

Typhaine attendait dehors, emmitouflée dans son manteau, le visage enfoui dans une énorme écharpe grise qui remontait jusqu'au-dessus de ses oreilles et qui dissimulait presque totalement son visage. C'était l'une de ces journées d'hiver où le thermomètre chutait à des températures absurdes. Des pics de froid abrupts, jusqu'à -10, -12 l'espace de quelques jours, des dômes d'un froid mordant et sec, qui vous pénétrait jusque dans les os. Elle attendait depuis une bonne vingtaine de minutes devant la grande double porte en acier, en faisant des petits sauts sur place, tout en se forçant à marcher en rond, ou en huit, pour ne pas rester immobile. Ses doigts et ses orteils étaient engourdis et elle sentait le picotement caractéristique de l'onglée commencer à se frayer un chemin à travers les multiples couches. Il faisait vraiment trop froid, elle n'y tenait plus. Elle ouvrit la porte de l'imposante berline noire qui était garée juste devant, et retourna s'installer au chaud.

Évidemment, ils vous faisaient venir aux aurores, il fallait être là à l'heure précise, à tout prix. C'était la condition sine qua non. L'une des nombreuses conditions. Vous aviez beau les respecter, toutes, scrupuleusement, de leur côté ils n'en avaient grosso modo rien à foutre. Ils pouvaient très bien vous faire poireauter trois heures dans le froid polaire, au milieu de nulle part, et c'était d'ailleurs précisément ce qu'ils étaient en train de faire avec elle. Ce n'était même pas intentionnel, ou par désir d'exercer leur autorité et de montrer qui était le maître des horloges, qui édictait les règles. C'était beaucoup plus simple, et beaucoup plus navrant : c'était simplement parce qu'ils étaient nuls. Malgré leur discours d'autorité, de rigueur, d'organisation, leur gestion de l'administration était calamiteuse.

Dirigeants incompétents, dilution des responsabilités, réduction du personnel, limitation des budgets, libéralisation à outrance. Résultat : les Néopatriotes, le pouvoir le plus autoritaire que connaissait le pays, était aussi le plus brouillon, le plus chaotique et le plus corrompu.

Typhaine ne vit pas immédiatement la silhouette frêle se glisser dans le minuscule interstice qui venait de s'ouvrir entre les deux portes d'acier massives. C'était la silhouette d'une vieille femme, les épaules voûtées, le bassin antéversé, les jambes pliées, gonflées dans de vilains collants épais couleur chair. Son visage était gris, anguleux, à demi dissimulé sous un gros bonnet de laine qui laissait dépasser quelques mèches de cheveux blancs épars. Un grand sac plastique informe pendait à son coude. Elle avait l'air hagard. Elle resta quelques instants dans cette position à demi avachie sur elle-même, immobile, comme sonnée.

Un maton aux mensurations disproportionnées à côté des siennes l'accompagnait. Ils se dirigèrent vers la voiture. La porte s'ouvrit, et l'armoire à glace la poussa sans ménagement à l'intérieur de l'habitacle. Typhaine la prit immédiatement dans ses bras. Elle serra très fort ce corps qui lui paraissait si fragile, si différent, si cassant, ce corps qui n'avait plus rien à voir avec les formes douces, charnues, féminines qu'elle avait connues. Elle se recula, saisit son visage émacié entre ses mains, l'embrassa sur le front, sur les joues. Elle sentait ses larmes couler, chaudes sur sa peau glacée.

Les yeux de la femme clignèrent, s'emplirent de larmes à leur tour. Elle était en train de comprendre. De réaliser ce qui lui arrivait.

Elle venait de sortir pour de bon.

Son cauchemar sans fin était fini.

Typhaine la serra une nouvelle fois dans ses bras et lui murmura : « C'est fini Élisa. C'est fini. Je suis là. On rentre à la maison. »

Élisa avait été arrêtée en pleine rue, un vendredi après-midi. Sans heurts, très calmement.

Elle venait tout juste de sortir du métro Parmentier, et descendait la rue de la Fontaine-au-Roi. Elle devait rencontrer une toute jeune assistante maternelle qui souhaitait intégrer le réseau d'entraide clandestin, une jeune recrue de la Maison de Connexion aux Origines Paris-Est. Elle prenait un maximum de précautions, depuis l'hospitalisation de Typhaine : elle avait effacé toutes les traces numériques, coupé le contact avec les familles qu'elle suivait, changé de terminal hololink pour revenir à un modèle antédiluvien, et transféré toutes les informations sensibles sur papier – documents dont elle allait se débarrasser dans les minutes à venir. Bien sûr, elle s'inquiétait pour son amie. Elle tâchait d'ailleurs d'obtenir des informations sur ses conditions de détention, mais préférait rester à distance : si la Tutelle l'avait internée, c'est que Typhaine faisait l'objet d'une surveillance renforcée, et que ses activités illicites de rapprochements familiaux étaient potentiellement menacées. L'étau se resserrait. Au vu de son passif carcéral, elle risquait à tout moment de disparaître elle aussi. Retour en prison direct, sans passer par la case départ.

En prison, ou pire.

Elle était en train de dicter un message lorsqu'une très jeune femme s'approcha d'elle, se mit à marcher à ses côtés, au même rythme.

— Tout va bien madame ?

Élisa tourna la tête, interloquée.

— Euh… oui… vous…

— Très bien madame vous allez venir tranquillement avec moi, sans faire d'esclandre.

La jeune femme lui retira ses holopods d'un geste très précis, calme, presque imperceptible, et la prit par le bras tandis qu'un homme, très jeune lui aussi, l'encadrait de l'autre côté et avait extrait son hololink de son sac, sans qu'elle ne l'ait vu opérer.

Ils la firent descendre du trottoir, une voiture banalisée venait d'apparaître juste là, comme par magie. La portière arrière s'ouvrit, le jeune homme appuya sur sa tête et sans avoir eu le temps de comprendre ce qui était en train de lui arriver, Élisa était assise entre ces deux agents. Ou plus exactement ses deux geôliers. Une vitre teintée dissimulait l'avant du véhicule. Tout s'était déroulé en moins de vingt secondes.

Élisa commença par protester. Par demander des explications. Les agents ne lui répondirent pas. Ils ne lui adressaient pas la parole. Ils ne la regardaient pas. Élisa se résigna très vite. Cette fois, c'était terminé, quelle que soit la raison. Il n'y aurait pas de procès, pas de tribunal. Rien.

Au mieux, elle allait finir en taule pour un temps indéterminé. Peut-être pour toujours. Au pire, c'était vraiment la fin. Fin de parcours.

Ils allaient la buter, vite fait mal fait.

Élisa se doutait que ce moment allait arriver, tôt ou tard. Au moins, elle ne l'aurait pas vu venir. Du tout. C'était donc comme ça que son histoire s'achevait. Elle savait que les prochaines heures, les prochains jours, seraient une descente aux enfers, qu'ils allaient certainement l'interroger, la brutaliser, la torturer. Il fallait qu'elle pense tout de suite à une façon d'en finir avant qu'ils n'aient accès à elle. Ils ne lui avaient pas encore passé les menottes. Apparemment, ses deux ravisseurs n'avaient pas d'arme à feu sur eux. Pas de *suicide by cop*. Quelle imbécile. Elle aurait dû faire un scandale, hurler dans la rue, se débattre. Mais pour quoi faire ? Pour gagner combien de temps ? Ils l'auraient rattrapée, d'une manière ou d'une autre. Quand bien même elle aurait réussi à s'échapper, qu'aurait-elle gagné ? Quelques heures ? Quelques jours tout au plus… Si. Elle aurait pu gagner la possibilité d'en finir, elle-même. De choisir sa fin. Là, tout allait être plus difficile.

La voiture s'arrêta. Le trajet avait été assez court. Des agents de l'administration pénitentiaire lui passèrent les menottes dès sa sortie du véhicule. Elle avait été transférée à la prison de la Santé, ce qui a priori était plutôt bon signe. Ils n'allaient pas l'abattre dans une contre-allée et laisser son corps être bouffé par les chiens errants et les rats. Elle demanda à se faire expliquer les raisons de son arrestation, réclama un avocat. En vain.

Elle fut dépouillée de ses affaires, on ne lui fit rien signer. Elle resta quelques jours à l'isolement. Un repas par jour. Un verre d'eau. Aucune information.

Peu de temps après son incarcération, juste après le déjeuner, Élisa se sentit mal. Sa tête tournait, elle était confuse, elle avait du mal à tenir debout et à articuler ses pensées. Elle chuta au sol, encore consciente, mais totalement anesthésiée. Une équipe entra dans sa cellule. Une équipe médicale. Une pression brève et vive dans le cou.

Une injection. Son corps fut soulevé, placé sur un brancard, sanglé et transporté jusqu'à un espace aussi immense que sombre.

Élisa était consciente, mais totalement inerte. Elle ne sentait plus rien. Elle pouvait tout juste tourner la tête, mais dès qu'elle le faisait, tout tanguait et il lui fallait de longues secondes avant que sa perception ne se stabilise à nouveau. On monta son brancard sur un dock de chargement. Plusieurs personnes s'affairaient autour d'elle. Il y avait du bruit, des voix, mais le son était distordu et son cerveau n'arrivait pas à l'analyser. Elle savait qu'elle entendait des paroles humaines, mais elle était incapable de comprendre leur sens. Il lui fallut un petit temps avant de réaliser qu'il y avait d'autres brancards. D'autres personnes autour d'elle. Des personnes que l'on chargeait, comme elle, dans des poids lourds. D'autres femmes.

Son tour vint assez vite. Il faisait sombre dans le container. L'intérieur ressemblait à un immense compartiment avec des couchettes, comme dans les vieux trains de nuit de son enfance. Combien y avait-il d'autres brancards ? Dix ? Vingt ? Quarante ? Peut-être plutôt quarante. Au bout d'un moment, Élisa reconnut le bruit du hayon qui se ferme.

Noir complet.

Seuls les gémissements plaintifs des femmes entravées autour d'elle. Puis le moteur. Le trajet. Le corps secoué. Les cahots. Les virages. La nausée. Les pleurs. Trente minutes ? Cinquante ? Deux heures ? Impossible à dire.

Raclement du rideau métallique.

Lumière aveuglante.

Élisa et les autres femmes furent déchargées puis placées et entravées dans des cellules individuelles capitonnées. Des équipes médicales passaient plusieurs fois par jour, d'abord pour réaliser un certain nombre de prélèvements : sanguins, buccaux, urinaires, vaginaux. Des examens invasifs. On lui rasa le pubis à blanc, pour des questions d'hygiène.

De temps à autre, elle était amenée, sanglée, dans des salles où on lui faisait subir des batteries d'examens gynécologiques et des séances d'imagerie : échographie, électrocardiogramme, IRM, scanner. Cela dura quelques jours. Peut-être un peu plus.

Puis les injections débutèrent.

La quantité de neuroleptiques dans son sang rendait impossible toute formulation d'une pensée critique ou contestataire. Elle dormait la plupart du temps. Des aides-soignantes venaient plusieurs fois par jour l'assister pour faire sa toilette, manger, et pour lui administrer ses traitements, oraux, vaginaux, intramusculaires et intraveineux. Elle était plutôt bien nourrie. Très rapidement, malgré le brouillard constant dans lequel elle évoluait, elle sentit que son corps était en train de changer.

Elle était régulièrement sujette à des bouffées de chaleur, ainsi qu'à des attaques de tachycardie suivies de migraines tenaces. Elle était très souvent constipée, elle se sentait vaseuse, et avait de plus en plus souvent mal au ventre. Elle avait l'impression de prendre du poids, mais de façon chaotique. Sur les hanches. Le haut des cuisses. Le bas du ventre. Les fesses. Ses seins étaient plus lourds. Elle sentait tout son métabolisme bouillonner.

Après quelques semaines à subir ce traitement, un midi, comme à la prison de la Santé, elle s'effondra après un repas. Consciente, mais paralysée. Une équipe d'infirmiers disposa son corps sur un brancard, et l'amena jusqu'à une salle médicalisée où elle fut préparée pour une intervention chirurgicale. Elle tenta de marmonner quelques mots, de formuler les prémices d'une question. Mais personne ne lui répondit.

On lui passa une blouse stérile, un masque à oxygène autour de la cavité bucco-nasale, on lui posa une perfusion. Quelques instants aux frontières du rationnel. Que faisait-elle ici ? Qui était-elle ? Pourquoi…

Elle fut conduite au bloc opératoire. Champ stérile sur l'abdomen. Perte de conscience.

Elle se réveilla dans sa cellule. Elle était en pyjama. Elle n'avait mal nulle part, mais elle avait mal partout. Elle essaya de se redresser, mais ses abdominaux le lui interdirent. Elle releva lentement le haut de pyjama. Deux petits pansements tachés de Bétadine étaient posés juste au-dessous des os du pelvis. Elle se laissa tomber en arrière.

Elle avait plus de quarante ans.

Elle avait été sur le point d'avoir un enfant sain.

Elle n'était pas encore ménopausée.

De grosses larmes se formèrent au coin de ses yeux, et roulèrent sur ses joues. Ses sanglots silencieux secouaient son ventre et lui arrachaient des grimaces de douleur.

Pire que la prison à vie.

Pire que l'exécution sommaire.

Elle allait terminer sa vie comme du bétail reproducteur, comme une génisse hors d'âge, à se faire ponctionner ses derniers ovules fonctionnels. La sonnerie grave et stridente de la porte de sa cellule résonna. Une infirmière et une aide-soignante entrèrent, avec un chariot de soins en inox. L'infirmière s'approcha d'elle. Elle ne bougeait plus. Elle ne pouvait plus bouger. Elle ne voulait plus bouger. L'infirmière s'adressa à elle d'un ton doux. Elle abaissa le bas de son pyjama.

Elle aurait voulu mourir, là, tout de suite.

L'infirmière se pencha vers elle. Elle essuya ses larmes du bout des doigts. L'aide-soignante était en train d'enlever ses pansements et de nettoyer les cicatrices.

Elle voulait mourir.

Immédiatement.

L'infirmière lui caressa le front, et lui murmura quelques mots. « Chhht… ça va aller… ça fait toujours ça la première fois, mais ça va aller… ça va aller… »

C'est ainsi que ses cycles furent régulés.

Après l'intervention, on la laissait en paix pendant sept jours. Le personnel hospitalier était aux petits soins : les repas étaient copieux, on lui apportait peu ou prou ce dont elle avait besoin. Elle avait droit à des jus d'orange pressés le matin. À un morceau de viande le soir. À des légumes frais, à des produits laitiers. Au bout de quelques mois, on lui octroya même le droit à des livres sélectionnés. À des promenades. D'abord solitaires, puis dans des espaces collectifs surveillés. Les injections reprenaient. Les premières piqûres étaient légères. Les sorties plus rares. À la moitié du cycle, elle était à nouveau consignée dans sa chambre. Régime strict, analyses sanguines, urinaires, prélèvements buccaux et génitaux. Puis c'était le retour des injections quotidiennes, des pilules, et enfin de la perfusion avec tous ses effets secondaires. Sautes d'humeur, migraine, le corps lourd, une forme dégoûtante et visqueuse de libido lancinante. Jusqu'à trois jours avant l'intervention.

Ces trois derniers jours étaient les pires. C'étaient ceux au cours desquels elle n'était plus nourrie que par intraveineuse. Sanglée à son lit. Lourdement sédatée. Elle partait en salle de prélèvement dans un état semi-comateux. Elle se réveillait dans sa cellule. Reprenait doucement conscience. La semaine de répit. *Da capo*.

Mois après mois, cette avalanche de traitements hormonaux et neuroleptiques commença à avoir des effets tant sur son corps que sur son esprit. Le premier notable fut qu'elle se mit à perdre ses cheveux. Douche après douche, shampooing après shampooing, de longues mèches lui restaient entre les doigts. Son crâne commençait à se dégarnir. Ses cheveux, autrefois vifs, hirsutes, devinrent fileux, rares. Son corps lui aussi se métamorphosa, accumulant des graisses sur les hanches, les fesses, alors que ses côtes s'amaigrissaient, que ses bras devenaient flasques et ses épaules saillantes. Il arrivait à ses seins de gonfler et de durcir soudainement, quelques jours après l'ovulation, avant de produire une sorte de laitance rosâtre, mélange de lait maternel et de sang. Les effets secondaires, notamment les sautes d'humeur, commencèrent à s'estomper, avant de reprendre de plus belle, et de façon aléatoire. Elle était de plus en plus sujette aux nausées, parfois sans raison, sans même avoir mangé. Elle avait des vertiges plus fréquents, il lui arrivait de tourner de l'œil simplement en passant de la position allongée à la position assise.

L'une de ses infirmières, Jeanne, lui confirma à demi-mot ce qu'elle pressentait.

Elle arrivait au bout de ses cycles.

Les médecins augmentaient drastiquement la stimulation hormonale pour tâcher de récupérer les derniers ovocytes, mais d'ici quelques semaines, ce serait terminé. D'ici quelques semaines, elle serait ménopausée.

Que lui arriverait-il alors ?

Jeanne ne lui disait rien. Mais son silence, lui, disait tout.

À vrai dire, elle s'en foutait.

Elle n'était pas sûre d'être immédiatement envoyée à la broyeuse. Peut-être lui proposerait-on de rester dans le complexe. Comme cantinière. Ou, soyons folle, comme bibliothécaire. Rester au milieu de ces femmes qu'elle avait côtoyées, un peu. De ces détenues. De ces esclaves. Elle savait bien qu'elle ne sortirait plus jamais d'ici. S'ils ne se débarrassaient pas d'elle tout de suite, peut-être pourrait-elle être leur Jeanne. Leur apporter un peu de réconfort. Les tranquilliser. Les accompagner. Être l'infime étincelle d'humanité dans cette industrie ovarienne. Faire ce qu'elle avait toujours fait, toute sa vie. Aider d'autres femmes. Les aider à supporter l'horreur.

Vint le jour du dernier prélèvement.

Elle était prête. Prête à tout. À ne jamais se réveiller. À disparaître après l'anesthésie. À en finir avec cette vie de souffrances. D'humiliations. De viols. De trahisons. Elle allait pouvoir abdiquer, enfin. Et à jamais.

Jeanne entra dans sa cellule, pour s'occuper de la préparation préopératoire. Le rasage pubien. Le nettoyage à la Bétadine. Les tranquillisants dans la perfusion. Elle hésita à lui demander. Mais son hésitation mourut à l'orée de ses lèvres. Elle ne voulait pas savoir. Elle préférait mourir endormie, calme, ne jamais se réveiller.

Le visage de Jeanne était doux. Elle devait avoir la cinquantaine. Elle avait toujours les cheveux tirés sous son calot. Élisa y devinait parfois la naissance de quelques fils argentés, vite recouverts par une teinture sombre. Ses yeux étaient toujours un peu trop maquillés, les cils parfois collés par le mascara, et un eye-liner un soupçon trop marqué. Ce n'était pas à proprement parler une belle femme. Mais son visage était doux. Quelle que soit sa place dans cette industrie, quelles que soient ses convictions, Jeanne avait été son alliée. Peut-être même son amie. Elle avait tout fait pour adoucir ses épreuves, pour l'accompagner chaleureusement. Là où d'autres infirmières se contentaient d'effectuer leurs tâches, Jeanne y avait toujours ajouté un supplément d'attention.

Elle parcourut une dernière fois le trajet entre sa cellule et le bloc opératoire. Allongée sur le dos, les angoisses dissoutes dans la kétamine, les muscles détendus par les benzos. Elle regardait, passive, les barres de néon défiler, rectilignes, au-dessus de son visage. C'était ainsi que son calvaire s'achèverait. Elle allait enfin quitter ce monde détruit, cette société malade, elle allait enfin avoir droit au repos, au silence.

Au néant.

Les produits chimiques dans son sang la nimbaient d'une chaleur factice, mais précieuse. Elle était heureuse de partir. De lâcher prise, enfin. Elle allait s'endormir, légèrement euphorique, et ne jamais se réveiller. Et ce serait très bien comme ça. Pour la première fois depuis des mois, elle souriait.

C'était la fin.

C'était enfin la fin.

Son brancard arriva dans la salle préopératoire. Comme à son habitude, Jeanne lui passa le masque à oxygène autour du crâne. Elle lui sourit. D'un sourire sincère. Aimant.

Élisa était… non pas heureuse, mais presque. Détendue. Soulagée.

Jeanne lui caressa la joue, brièvement, du dos de ses longs doigts. Ce contact irradia toute sa joue. Elle aurait aimé prendre cette main dans la sienne, et la serrer contre son visage. Quelques secondes de plus. Elle échangea un regard avec l'infirmière. Un regard doux, bienveillant.

Elle était en paix.

Elle ferma les yeux.

Elle perçut des voix lointaines, des murmures.

Elle ne voulait plus ouvrir les yeux.

Elle voulait garder, imprimé sur ses rétines, le visage souriant et chaleureux de Jeanne.

Le contact de sa peau sur la sienne.

Elle chérit ce moment, elle sentit le brancard bouger.

Derrière ses paupières closes, les lumières défilèrent quelques brèves secondes.

Elle était en salle d'opération.

Pour la dernière fois.

Elle expira, très lentement, par la bouche, dans le masque à oxygène.

Son rythme cardiaque était lent.

Son souffle apaisé.

Elle allait s'éteindre, sans même s'en rendre compte.

Elle allait enfin pouvoir se reposer.

Elle allait…

Froid.
Froid partout.
Dehors, dedans, dessous.
Un froid glacial.
Un frisson, immense.
De la racine des pieds jusqu'à la nuque.
Pourquoi fait-il aussi froid ?
L'air qui entre par ses narines est gelé.
Des cristaux de glace dans les muqueuses.
Sur le bord de ses lèvres.
Et d'un coup, la crampe.
Une décharge électrique, une douleur cinglante dans le mollet, aiguë.
Sa jambe se raidit , l'oblige à se relever.
Sa bouche sèche s'ouvre, hurle.
La douleur est terrible, insoutenable.
Elle essaye de tendre le pied, de contrer la tension musculaire, mais la crampe est trop violente, son muscle est dur comme du bois, et elle a mal, mal, mal, tout son système nerveux hurle.
Immédiatement deux aides-soignantes sont à ses côtés.
Elles lui parlent mais elle n'entend rien.

L'une d'entre elles prend son mollet entre ses mains et le masse.

L'autre prend une seringue vide, l'enfonce dans une fiole puis dans son épaule.

La douleur insupportable commence à s'estomper, doucement.

Une chaleur immédiate atteint son système nerveux central, et rebondit le long de sa colonne vertébrale puis dans chacun de ses membres.

Ses muscles se détendent.

Elle se rallonge.

Elle s'apaise.

Lorsqu'elle se réveille, elle n'est plus dans sa cellule. Elle est dans un lit entouré d'un rideau blanc. Il fait froid. Très froid. Elle est sous plusieurs couches de couvertures mais son nez est gelé. Elle entend un brouhaha de bips électroniques et de conversations à bas bruit qui résonnent partout autour d'elle. Elle lève les yeux, le plafond est loin. Très loin. Très blanc. Avec des moulures en plâtre.

Bon sang qu'il fait froid. Elle se blottit sous les couvertures.

Que s'est-il passé ?

Il lui faut du temps pour accéder à ses derniers souvenirs. Elle n'arrive pas à les remettre dans l'ordre. Elle nage dans une sorte de torpeur confortable, mais quelque chose lui dit, tout au fond d'elle, qu'il lui manque l'essentiel.

Pourquoi est-elle ici ?

Depuis combien de temps ?

Elle a quelques images diluées, confuses. Un visage, une douceur.

Puis le froid.

Soudain, le rideau blanc s'ouvre brusquement, dans un grincement désagréable. Une femme au visage poupon lui adresse un regard dur, puis un sourire. Elle a une tablette holo à la main. Elle fait de drôles de mouvements avec ses doigts. Elle jette un œil au moniteur à côté de la tête de lit, pointe sur son front une sorte de pistolet de plastique qui émet un bip suraigu, attrape son menton, lui fait ouvrir la bouche.

— Comment ça va ce matin ? Ça va mieux ?

Élisa marmonne d'une bouche pâteuse un début de réponse, mais la femme repart aussitôt en refermant le rideau d'un geste sec. Elle est confuse. Elle est surtout épuisée.

Elle s'est vraisemblablement rendormie, puisqu'elle sursaute lorsqu'une nouvelle personne ouvre le rideau qui l'isole du reste de l'immense pièce. Elle distingue brièvement des dizaines de lits, derrière la personne qui vient à son chevet. C'est un homme, habillé en civil, sans blouse. Il lui pose toute une série de questions vagues, sur son état de santé, comment elle se sent, si tout va bien. Elle répond de manière automatique, sa tête tourne encore un peu, elle n'est pas sûre de comprendre ce qu'on attend d'elle.

La froideur, l'agressivité de ce médecin. Tout est pénible. Dur. Abrasif. Une part d'elle-même se souvient d'un endroit calme, apaisé. Un endroit où elle aurait pu rester, pour toujours.

Ici tout est à l'inverse. Son corps lui fait mal. Sa tête la lance. Le bruit et la lumière lui vrillent le crâne. Elle voudrait retourner dans cet endroit chaud et moelleux. Elle ne veut pas être ici, avec ces gens qui lui parlent de choses qu'elle ne comprend pas.

Tout était si doux. Si calme. Elle avait fait la paix. Est-ce que quelqu'un pourrait baisser la lumière ? On lui jette un sac sur les jambes. Il faut qu'elle s'habille. Elle doit partir. Et qu'elle s'estime heureuse. Elle a quinze minutes.

Elle bégaye. Elle s'extirpe du lit. Ses pieds nus touchent le carrelage gelé. Ils se rétractent. La vague de froid remonte tout le long de son corps. Elle a envie de pleurer. Mais elle n'a pas le temps. Une infirmière l'aide, ou plutôt la force à s'habiller. Une culotte rêche. Des gros collants qui électrisent les poils de sa peau et qui la démangent instantanément. Une jupe, un maillot de corps, un pull, un bonnet. On lui enfile un vieux manteau rapiécé, on tasse le reste de ses affaires dans un gros sac plastique.

En un rien de temps, elle marche dans des couloirs, avec un gardien armé qui ne lui parle pas. On lui demande de signer des papiers. Là, là et là. On vide des objets divers et inconnus d'un tupperware dans son sac plastique. Elle n'a aucune idée de ce dont il s'agit. L'homme en noir la prend par le coude, il la tire vers l'avant. Elle se laisse traîner.

Une cage. Le bruit gras et grave d'une sonnerie. Une fois. La grille s'ouvre. Deux fois. La seconde grille s'ouvre. Elle avance, une grosse porte sombre. Un autre gardien lui ouvre. Le froid. Ce froid. Quel froid. Il lui mord le visage immédiatement. Ses chaussures glissent sur le sol recouvert de neige compacte, glacée. Le gardien la soutient. Ce froid terrible. Il fait si froid. Son corps. Ses bras. Ses doigts. Ses orteils. Le froid s'insinue partout. Et la lumière blanche, plus blanche, si blanche. Elle plisse les yeux, elle sent l'air glacé lui mordre les joues, les lèvres, l'intérieur des narines. Encore une porte. Plus grosse, plus massive. Le gardien maintient sa prise sous son aisselle, sans quoi elle tomberait par terre. Ses pieds ne cessent de déraper. Encore ce bourdonnement grave, et la grosse porte s'entrouvre. Le gardien la maintient fermement contre lui.

Elle sort. Elle se faufile entre les deux battants de l'imposant portail. Elle est là. Dehors. Dans la rue. Dans le froid.

Que fait-elle là ? Pourquoi ? Que s'est-il passé ? Plus rien n'a de sens. Pour peu, elle voudrait rentrer à l'intérieur.

Dedans il fait chaud. Dedans, il y a Jeanne qui s'occupe d'elle. Dedans, elle sait. Dehors, elle ne sait plus.

Que fait-elle là ? Pourquoi ne l'ont-ils pas laissée mourir tranquillement ? Pourquoi…

Elle jette un œil derrière elle. Elle jette un œil au gardien qui lui serre le bras, juste sous l'aisselle. Il la force à avancer. Une voiture est là. Une voiture noire, banalisée. La portière s'ouvre. Le gardien lui appuie sur la tête pour la forcer à s'asseoir. Elle s'assied sur une banquette en cuir noir.

Il fait plus chaud, ici. Il y a quelqu'un assis là, à côté d'elle. Cette personne l'attrape par les épaules. Elle connaît cette personne. Elle connaît cette odeur. Elle connaît… ce nom.

Ce nom prononcé.

Son nom.

Élisa.

« C'est fini. Je suis là. On rentre à la maison. »

Typhaine installa Élisa dans l'ancien studio d'Aïssatou. Elle ne prononça pas un seul mot pendant plusieurs jours. Elle dormait constamment. Typhaine, ayant prétexté devant Bénédicte et avec l'appui de Gauthier qu'elle se sentait bien mieux et qu'elle mourait d'envie d'aller passer quelques jours en bord de mer, resta la première semaine à ses côtés jour et nuit, sans la quitter, de peur qu'elle ne se réveille seule, prenne peur, s'enfuie, ou pire.

Libérer Élisa et Aïssatou.

C'était la première condition que Typhaine avait posée après le mea culpa de Gauthier. Elle avait eu besoin de temps, d'espace, de solitude pour appréhender ses aveux. Pour canaliser ses émotions. Sa douleur. Sa colère. Parfois sa haine. Son amour aussi. Le peu qu'il en restait. Les miettes.

Les débris.

Elle s'était un temps recluse dans sa chambre. Les moments où Bénédicte n'était pas aux aguets. Elle avait bien compris la leçon. Il n'était pas question qu'elle retombe dans son propre piège. Elle donnait donc le change. Elle était cette mère éplorée après la mort brutale de sa fille, elle avait besoin de s'isoler, ce qui était bien compréhensible. Mais elle était aussi cette mère qui avait besoin de consolation. La disparition de Madeleine avait également bouleversé Bénédicte. Quelque chose s'était fendillé, elle n'était plus tout à fait aussi rigide, notamment dans sa relation avec Typhaine. Leur cohabitation était plus humaine, moins mécanique. Bénédicte laissait Typhaine en paix, elle ne l'épiait plus, elle était parfois même prévenante à son égard. Elle ne la traitait plus comme une détenue. Elle restait sa geôlière, bien sûr. C'est ce pour quoi la payait la Tutelle. Mais il leur arrivait de plus en plus souvent de sortir se promener ensemble, comme cette première fois au Père-Lachaise, de discuter l'une avec l'autre, d'évoquer le souvenir de Madeleine.

Bénédicte constatait que cette mort tragique avait renoué des liens entre Typhaine et Gauthier. Et cela lui réchauffait le cœur. Elle faisait en sorte de leur laisser plus d'espace, de se faire plus discrète. Elle imaginait qu'elle avait peut-être une petite part de responsabilité dans la réconciliation de ce couple qu'elle avait vu se déchirer. Aujourd'hui, dans ces circonstances terribles, sa mission était d'accompagner ce rapprochement. Dans l'amour, le pardon et la paix.

Quel choix Typhaine avait-elle? Probablement aucun. Bien sûr, Gauthier avait été, en partie, l'artisan de son calvaire. Il n'était pas, et il ne serait jamais question de le lui pardonner. Il l'avait trahie. Il l'avait laissée enfermer. Il avait cru qu'il pourrait se débarrasser d'elle.

Mais la réalité était ce qu'elle était: il lui était interdit de divorcer et impossible de se séparer physiquement de lui. Son crédit social était au plus bas. Son autonomie, nulle. Elle restait en sursis, surveillée, et au moindre faux pas la Tutelle la renverrait illico en état léthargique *ad libitum*. Par ailleurs, Gauthier était prêt à faire tout ce qui était en son pouvoir pour tâcher d'estomper sa culpabilité. Il avait fini par la croire, et elle avait perçu dans son long monologue des inflexions qu'elle ne lui connaissait plus. Ou plus exactement, des inflexions qu'elle retrouvait. Le Gauthier d'avant. Celui qui avait été son partenaire. Son complice. Son ami.

L'amertume de la pilule était extrême. Insupportable. Odieuse. Mais elle n'avait pas d'autre choix. Il fallait qu'elle prenne sur elle, qu'elle recolle ce qui pouvait encore être recollé et qu'elle tire parti de cette situation. Pour comprendre ce qu'était cet enfant, et pourquoi il avait tout mis en œuvre depuis sa naissance pour détruire sa vie. Mais surtout, et avant tout, pour sauver ce qu'il était encore possible, elle l'espérait de tout cœur, de sauver : ses amies.

Les faire sortir, quel qu'en soit le prix.

Gauthier était le premier conseiller du directeur de cabinet du ministre de la Justice. Il était temps d'utiliser sa position pour obtenir des résultats. Il était temps qu'il donne des gages concrets. Évidemment, il marchait sur des œufs. Mais à leur grande surprise, ou peut-être à leur grande naïveté, ils n'avaient pas bien mesuré le degré de servilité et de corruption d'un régime autoritaire.

Lorsque le chef demande, le chef obtient. Surtout de la part des jeunes loups du système qui cherchent à se faire bien voir pour gravir les échelons. Bien sûr, tout était toujours à double tranchant, et il fallait se méfier des délations devenues monnaie courante ou des appétits politiques trop aiguisés. Mais Gauthier avait pour lui un parcours sans faute, il était réputé pour son zèle et surtout pour être un représentant de la génération montante, la prochaine qui aurait accès aux responsabilités. Il était de bon ton de lui rendre service. Il put donc, avec certaines précautions, et en limitant au maximum le nombre d'intermédiaires, avoir accès aux informations concernant les deux femmes.

Pour Aïssatou, la tâche était assez simple : il suffisait de trouver le CRDI dans lequel elle était retenue. En quelques jours, elle fut localisée à Drancy, où elle était toujours en attente d'expulsion. Son dossier était en cours de traitement, comme c'était généralement le cas pendant des mois voire des années, compte tenu de l'impéritie de l'administration judiciaire. Le centre de Drancy était notoirement connu pour être surpeuplé, insalubre, un lieu de non-droit et de violence, laissé en état de quasi-abandon, concédé aux mafias qui organisaient trafics et prostitution, où l'essentiel de l'action publique consistait quand la tension devenait vraiment trop palpable à tirer dans le tas ou à organiser une vague d'exécutions dans l'enceinte du centre pour calmer les ardeurs.

Si la localiser avait été chose assez aisée, la faire sortir était un défi d'un autre acabit, du fait de l'histoire intime qui liait Aïssatou à la famille Faron. Ce n'était pas impossible, mais cela demandait de la prudence, et donc du temps.

Pour Élisa, la recherche fut plus compliquée. Elle n'était dans aucune prison : ni maison d'arrêt, ni centre pénitentiaire. Elle avait fait un court séjour à la Santé, d'où elle avait été transférée rapidement. Mais vers où ?

C'est en constatant que son dossier avait été visé par une officine du ministère de la Famille et du Repeuplement que Gauthier trouva la première mention du COREFI Île-de-France-Nord. COREFI, pour Complexe de Recherche sur la Fertilité et l'Insémination. Ni lui, ni aucun de ses proches collaborateurs n'avait jamais entendu parler d'une telle structure. Les quelques boucles de messages ou documents qui les mentionnaient étaient strictement réservés au personnel du ministère concerné, et au ministre lui-même. Ainsi qu'au Premier ministre, et parfois au Président.

Le matériau était ultrasensible. Les informations les plus accessibles faisaient état de quatre établissements en France, un en région parisienne, un dans l'agglomération marseillaise, un près de Laval et un dernier au Pays basque, près de la frontière espagnole. Celui d'Île-de-France-Nord était non seulement le plus important, mais c'était surtout celui qui coordonnait les activités de l'ensemble des COREFI, notamment en matière de recherche en génoembryologie. De plus rares dossiers mentionnaient des arrivages, des protocoles de prise en charge, des chargements et déchargements. Là, tout devenait beaucoup plus opaque. Et Élisa avait atterri là-bas.

Les jours, puis les semaines passaient. Sans avancées. Sans informations. Sans résultats. Jusqu'au jour où le nom d'Élisa alluma une alerte. C'était un bon de déchargement, validé pour le lendemain soir. Le délai était extrêmement court. Gauthier falsifia une commission rogatoire pour demander qu'elle soit interceptée pour interrogatoire avant son « déchargement ». Typhaine exigea d'être présente pour la réceptionner. Quels que soient les risques.

Peu à peu, Élisa sortit de sa torpeur.

Elle sursautait au moindre bruit, au moindre geste brusque.

Elle ne pouvait pas parler longtemps, elle avait du mal à formuler des phrases. Les mots lui manquaient. Elle était régulièrement prise de crises d'angoisse abyssales, accompagnées de tachycardie, de vertiges et de nausées. Après avoir été très lourd, son sommeil devint fractionné, agité, laborieux. Après le départ de Typhaine, lorsqu'elle se réveillait seule en hurlant dans ses draps trempés dans ce studio exigu et étranger, il lui fallait de longues minutes avant de réussir à remettre sa pensée en ordre, comprendre où elle était, ce qu'elle faisait là.

Typhaine passait la voir chaque jour. Elle lui apportait des fruits et des légumes frais, de la lecture, une partie de son propre traitement anxiolytique également, pour tâcher de réduire l'intensité de ses attaques de panique ; elle lui préparait à manger, en silence lorsqu'elle dormait, en musique lorsqu'elle était éveillée. Mais elle restait silencieuse. Elle ne voulait pas brusquer sa parole. Elle attendrait le temps qu'il faudrait. Ce fut d'abord un mot simple, sorti d'un sourire, alors qu'elles mangeaient toutes les deux en tailleur sur le lit une soupe fumante. Un simple mot. Solitaire.

Merci.

Typhaine lui prit la main. Des larmes, encore, toutes ces larmes contenues qui n'en finissaient plus de sortir, qu'il fallait évacuer, pour l'une autant que pour l'autre. Ces conversations non verbales cédèrent petit à petit la place à quelques mots épars. Quelques phrases anodines, neutres, informatives. Puis, lentement, le dialogue revint. Élisa ne parla pas tout de suite de ce qu'elle avait vécu. Elle posait beaucoup de questions. Elle voulait savoir ce qui s'était passé. Elle apprit la mort de Madeleine. L'incarcération d'Aïssatou. Le retournement de Gauthier.

Petit à petit, la langue d'Élisa se délia. Ainsi que celle de Typhaine. Doucement. Il y eut beaucoup de larmes. Énormément de larmes. De soulagement. De douleur. Un peu de joie. La joie d'être encore en vie. Le soulagement d'être toujours en vie. Par miracle. D'être ensemble. Toutes les deux. Il y eut également beaucoup d'aveux. De confidences. D'excuses.

Jusqu'à ce qu'arrivent les neuf. Les neuf femmes sorties du Programme. Celles sur lesquelles Élisa était en train de se renseigner avant que Typhaine ne soit internée. Avant qu'elle ne soit arrêtée. Les neuf noms manquants, disparus dans la nature. Quels que soient les efforts déployés par les Néopatriotes pour appliquer leur programme de repeuplement et de génoembryologie ultrasecret, même s'ils employaient autant la coercition que l'appât du gain ou la fidélité aux valeurs nationales pour recruter un personnel loyal, mutique, et soumis à une surveillance stricte, la corruption, la désorganisation, la prime à la délation et l'infiltration d'opposants rendaient poreux leur système relativement étanche.

Élisa avait réussi à nouer un contact avec une pédiatre hospitalière qui avait entendu que le ministère recrutait, sous le manteau, du personnel dans le milieu pédiatrique pour une mission particulièrement bien rémunérée. Curieuse de savoir de quoi il retournait et plutôt hostile au régime, elle s'était renseignée et avait été reçue pour un entretien. Sans suite. Son historique personnel ne devait pas avoir été jugé assez fiable pour lui permettre d'intégrer la mission. Si elle n'avait pas été embauchée, en revanche, quelques semaines plus tard, Anaïs, une assistante maternelle ainsi qu'une autre aide-soignante de son service donnèrent leur démission. Elle tenta d'en savoir plus, mais les deux jeunes femmes refusèrent de livrer la moindre information. Anaïs lui fit comprendre qu'elle avait signé une clause de confidentialité très stricte, et qu'elle ne voulait pas risquer de perdre cet emploi très lucratif.

L'histoire aurait pu s'arrêter là.

Mais de nombreux mois plus tard, la pédiatre se retrouva nez à nez avec elle, un soir à la sortie de l'hôpital. La jeune femme était extrêmement nerveuse, elle avait dissimulé son visage sous une large capuche et passait son temps à se retourner pour vérifier qu'elle n'était pas suivie. Elle tenait à tout prix à parler dans un endroit public, dans un parc ou en marchant dans la rue. Elle était très confuse, parlait trop vite, et avait du mal à organiser sa pensée. Son discours était entrecoupé de crises de larmes. Et pour cause.

Selon ce que la pédiatre rapporta à Élisa, Anaïs avait été embauchée dans un établissement test, à cheval entre la clinique de néonatalogie, le laboratoire de recherche et la crèche. C'était un vaste domaine, en pleine campagne : il y avait à la fois des installations médicales de pointe – auxquelles elle n'avait pas accès, des lieux de vie quotidienne pour les enfants, avec un personnel nombreux et dévoué de puéricultrices, d'enseignantes, d'assistantes maternelles et d'auxiliaires diverses et variées, une école, un immense potager, un grand verger et quelques hectares de forêt traversés par une rivière. Il y avait même une petite ferme, avec des animaux, des poneys, des ânes, toute une basse-cour, ainsi qu'un héliport à l'arrière de l'aile où se trouvaient les habitations et le complexe médical. Les parents vivaient sur place, et étaient invités à interagir régulièrement avec leurs enfants et les équipes éducatives dans des activités de groupe. Les familles étaient installées dans un bâtiment luxueux qui leur était réservé, dans lequel avaient été aménagés des appartements très modernes et très confortables. Une microsociété entièrement dédiée au bien-être des petits.

De temps à autre, un professeur de médecine entouré d'une nuée de très jeunes internes passait dans la classe ou dans les espaces d'activité pour prendre des notes, poser quelques questions aux enfants. Ils murmuraient entre eux, il ne fallait surtout pas les déranger. Leurs incursions étaient toujours brèves. Souvent, ils prélevaient leurs travaux écrits, les dessins, les constructions. Occasionnellement, ils repartaient avec l'un des enfants. La plupart du temps, l'enfant revenait dans la journée. Au pire quelques jours plus tard. Parfois jamais.

Assez vite, Anaïs s'était rendu compte que quelque chose ne tournait pas rond. Les immenses miroirs qui recouvraient les murs des espaces communs. L'extrême compartimentation des activités et des équipes. Discuter des enfants avec les autres membres du personnel était proscrit. Hors des journées de travail, chaque corps de métier était reclus dans les ailes distinctes d'un bâtiment qui leur était réservé, éloigné du complexe. Certes, tout y était confortable, il y avait une cantine, une salle de projection de la taille d'un petit cinéma, un grand espace de vie commun équipé d'une bibliothèque fournie, et même une piscine et une zone de fitness. Mais l'atmosphère n'était pas sereine ; tout ce personnel, ce luxe, cette ville miniature, tous ces moyens humains et financiers déployés pour une poignée d'enfants.

Ils étaient neuf.

Ils étaient neuf, au début.

Bien sûr, ils étaient précoces. Pas un petit peu précoces : ils défiaient tous les tableaux d'évaluation de l'apprentissage chez l'enfant. Ils étaient loin, très loin devant. Très vite, il y a eu l'apparition des comportements collectifs. Des dessins similaires, au millimètre près. Des prises de parole exactement juxtaposées. Lorsqu'on posait une question à l'un d'entre eux, il leur arrivait de répondre d'une seule et même voix. Cette coordination de la parole se retrouvait également dans les actions physiques. Ils étaient capables d'un synchronisme exubérant pour des enfants en bas âge. Pas uniquement dans le fait de reproduire les mêmes mouvements au même instant, mais dans l'exécution d'une tâche physique. Ils se répartissaient spontanément les rôles, ils organisaient immédiatement et instinctivement la subdivision du travail la plus efficace, sans communication verbale. En sport collectif, ça devenait spectaculaire. Malgré leur maladresse intrinsèque d'enfant, ils trouvaient en des temps records des configurations, des solutions dans l'espace qui démultipliaient leur efficacité. En revanche, lorsqu'on les divisait pour jouer les uns contre les autres, ils étaient incapables de se coordonner en deux groupes distincts.

Brusquement, alors qu'ils avaient acquis la parole très tôt, ils sont devenus silencieux. Tout du moins, entre eux.

L'expression orale était un langage réservé aux adultes. Aux autres. C'est à partir de ce moment-là que les visites des médecins et les ponctions d'enfants sont devenues plus régulières. Plus longues aussi. Parfois il n'en restait qu'un ou deux en classe, pendant plusieurs jours. Certes, les enfants revenaient en parfaite santé, ils ne présentaient aucune trace de violence physique, ni aucun signe manifeste de traumatisme psychologique. Quelques minuscules points sombres d'injections çà et là sur les bras, parfois une partie du crâne rasée. Guère plus.

Sauf pour Gabriel.

Gabriel était un petit blondinet aux yeux noirs, au visage tout en longueur, le plus taciturne du groupe. Il est vite devenu celui dont les absences étaient les plus longues. Un jour, Gabriel est revenu avec un bonnet. C'était au printemps, les températures étaient déjà élevées. Ses cheveux avaient été intégralement rasés. Il fallait lui laisser son bonnet pour éviter qu'il attrape froid, lui avait-on signifié. Mais Anaïs voulait savoir. Elle se doutait, bien sûr. Il lui suffit de soulever le rebord du bonnet pour apercevoir les premiers points de suture. Pour autant, le petit garçon ne se comportait pas différemment. Il n'avait pas du tout l'air affecté.

Un jour, Gabriel s'absenta plus longtemps que d'habitude. Plusieurs semaines. Il revint une journée, et une autre demi-journée. Puis Gabriel ne revint jamais. Anaïs s'enquit auprès des institutrices et des pédiatres, pour savoir s'il était malade, s'il allait être de retour prochainement. Personne ne savait. Mais tout le monde se doutait. Elle comprit vite que les questions étaient malvenues. Puis ce fut au tour de Natacha. Même séquence : visites médico-scientifiques de plus en plus fréquentes ; absences répétées, de plus en plus longues. Jusqu'à ce que la petite fille ne revienne plus.

C'est après la disparition de Natacha qu'Anaïs prit contact avec la pédiatre, en profitant de la trêve hivernale. Le personnel n'était autorisé à sortir du domaine qu'à de très rares exceptions : les fêtes de fin d'année, ou en cas de graves problèmes familiaux ou de santé. On leur octroyait généreusement une semaine de congé annuel, en respectant des conditions très strictes : rester en France, donner l'adresse de résidence, être joignable vingt-quatre heures sur vingt-quatre.

Elle était perdue, aux abois. La pédiatre tâcha de la rassurer, et lui signifia qu'il était essentiel qu'elle continue de documenter au mieux ce qui se passait dans le domaine, tout en prenant le maximum de précautions pour assurer sa sécurité. Elle n'avait pas la possibilité de démissionner, et son contrat était peu rassurant quant aux options qui lui étaient offertes en cas de rupture. Dans ces circonstances, établir un lien entre l'intérieur et l'extérieur pourrait permettre, d'une façon ou d'une autre, de trouver une issue. Pour les enfants. Pour elle. Peut-être pour elle.

Terrifiée, Anaïs réintégra le domaine. La pédiatre, aidée des restes épars du réseau féministe, réussit à trouver un contact chez l'un des prestataires de services qui avaient accès au domaine, via le ramassage des ordures. Elle put ainsi communiquer, de façon précaire mais régulière, les informations qu'elle arrivait à glaner. Les activités du domaine étant extrêmement compartimentées, il était impossible de savoir quels traitements ils administraient aux enfants, ce qu'ils leur faisaient subir au cours de leurs journées ou leurs semaines de disparition.

En revanche, le groupe des neuf continua de se réduire, mois après mois. Gabriel, Natacha, Simon, Alexandra, Fabrice, Hélène. Disparus, les uns après les autres.

Il apparut que les familles des enfants s'évanouissaient avec eux. Aucun déménagement. Moins de monde dans les espaces communs. Moins de tâches. Moins de personnel. Il ne restait dans le complexe plus que trois enfants.

Yannis, un gaillard qui grandissait plus vite que tous les autres.

Sara, une petite fille chétive, avec une drôle de voix flûtée.

Et Pierre-Emmanuel, un garçon qui, après avoir disparu de nombreuses semaines, avait fini par revenir avec une vilaine cicatrice qui lui traversait la gorge et l'incapacité de formuler des mots. Il se contentait de produire d'étranges petits sons, comme des jappements.

La pédiatre, avec beaucoup de précautions, fit circuler ces informations jusqu'à ce qu'elles arrivent à Élisa, peu de temps avant son arrestation. Est-ce pour cette raison qu'ils l'avaient interpellée ? La pédiatre était-elle encore libre ? Anaïs encore en vie ?

Ce qui était certain, c'est qu'elle était en train de toucher au cœur du Programme.

Trois enfants sur les neuf.

Trois voix.

Le GRAND GARÇON.

La VIEILLE FEMME.

Le PETIT CHIEN.

ESSONNE. UN PÈRE SOUPÇONNÉ D'AVOIR TUÉ SON FILS DE 2 ANS ET GRIÈVEMENT BLESSÉ SA FAMILLE

Un enfant de 2 ans a été retrouvé mort égorgé à Abbéville-la-Rivière (Essonne). Sa sœur de 8 ans, la mère et le père sont aussi blessés. Ce dernier est le suspect du crime.

Un garçon de 2 ans a été retrouvé égorgé vendredi 21 juin à Abbéville-la-Rivière (Essonne) et sa mère et sa sœur grièvement blessées, des faits pour lesquels le père de famille est soupçonné, a indiqué à France Presse le procureur d'Évry.

Les gendarmes ont été appelés vers 07 h 15 dans une maison d'où une femme et une jeune fille ont jailli en hurlant, couvertes de sang. Sur place, un garçon de 2 ans est retrouvé mort égorgé. L'enfant était issu du programme de génoembryologie. Sa sœur fragile de 8 ans, la mère et le père présentent également tous trois des plaies plus ou moins graves au cou, causées par une arme blanche.

La sœur a été transportée à l'hôpital Necker pour enfants fragiles, où son pronostic vital n'était plus engagé en début de soirée. Dans un état moins critique, la mère et le père ont été admis dans des hôpitaux distincts.

Le suspect sous surveillance à l'hôpital

« Selon les premiers éléments, il semblerait que les faits aient été commis par le père », a déclaré à France Presse le procureur Patrick Liénard qui s'est rendu sur place. Les enquêteurs ont saisi sur les lieux un cutter ensanglanté. L'état de santé du suspect ne permettait pas dimanche soir de l'entendre sous le régime de la garde à vue, il a été placé sous surveillance à l'hôpital.

Autopsie lundi matin

Selon le parquet, le suspect n'est pas connu des services judiciaires ou des gendarmes locaux. Il n'est pas non plus suivi par les services sociaux ou psychiatriques.
L'autopsie de l'enfant décédé sera réalisée lundi matin.

~~Ces ordur~~ Ils ont pris Nolan.

Bénédicte ~~vient de~~ est rentrée tout à l'heure, agitée. Même elle ~~est choquée~~ ne s'y attendait pas. Elle m'a dit en ~~bava~~ bégayant que les enfants étaient partis pour un séjour pédagogique à durée indéterminée. On nous communiquera les détails dans un deuxième temps.

~~Elle se fout vraiment~~

Je suis seule à la maison. J'ai appelé Gauthier. Lui non plus ne sait rien. Il m'a dit qu'il allait se renseigner. Il m'a rappelée il y a cinq minutes. D'après Guy, Léa aussi ~~est partie~~ a disparu. Apparemment tous les enfants. Personne ne sait où.

Ils les ont tous ~~emmenés~~ enlevés.

Bénédicte a essayé de ~~se tirer~~ s'éclipser, mais je l'ai retenue. Gauthier a sauté dans un AutoTaxi. Il ne devrait pas tarder à arriver. Je suis restée face à Bénédicte. J'ai essayé de la raisonner. ~~J'ai essayé de lui arracher~~ Je lui ai redemandé ce que l'école avait dit, précisément. Elle tremble. Elle refuse de me regarder dans les yeux. Elle répète les mêmes phrases, en boucle.

« C'est ce que la directrice nous a dit. »

« Les enfants étaient déjà partis quand je suis arrivée. »

« On nous a expliqué qu'ils étaient partis en bus en début d'après-midi, après la cantine. »

« Non, nous n'avons eu aucune autre information. »

« Certains parents se sont énervés mais ça n'a servi à rien. »

« Je vous promets Madame Faron, c'est tout ce que je sais. »

« La Tutelle devrait vous contacter dans les prochains jours. »

Elle est assise ~~comme un tas~~ dans la cuisine. Les épaules voûtées, les jambes pliées en avant, ses talons ~~bloqués~~ coincés sur la barre inférieure du tabouret. Juste le bout du pied qui touche le sol, et qui tape tape tape tape. Elle garde son sac à main sur ses genoux, et essuie en silence ses larmes.

Elle renifle. ~~C'est insupportable~~

J'ai allumé la télé ~~pour couvrir ses simagrées~~, aucune info nulle part, bien sûr.

Je griffonne ces notes à la va-vite pour consigner qu'aujourd'hui, 8 janvier, le gouvernement fasciste des Néopatriotes a enlevé plus de mille gamins à leurs parents légitimes, et les maintient dans un endroit secret sans que personne ne s'en émeuve.

~~Je n'avais jamais imaginé qu'ils pourraient le Je J'étais Je~~
~~Savoir que~~ ~~Cet enfant~~ ~~Le fait qu'il soit~~ ~~Je pensais que~~
Nolan
~~Il était~~ ~~Putain de salopards Le fait que~~ ~~Ce sale petit~~
~~Il était hors de~~
~~Ils m'avaient déjà pris Madel~~
Gauthier est là.

— Tenez.
— Merci Monsieur Faron.
silence
déglutition
bruit de verre posé sur une surface plane
— Bénédicte. Vous nous avez raconté ce qu'il s'est passé à l'école. Vous nous avez tout dit, n'est-ce pas ?
sanglots réprimés
— Oui Monsieur Faron... comme je disais tout à l'heure à Mme Faron, c'est tout ce que la directrice nous a dit. Enfin, ce que...
— Très bien, c'est très bien Bénédicte. Je vous crois tout à fait. Vous le savez, que je vous crois ?
silence
— Bénédicte ?
— Oui Monsieur Faron...
— Vous savez que nous vous croyons Typhaine et moi ?
hésitation
— Ou... oui Monsieur Faron, bien sûr.
— Parfait... parfait. Bon, et vous n'avez vraiment aucune euh... aucune autre information sur l'endroit où

ils auraient pu… euh… envoyer enfin, emmener Nolan ? Et les autres enfants ? Ils ne vous ont rien dit ?

reniflement

** silence**

— Non Monsieur Faron. Je…

silence

— Je ne sais rien de plus. C'est tout ce que la euh… la directrice nous a dit à l'école, je vous l'ai…

— Elle raconte de la merde.

— Typhaine, tais-toi.

— Non mais tu vas avaler combien de temps son numéro d'oie blanche ? Elle sait quelque chose, Gauthier, elle sait très bien ce qui se passe tu vas vraiment te faire avoir encore une fois ? T'as besoin de quoi ? Tu veux quoi comme preuve ?

silence

sanglots étouffés

— Je vous promets que…

— Mais ferme ta gueule, tu promets rien du tout… t'es payée pour être ici, t'es payée pour nous surveiller, ça fait des années que tu nous parasites alors maintenant…

silence

ton plus bas

— Alors maintenant tu vas tout nous dire, ok ? Ok Bénédicte ? Parce que tu me vois là ? Tu vois ce que t'as fait à ma vie ? Ce que tes patrons ont fait à ma vie ? Tu me regardes là ?

sanglots

— LÈVE LES YEUX PUTAIN REGARDE-MOI !

sanglots redoublés

— Typhaine, doucement…

— Quoi doucement ? Comment ça doucement ? Elle sait quelque chose Gauthier, elle sait où ils les ont emmenés.

bruits de pas

silence

— Bénédicte… soyez raisonnable. Vous aimez Nolan autant que n… que… que moi. Qu'est-ce qui se passe ? Où est-ce qu'ils ont emmené les enfants ? Où est Nolan Bénédicte, s'il vous plaît…

sanglots

— Bénédicte, faites un effort…

— Je… je vous promets Monsieur Faron… je sais pas…

— Mais alors qui sait, qui peut savoir ? Vous avez certainement une idée ?

sanglots

— Mais non je vous promets… je ne sais pas… je ne sais pas où ils les ont emmenés, je…

— Où ils LES ont emmenés… tu savais très bien que c'était prévu, qu'ils finiraient par emmener les gosses hein…

cris aigus

— Typhaine non lâche-la…

cris perçants et pleurs

— Madame… Faron… je vous jure… aïïïe !!

— Typhaine non TYPHAINE !! Lâche ses cheveux ! LÂCHE !!

nouveaux bruits de pas

— Non mais Typhaine t'es pas bien tu fais quoi là ? Béné… excusez-la, je…

maugréements

à voix basse

— Bénédicte… Bénédicte écoute-moi…

geignement

— Non Typhaine ! Tu restes derrière moi ! Typhaine !

bruits de pas

grincements de pieds de chaise sur le carrelage

— Bénédicte… je te jure, c'est maintenant où jamais ok ? Tu m'entends ? Je vais pas te lâcher, tu me comprends, regarde-moi, regarde-moi je te dis ouvre les yeux regarde-moi…

— Typhaine…

— Ta gueule toi fous-moi la paix… Bénédicte regarde-moi… Là… regarde-moi, les yeux dans les yeux, là… ok voilà, regarde-moi…

claquement sonore d'une gifle

— Typhaine putain tu arrêtes ça tout de suite !

— Lâche-moi ! LÂCHE-MOI JE TE DIS !!

geignement

bruit d'une chaise qui racle sur le sol

— Voilà… toutes les deux, face à face, parfait… ok… Bénédicte… on va être honnêtes l'une vis-à-vis de l'autre pour une fois, pour la première fois ok ? Ok ? Ferme les paupières pour dire ok…

sanglots

silence

— Parfait… bon, on va plus se mentir, je vais plus te mentir d'accord ? J'aime pas Nolan. C'est pas grave. C'est comme ça. Et tu le sais depuis le début. Ok ? Je l'aime pas, mais c'est mon fils. Et je veux savoir ce qu'ils ont fait de lui. De lui et des autres. Tu comprends ça ?

silence

— Bénédicte… Aidez-nous s'il vous plaît. Vous imaginez ce qu'ils vont lui faire ? Après toutes les années que nous avons passées ensemble ? Après ce qu'ils ont fait à Typhaine… Après Madeleine ?

sanglots

silence

— Je vous assure Monsieur Faron… je… je ne sais pas où…

claquement sonore d'une gifle, suivi d'un coup sourd

crissement des pieds de tabouret sur le sol

gémissements étouffés

— NON!! Typhaine mais ça va pas!! Allez tu bouges, dégage de là. Va te calmer dans la chambre, va prendre une douche froide, mais va te calmer!

— Mais t'es con ou tu le fais exprès? Tu la prends pour qui? Tu crois quoi, qu'elle va tout nous raconter en lui demandant poliment? Elle est entraînée pour ça Gauthier, c'est une putain de taupe bordel!!

— Madame Faron, je vous assure que je…

bruit de gifle

— Toi ta gueule tu me fatigues avec ton numéro de sainte-nitouche.

bruits de pas

— Attrape ça! Attache-lui les bras.

— Typhaine… écoute, sois raiso…

— Raisonnable oui bien sûr. Comme elle a été raisonnable quand elle m'a balancée à la Tutelle, raisonnable comme toi quand t'as signé le bon d'internement, c'est ça? C'est de ce raisonnable-là dont tu parles Gauthier, qu'on soit bien clairs entre nous hein? C'est ça?

silence

— Monsieur Faron s'il vous plaît…

silence

— Typhaine… Qu'est-ce que tu… on est à la maison, vraiment, ALIX ça ne…

— On s'en fout d'ALIX, t'as un accès admin, on effacera tout. Elle répond à la Tutelle. Elle a passé des mois à me surveiller. Tu veux savoir où est ton fils ou tu veux passer le reste de ta vie à faire des courbettes à Guy et à ses patrons? Il te faut quoi?

silence

— Ok alors tu lui attaches les bras.

— Madame Faron, je vous assure que je ne sais pas où ils ont emmené Nolan, où ils les ont emmenés… je vous jure, je vous le promets… Typhaine, par pitié, je… s'il vous p… nooooon…

sanglots

— Par pitié Monsieur Faron, je vous jure… je suis… je suis désolée… j'aimais Madeleine, je l'aimais vraiment, je ne sais pas mais je vous jure… je vous le jure, je ne sais pas où ils les ont emmenés, je ne le sais pas… s'il vous plaît…

sanglots

— Je vous en prie…

* *bruits de coups sourds**

cris

— Typhaine non je…

sanglots

— Typhaine ça suffit maintenant ! Ça va trop loin ! Pousse-toi ! POUSSE-TOI !! Laisse-moi lui parler.

maugréements inintelligibles

silence

— Bénédicte. Tenez, buvez un peu. Voilà… doucement. Ok. Ça va mieux ?

— Oui… merci… Monsieur Faron.

— Gauthier.

— Euh… oui enfin… monsieur…

— Gauthier.

— Monsieur Gauthier.

— Attendez, ça vous serre pas trop là ? Ça va ?

— Ça… ça va oui. Merci.

— Parfait. Très bien.

toussotement

— Donc vous ne savez pas où ils ont emmené Nolan ?

hésitation

— Non.

— Bénédicte, je vous parle de notre enfant. De l'enfant que vous avez élevé avec nous. De Nolan.

sanglots légers

— Je… je ne sais pas Monsieur Faron. Je ne sais pas où ils les ont emmenés.

silence

au loin

— Elle sait forcément quelque chose. Elle travaille pour eux.

plus près

— Bénédicte. Regardez-moi. Bénédicte ?

silence

— Voilà. Ça fait combien de temps ? Quatre ans et demi que nous vivons ensemble.

sanglots

— Quatre ans et trois mois.

— C'est ça.

— Oui.

— Quatre ans pendant lesquels vous avez été à nos côtés.

— Oui.

— Depuis quatre ans vous avez accompagné Nolan, chaque jour, à l'école.

reniflement

— Vous saviez qu'ils avaient prévu d'emmener les enfants à un moment donné ? Vous le saviez ?

— Je… non, je ne…

silence

reniflement

— Je peux avoir un peu d'eau encore s'il vous plaît ?

— Oui bien sûr, tenez… attention…

— Merci.

silence

— Je… nous savions, enfin… ils nous avaient dit qu'il se pouvait que…

bruits de pas rapides

— Typhaine tu restes derrière moi ! Tu ne fais pas un pas de plus !

— Mais tu vois, elle savait un truc. Elle le savait !!

— Tu restes là Typhaine. Bénédicte… allez jusqu'au bout s'il vous plaît. Que saviez-vous exactement ?

— On… on nous avait dit qu'il était… enfin, qu'il serait possible que… qu'un jour les enfants quittent l'école… avant la fin de la scolarité…

soupir

— Qu'on devrait être prêtes… à ce moment-là, qu'il fallait qu'on ait un lien très fort pour être à leurs côtés, pour les rassurer quand… pour les accompagner… enfin, pour qu'ils ne soient pas trop tristes de quitter… leurs… parents.

— Donc tu savais qu'un jour ou l'autre ils allaient enlever les gosses… tu le savais ! Que t'allais foutre le camp du jour au lendemain, t'as bossé quatre ans en te disant que peut-être qu'ils … non mais ça me rend folle, t'as pas d'âme ? T'es quoi ? T'es qui en fait ? Une putain de psychopathe, tu… PUTAIN DE MERDE !

— Non Madame Far…

claquement de gifle

— Ferme ta gueule, arrête de m'appeler Madame Faron espèce de sale connasse hypocrite !

sanglots

à voix très basse, presque inaudible

— C'est que… c'est que… je ne savais pas qu'ils les emmèneraient si tôt… c'était ma mission, enfin… ils nous avaient dit qu'elle se terminerait… on ne nous a pas prévenus… c'était pas prévu, c'était pas… je ne savais pas… je vous jure que je ne savais pas…

sanglots

— Quand est-ce que votre mission devait se finir Bénédicte ? Dites-nous quand ils devaient emmener…

trois hololink bipent et vibrent à quelques secondes d'écart

silence

— Typhaine, tu peux attraper mon holo il est dans…

bruits de pas

— Ils arrêtent tout.

— Ils arrêtent tout quoi ?

— La deuxième vague d'insémination. Les quinze mille nouvelles naissances. Le Programme est interrompu.

Gauthier envoya un premier message à Guy. Un deuxième. Un troisième. Il ne répondait ni sur son hololink, ni à ses mails, ni au bureau, ni chez lui. Typhaine après de multiples tentatives réussit à joindre Isabelle. Elle ne savait ni où était Guy, ni où était Léa. Elle n'avait pas plus d'informations qu'eux. C'est en tout cas ce qu'elle affirmait. Typhaine était circonspecte.

Ils hésitèrent un moment avant de décider du sort à réserver à Bénédicte. Typhaine refusait de la laisser partir. Elle était leur seule source d'information sur la Tutelle, et elle pouvait par ailleurs aller au premier poste de police et les dénoncer pour mauvais traitements. Bénédicte avait beau jurer qu'elle n'en ferait rien, se confondre en excuses dans un flot de larmes ininterrompu, Gauthier n'avait pas confiance en elle non plus. Mais il s'inquiétait de laisser les deux femmes seules. Il craignait que Typhaine ne continue de la brutaliser. Typhaine s'engagea à ne pas avoir recours à la violence physique ; après avoir fait comprendre à Bénédicte que si elle tentait de fuir, la situation ne pouvait qu'empirer, et lui avoir fait jurer qu'elle ne tenterait rien de la sorte, ils décidèrent de lui délier les mains et de la détacher du tabouret.

Gauthier partit pour le ministère.

Typhaine alla chercher son paquet de cigarettes caché dans la chambre, se servit un grand verre de vin blanc et alluma la télévision. D'un filet de voix, à peine audible, Bénédicte lui demanda ce qu'elle pouvait faire, si elle souhaitait qu'elle prépare quelque chose à dîner.

— Fais ce que tu veux, démerde-toi. Tant que tu restes dans mon champ de vision.

— Oui. Très bien Madame Faron.

— Oh et arrête avec tes Madame Faron, c'est insupportable.

— Oui. D'accord.

Bénédicte s'assit sur un des fauteuils, le dos droit, frottant ses poignets rougis. La chaîne d'information privée, propriété du fils de l'oligarque qui avait contribué à installer les Néopatriotes au pouvoir, relayait les communiqués du gouvernement. Il était question d'une suspension temporaire du Programme, tout était sous contrôle et pourrait reprendre une fois que la sécurité des mères parturientes nationales serait assurée à cent pour cent, ce n'était qu'un petit délai mineur dans un projet historique d'envergure internationale, porté par les laboratoires et la Nation française, une fierté patriotique qui allait à terme irradier tout le continent européen, permettre un rétablissement de la démographie, et contribuer à sauver l'espèce humaine – blanche bien entendu. Le Président devait prendre la parole d'un instant à l'autre pour rassurer ses compatriotes. Tout allait bien dans le meilleur des mondes.

Typhaine ponctuait les commentaires des présentateurs de sarcasmes voire d'insultes. Elle venait d'engloutir son verre de vin et s'apprêtait à rallumer une cigarette. Bénédicte, immobile sur son fauteuil, s'éclaircit la voix.

— Mada… euh, Typhaine ?
— Quoi ?
— Je… est-ce qu'il serait totalement déplacé de vous… de vous demander une cigarette ?
Typhaine écarquilla les yeux.
— Non mais t'es sérieuse ? Alors ça… tu manques pas de culot !
— Pardon, excusez-moi si ma demande était déplacée, je…
— Sers-toi.
Elle fit glisser le paquet jusqu'à l'autre côté de la table basse.
Bénédicte l'attrapa, sortit une cigarette, la coinça entre ses lèvres et l'alluma maladroitement. Elle toussota à la première bouffée, ce qui arracha un demi-rire à Typhaine.
— C'est ta première clope ?
— Non… enfin, pas vraiment. J'ai déjà fumé quelques fois avec des amies de l'école. On se partageait une cigarette en cachette. C'était il y a longtemps.
Typhaine essaya de trouver d'autres sources d'information, notamment sur des chaînes étrangères. Mais c'était la même propagande partout. Aucune info fiable. Elle était quand même curieuse d'écouter ce que l'autre facho en chef allait dire, parce que tout ça puait sévèrement. Elle se releva pour aller se servir un deuxième verre.

— Tant qu'on y est, je t'en sers un ?
— Écoutez… euh, oui, je veux bien. Un petit.
Typhaine revint au salon, deux grands verres à pied à la main et s'assit à côté de Bénédicte.
— Dis-moi juste un truc, j'aimerais comprendre : tu pensais vraiment qu'en fait, t'allais récupérer un gamin comme ça. En le volant à sa famille. Y a pas un moment où

ça t'a posé un problème de conscience ? Pour une personne comme toi, endoctrinée, catho jusqu'au bout du vagin ?

Bénédicte prit le verre, le menton baissé. Elle continuait à tirer par petites bouffées maladroites sur sa cigarette, qu'elle pinçait entre l'index, le majeur et le pouce.

— Madame Faron, je…

— Typhaine.

— Oui pardon… Typhaine, je… c'est que, je n'ai jamais voulu voler Nolan. Jamais. Je vous le promets. Mais je voyais bien que vous étiez malheureuse, et que l'enfant… enfin, j'ai essayé de lui donner toute mon affection, vous savez… je ne pensais pas qu'il serait un jour le mien, ni que je serais sa mère. Sa mère, c'est vous, et ce sera toujours vous. Mais cet enfant, ces enfants… ce sont de tels miracles, non ?

Pour la première fois, elle leva les yeux vers elle, et croisa son regard.

— Non Bénédicte, ça n'a rien à voir avec un miracle. Ça s'appelle de la manipulation génétique. Dieu n'a rien à voir là-dedans.

— Oui, oui bien sûr. Vous avez raison, ce n'est pas ce que je voulais dire. Ce que je veux dire, c'est que sans eux… qu'est-ce que nous allons devenir ? Disparaître, et puis c'est tout ? Toute l'humanité ? Ces enfants, c'est notre futur. Ils méritent d'être choyés. D'être accompagnés du mieux que nous pouvons, non ?

— Bon ok tu me gonfles avec ta naïveté de ravie de la crèche… oublie ma…

— Mais Mad… Typhaine, s'il n'y a aucun avenir, si notre futur c'est la mort, l'extinction… à quoi bon vivre, alors ? Ces enfants, c'est notre lueur d'espoir à tous. Même si ce ne sont pas les nôtres. Enfin, les miens. Même s'ils sont différents. Particuliers. Je ne sais pas… j'y crois, moi… enfin, j'ai envie d'y croire. Ils nous donnent une raison d'espérer.

Bénédicte se pencha en avant, sa cigarette consumée jusqu'au filtre. Typhaine lui tendit le cendrier.

— Pardon, excusez-moi je ne bois jamais, je… le vin me tourne un peu la tête, je ne devrais pas vous raconter tout ça.

— Non, tu… tu fais bien.

Typhaine avala une grande lampée de vin.

— Je… je m'excuse de t'avoir… excuse-moi de t'avoir brusquée tout à l'heure. De t'avoir…

— Oh ce n'est rien, ne vous excusez pas, je comprends que vous vous soyez inquiétée pour…

— Non Bénédicte, ce n'est pas rien, je m'excuse. Je n'aurais pas dû en venir à ça, je veux dire… tu n'y es pour rien, c'est de ma faute si j'ai… pardon. Je…

— Ça va Typhaine, je vous assure. Ça va.

— Est-ce que tu veux une crème, quelque chose pour tes poignets ? Je peux…

— Non merci… vous êtes gentille.

— Écoute je vais en chercher, tu as encore la peau toute rouge.

Typhaine se leva, et en passant derrière Bénédicte, lui posa la main sur l'épaule. Bénédicte la saisit, et pencha sa tête pour coller sa joue légèrement rougie par l'alcool, sur leurs deux mains jointes.

Une gamine.

Une gamine produite par le système pour servir le système.

Une gamine qui répondait aux ordres.

Une gamine qui avait trouvé une famille.

Juste une gamine.

Typhaine fouillait dans la salle de bains à la recherche d'une crème cicatrisante quand Bénédicte l'appela.

— Mada… Typhaine, c'est le Président !

Typhaine se précipita dans le salon.

La silhouette du chef de la Nation se découpait sur un drapeau numérique bleu-blanc-rouge qui ondulait dans un courant d'air fictif.

Ce petit homme rachitique, gris, au menton fuyant et à l'air éternellement satisfait de lui-même parlait d'une voix nasillarde. Mes chers compatriotes blablabla… il comprenait que le report de la deuxième et importante vague d'implantations sème le trouble et la confusion. Mais que ne nous inquiétions-nous ! (il était friand des formulations ampoulées) Le Programme de génoembryologie était à la pointe des avancées scientifiques internationales, tous les pays nous l'enviaient et attendaient que notre Mère Patrie leur transmette la technologie qui leur permettrait, à leur tour, de rétablir leur natalité, leur démographie, et leur nation ! Il avait ô combien conscience que nous étions scrutés par le monde entier, et que grâce aux efforts de recherche initiés sous son impulsion, la France avait enfin repris sa place centrale et millénaire au centre de l'échiquier géopolitique mondial. Mais face à cette immense pression et ces considérables attentes, et parce que la science n'admettait aucune erreur, aucune incertitude, avant de passer à l'échelle supérieure, il avait lui-même pris la décision de reporter de quelques semaines, tout au plus, peut-être de quelques mois la nouvelle vague d'inséminations, de façon à protéger les utérus fragiles des parturientes patriotes qui donneraient naissance à la nouvelle génération d'enfants sains. Que nul ne s'inquiète, il nous tiendrait lui-même informés de la reprise imminente du Programme, gloire à Dieu, et que vive la France !

Publicité.

Typhaine attrapa la télécommande et éteignit la télévision.

— Quel énorme sac à merde… Non mais tu crois sérieusement à toutes ces conneries ?

— Je… je ne sais pas, enfin… s'il le dit, c'est que…

L'hololink de Typhaine bipa. Gauthier.

— T'as entendu le PN ?

— Oui, on vient de l'écouter.

— Bon, c'est la panique ici. Guy a disparu. Personne ne sait où il est. Personne ne comprend ce qui se passe. Je viens te chercher, on va chez lui. Je pense qu'il se planque là-bas.

— Oui, ok mais… – elle baissa la voix – on fait quoi de Bénédicte ?

— Écoute je sais pas… tu lui prends ses clés, tu l'enfermes à la maison non ? On va pas la laisser sortir et aller chez les flics.

— Bon, je gère, je pense que ça va aller. Je te raconterai. À tout de suite.

Typhaine raccrocha. Bénédicte la regardait, anxieuse.

— Gauthier n'a pas trouvé de renseignements, n'est-ce pas ?

— Non.

Elle marqua une pause, s'approcha du fauteuil et s'accroupit.

— Bénédicte, écoute-moi bien. Tu me jures, tu me promets que tu ne sais pas où ils ont emmené les enfants ? Ça ne peut pas être écrit en petits caractères sur un contrat, dans un mail auquel tu n'aurais pas prêté attention ? Tu ne connais pas quelqu'un dans le Programme qui pourrait avoir, ou obtenir cette information ?

— Je vous assure que…

— Ne me réponds pas tout de suite, fouille dans ta mémoire, creuse aussi loin que tu peux. Un détail, un contact, n'importe quoi…

— Non vraiment je… enfin… je peux essayer de contacter d'anciennes camarades, ou des filles de l'école avec qui je suis restée en relation et qui ont été placées dans d'autres familles.

— Très bien. Très bien. Bon, Bénédicte… je vais partir rejoindre Gauthier, je vais te laisser seule ici. Est-ce que je peux te faire confiance, ou est-ce que dès que je serai sortie, tu vas foutre le camp, appeler les flics et tout foutre en l'air ?

— Euh… enfin non pas du tout Mada… Typhaine, je…

— Je peux te faire confiance ou pas ?

— Oui Typhaine, vous pouvez me faire confiance.

— Donc je peux te laisser ici, et tu vas nous attendre. Tu ne vas pas partir ?

— Si vous souhaitez que je reste, bien sûr…

— Mais si je te fais confiance, tu dois me faire confiance aussi. Une confiance réciproque, d'accord ?

— Oui, oui… enfin oui je vous fais confiance Typhaine, je crois que…

— Très bien. Si tu me fais confiance, passe-moi en admin sur ALIX.

— Oh ! Ah… eh bien, oui, enfin…

— Je sais que tu es en admin sur un compte anonymisé. Passe-moi en admin. Maintenant. Je te fais confiance, tu me fais confiance. Donnant, donnant. Tu sais comment faire ?

— Euh, oui, je crois… c'est assez simple il me semble.

— Très bien. Fais-le.

Les deux femmes se dirigèrent vers le bureau. Typhaine ouvrit le placard du serveur qui ronronnait dans des scintillements verts et bleus, et sortit le clavier.

— Vas-y, *do your magic.*

— ALIX ?

« Oui Bénédicte »

— Logue-moi sur le profil MFRASSIST38768, mode anonyme.

« Très bien »

« Mode anonyme on »

« Bonjour. Que puis-je faire pour vous ? »

— ALIX, peux-tu passer le compte de Typhaine Faron en administrateur s'il te plaît ?

« Pour cela, je vais avoir besoin d'une double authentification »

— Oui bien sûr, je suis devant la console.

« Confirmation biométrique requise »

« Placez votre visage devant la caméra et votre main sur le capteur s'il vous plaît »

« Merci »

« Confirmation biométrique acquise »

« Merci utilisateur anonyme, veuillez maintenant entrer votre code personnel »

« Merci »

« Confirmez-vous l'acquisition de droits administrateurs pour le compte typhainefaron ? »

— Je confirme.

« Merci. Le compte typhainefaron est désormais un compte administrateur. Puis-je faire autre chose pour vous ? »

— Non merci ALIX, ce sera tout.

Bénédicte se retourna vers Typhaine.

— Voilà. C'est fait.

— Merci Bénédicte. Merci de cette preuve de confiance. Est-ce que… Tu me laisserais un instant, j'aimerais vérifier quelque chose sur le serveur…

— Eh bien… oui, bien sûr. Vous… vous voulez que je cuisine quelque chose ?

— Écoute non, enfin pour toi oui si tu veux. Gauthier ne va pas tarder à passer me chercher, je… ne t'inquiète pas pour nous.

— Très bien… je, vous êtes sûre ? Je peux, pour quand vous rentrerez…

— Oui pour plus tard alors. Parfait.

— Très bien.

Bénédicte sortit du bureau, un peu gauche, un peu hésitante, un peu anxieuse. Typhaine ferma la porte derrière elle et attendit quelques secondes.

— ALIX ?

« Oui Typhaine ? »

— Supprime les avantages administrateur au compte MFRASSIST38768.

« Pour cela, je vais avoir besoin d'une double authentification »

« Merci Madame Faron »

« Que puis-je faire d'autre pour vous ? »

— Verrouille l'appartement pour Bénédicte Cossard. Porte d'entrée, fenêtres. Si elle tente de sortir par effraction, applique le protocole de sécurité étranger hostile.

« Très bien Madame Faron. Autre chose ? »

Le chaos.

Le chaos, étouffé.

J'arrive au ministère, tous les couloirs bruissent, mais personne ne parle.

Tout le monde est au courant.

Personne ne sait.

J'arrive dans mon bureau, Iris veut me suivre, je lui dis de rester dehors et de renvoyer tous les appels.

Qu'est-ce qui se passe bordel, qu'est-ce qu'ils ont foutu ?

J'ouvre mon ordinateur.

Mail mail mail mail mail mail mail mail mail mail mail

Com com com com com

Éléments de langage, aucune prise de parole publique, faire filtrer telle telle telle info.

Attendre prise de parole du PN.

Rien.

Je sors du bureau, couloir de droite, j'ouvre la porte malgré les cris de Daphné.

Bureau vide.

Guy n'est pas là.

Je m'en doutais.

Je ressors du bureau.

Tout le monde est en panique.

Pourtant ça n'a rien à voir avec notre administration.

Mais tout le monde sent que ça flanche.

Quelque chose se passe, c'est hors de contrôle, et ça commence à sentir le kérosène.

Explosif.

Retour dans mon bureau, j'appelle mes contacts au MFR.

Ministère de la Famille et du Repeuplement.

Toutes les lignes sont occupées.

Même les lignes prioritaires.

J'essaye les portables.

Sonneries dans le vide.

Impasse.

Bordel.

Comment est-ce qu'ils ont pu se laisser déborder à ce point ?

Créer un merdier pareil ?

Guy.

Il sait.

Il sait forcément.

S'il n'est pas ici, s'il n'est pas chez lui, il est à Matignon.

Ou à l'Élysée.

En cellule de crise.

S'ils ont annoncé le report, c'est qu'ils étaient au pied du mur.

Personne ne sait pour Nolan, pour les enfants de la première vague.

Personne, non. Très peu.

Un peu moins de mille cinq cents familles. Les proches. Plus les assistantes.

Cinq mille, six mille personnes, à la louche.

Qui peuvent témoigner.

Six mille personnes, ça reste un échantillon qu'ils peuvent faire taire.

Une proportion qui reste gérable, à leur échelle.

Donc il faut se dépêcher.

Retrouver les gamins si on peut.

Mais il faut aller vite avant qu'ils ne nous effacent.

Le Président va parler.

Toutes les strates du pouvoir vont être concentrées sur lui.

Ce qui veut dire qu'on a un peu de temps.

Il faut que je sorte Typhaine de l'appartement.

Non.

Gauthier.

Sois raisonnable.

Pense calmement.

Est-ce qu'ils peuvent supprimer six mille personnes dans la nuit ?

…

Oui.

Oui, ils le peuvent, certainement.

Six mille personnes dont des officiels ?

Dont des ministres ?

Faire disparaître toute la première vague du Programme ?

Est-ce qu'ils y ont intérêt ?

Non.

C'est trop gros.

Ils peuvent faire taire les auxiliaires.

Les supprimer.

Pas les pontes.

Pas Guy.

Pas moi.

Enfin…

Moi, peut-être.
Typhaine, sûrement.
Ok.
Aller chercher Typhaine, la sortir de l'appartement au cas où.
Et on va attendre Guy chez lui.
Isabelle va gueuler, mais elle doit être ultra stressée pour Léa.
Peu probable que Guy lui ait parlé.
Il faut aller chez eux.
L'allocution du PN.
...
Mon Dieu.
Tout est hors de contrôle.
Il ne maîtrise plus rien.
Une alarme informatique résonne en cascade de bureau en bureau.
L'Intérieur adresse une note de service rouge à tous les ministères.
Possibilité élevée de manifestations.
Suspension provisoire de tous les déplacements ministériels.
Renforcement de la sécurité des officiels.
Déploiement de troupes sur le territoire.
Autorisation d'arrestations préventives pour « raisons suffisantes ».
Une poudrière.
Appeler Typhaine.
T'as entendu le PN ?
Bon, c'est la panique ici. Guy a disparu. Personne ne sait où il est. Personne ne comprend ce qui se passe. Je passe te chercher, on va chez lui. Je pense qu'il se planque là-bas.

Écoute je sais pas… tu lui prends ses clés, tu l'enfermes à la maison non ? On va pas la laisser sortir et aller chez les flics.

Ok.

Une voiture.

Sans chauffeur.

Manuelle.

Les rues de Paris sont étrangement vides.

Des sirènes, multiples.

Il y en a partout.

Pourquoi ?

Cette impression diffuse mais concrète que tout est en train de se déliter.

Nom de Dieu, qu'est-ce qu'ils ont foutu… il faut retrouver les gamins, à tout prix.

S'ils sont encore en vie.

17 rue du Repos.

Typhaine monte.

Elle me dit qu'elle a enfermé Bénédicte.

Qu'elle a révoqué ses accès à ALIX.

Mais qu'elle s'est excusée.

Bénédicte lui a tout dit, elle ne sait rien, c'est une gamine endoctrinée, elle ne nous a jamais voulu de mal, elle a eu tort de lui taper sur la gueule.

Typhaine et son empathie adaptative.

Haïr absolument une personne, et lui pardonner l'instant d'après.

La remettre dans son contexte.

L'excuser parce qu'elle est une victime du système.

Typhaine.

Tout ce qui faisait d'elle l'avocate la plus précieuse, la plus intègre.

Celle qui part en quête des fragments d'humanité les plus enfouis pour pouvoir les défendre. Comprendre les mécanismes intérieurs, et excuser l'humain. Toujours.

En route vers chez Guy.

Typhaine est à la fois hyper anxieuse, exaltée, elle dégage cette odeur dans l'habitacle de transpiration, de tabac et d'alcool. Elle n'arrête pas de parler en se touchant les cheveux, elle les détache, les rattache, elle parle en continu. Elle allume une cigarette dans l'habitacle, elle ouvre la fenêtre. Elle me la passe. Elle rassemble les pièces, elle échafaude des hypothèses, son esprit analytique tourne à plein régime.

Je ne l'avais pas vue comme ça depuis si longtemps.

Comment ai-je pu…

Ta gueule Gauthier.

Pas maintenant.

Ce qu'il nous faut ce sont des éléments d'information, pas de l'auto-apitoiement.

Nous arrivons chez Guy et Isabelle. Je laisse la voiture en plan devant la maison, nous sortons tous les deux.

Je sonne à la porte.

Victoria nous accueille, elle nous explique que ni Guy ni Isabelle ne sont là, mais qu'elle pourra…

Je la pousse, elle proteste.

Typhaine et moi entrons dans le hall.

J'appelle Guy.

Nous arrivons au pied des grands escaliers circulaires, à la jonction entre leurs appartements à l'étage et les pièces de réception au rez-de-chaussée. Victoria a beau nous répéter que ses patrons sont sortis et que nous devrions partir, nous continuons à appeler Guy et Isabelle. Typhaine se dirige vers la salle à manger, je m'apprête à gravir les escaliers lorsqu'Isabelle apparaît à l'étage.

Guy n'est pas là.

Ce n'est pas la peine de faire tout ce raffut.

Si ça continue, elle va demander à son agent de sécurité de nous mettre dehors.

Ce ne sont pas des manières.

Typhaine l'implore de descendre.

Elle est morte d'inquiétude pour Nolan. Et Léa ?

Nous ne voulons importuner personne, bien sûr. Mais elle aussi doit se faire du souci, non ? À moins qu'elle ne sache où les enfants ont été emmenés ? Isabelle… juste un instant, nous ne dirons rien à personne. Mais est-ce que les enfants sont saufs ?

Est-ce que Léa va bien ?

Nolan ?

Est-ce qu'elle peut nous dire juste un mot… pour nous rassurer ?

Isabelle hésite.

Typhaine insiste.

Victoria nous presse de partir, l'agent de sécurité va arriver d'une seconde à l'autre.

Isabelle hésite.

Typhaine insiste encore.

Léa. Nolan.

Les enfants.

Il faut sauver les enfants.

Victoria supplie.

Nous devons partir.

Maintenant.

Je continue à appeler : Guy, je sais que tu es là. Réponds-moi Guy putain !

Typhaine implore : Isabelle… au nom du peu que nous avons partagé toi et moi. Les dessins, je sais que tu le sais. Je te jure que je n'ai rien dit. S'il te plaît.

La porte d'entrée s'ouvre derrière nous, l'agent de sécurité parle dans son relais com.

Je me retourne, je lui explique que je suis le plus proche collaborateur du directeur de cabinet, qu'il ne peut pas…

Il me saisit fermement le bras.

Un étau, il me tire, je ne fais pas le poids.

Je proteste, je m'agite.

Il attrape Typhaine.

Isabelle l'interrompt.

Elle lui dit de nous lâcher.

Elle nous fait signe de monter.

Typhaine et Gauthier, accompagnés de Victoria, gravirent les escaliers circulaires pour rejoindre Isabelle à l'étage. Elle était d'une élégance remarquable, comme à son habitude : un chignon noir de jais brillant parfaitement agencé ; une tenue d'intérieur composée d'un ample kimono noir brodé de rouge sur lequel était jeté un pico de flamenco, un châle triangulaire bordé de longues franges, au motif floral carmin éclatant.

Isabelle les devança et les fit entrer dans le boudoir attenant à sa chambre. Elle et Guy ne partageaient plus de lit conjugal depuis de nombreuses années. La pièce était à l'image de son occupante : impeccablement meublée, légèrement obscure, chaleureuse tout en étant confusément menaçante. C'était son espace. Son territoire. Son repaire.

— Je vous en prie, asseyez-vous. Victoria, apportez-nous une verveine et du cognac s'il vous plaît. Vous désirez boire quelque chose ? Gauthier ?

— Non, enfin… merci Isabelle. Je…

— Un verre de vin blanc pour moi, merci.

— Bon, un deuxième alors s'il vous plaît.

Victoria s'éclipsa.

— Isabelle, vraiment merci beaucoup de nous recevoir, désolé si…

À l'instant où elle s'assit dans le grand fauteuil blanc qui contrastait radicalement avec ses vêtements sombres, le visage d'Isabelle se referma, et ses yeux dardèrent sur Typhaine et Gauthier un éclair noir de colère.

— Comment osez-vous ?! Comment osez-vous débarquer ici, chez moi, en faisant un tel scandale ? Vous avez complètement perdu la tête ? J'aurais pu vous faire jeter en prison en un claquement de doigts, quel que soit votre statut. Vous m'entendez ? En un claquement de doigts ! Vous cherchez quoi ? À nous faire tous enfermer ? À faire débarquer la police ? Le Renseignement intérieur ? Vous êtes totalement irresponsables ! Irresponsables !

Isabelle se releva, furieuse. Tout son corps était tendu, arc-bouté. Elle se dirigea vers une coiffeuse, ouvrit un tiroir et en sortit un paquet de longues cigarettes fines. Elle revint s'asseoir, en alluma une.

— Isabelle, risqua Typhaine, nous sommes désolés, nous…

Elle tendit brusquement son index vers son visage.

— Tais-toi.

Typhaine et Gauthier se regardèrent, interdits. Isabelle était devant eux, de trois quarts, et semblait réfléchir. Elle tirait longuement et nerveusement sur sa cigarette qu'elle consuma en cinq bouffées. Elle en ralluma immédiatement une autre.

— Isabelle… voyons…

— Tais-toi je te dis.

— Écoute, ça n'a aucun sens, je…

Isabelle se retourna vers Typhaine et la fixa les yeux dans les yeux.

— Je te dis d'attendre.

Elle pointa la porte du doigt. À ce moment précis, deux petits coups discrets se firent entendre, et Victoria entra avec un plateau. Elle déposa les boissons sur la table basse, Isabelle lui fit un signe du menton et elle repartit, toujours aussi silencieuse. Elle se servit une immense tasse d'infusion fumante, et versa dedans une généreuse lampée de cognac. Elle tenait l'anse entre son pouce, son index et son majeur, les deux derniers doigts relevés, dans une prise apparemment délicate, mais extrêmement ferme ; elle soufflait en continu à la surface du liquide brûlant, le regard fixe, posé sur un objet invisible au milieu du boudoir, tout en aspirant de minuscules gorgées. Typhaine et Gauthier, collés l'un contre l'autre sur une méridienne face à elle, attendaient, hésitants ; Typhaine engloutit les trois quarts de son verre de vin en deux gorgées. Elle s'apprêtait à briser le silence lorsqu'Isabelle reposa lentement sa tasse vide sur la table basse, et se tourna vers eux.

— Tout d'abord, je ne sais pas où ils ont emmené les enfants. Cela fait quelques semaines que Guy avait des informations selon lesquelles le transfert était imminent. Pourquoi aujourd'hui, je n'en sais rien. Je ne sais pas si vous serez autorisés à aller voir Nolan. Vu ton passif, ma pauvre, ça m'étonnerait. Peut-être toi Gauthier. Et encore. Avec tout le raffut que tu fais en ce moment au ministère…

— Mais Isabelle, qu'est-ce qu'il se passe, pourquoi est-ce qu'ils ont emmené tous les gamins ?

Isabelle ralluma une nouvelle cigarette avec le reste de la précédente.

— Je ne sais pas s'il y a une raison précise. Ils veulent les avoir ensemble, dans un espace confiné. Les étudier de plus près. Ils ne communiquent plus du tout entre eux par la parole, tu le sais sans doute. Ça fait un bout de temps, certes, mais ça rend la Tutelle de plus en plus nerveuse. Ils veulent comprendre comment ils échangent. Et de quoi ils se parlent surtout.

Elle prit la théière, et remplit une nouvelle tasse, avec cette même gestuelle précise, lente, calibrée au millimètre.

— Ah, et à propos des dessins… Ils ont compris leur signification apparemment, il y a quelques semaines.

Isabelle ajouta du cognac, saisit sa tasse et reprit son rituel silencieux. Typhaine reposa son verre dans un mouvement brusque dont elle n'avait pas mesuré l'ampleur. La moiteur de ses paumes en avait presque entièrement embué la surface intérieure. Il s'en fallut de peu pour que le pied ne se brise. Isabelle lui jeta un regard mêlé d'agacement et de dédain.

— Et… et alors ? Tu sais ce qu'ils ont découvert ?

— Guy a essayé de m'expliquer, mais je n'ai pas compris grand-chose. Ça a à voir avec des nouvelles mathématiques, quelque chose comme ça. Une autre façon de les écrire, un nouveau langage… c'est apparemment très impressionnant. « Vertigineux », d'après Guy. Ils ont réquisitionné les plus gros ordinateurs européens pour le déchiffrer, même leur toute nouvelle machine quantique secrète dont tout le monde parle – elle esquissa un petit sourire méprisant. Apparemment, ça pourrait nous donner des années d'avance sur tous les autres pays. Je ne sais pas très bien dans quoi. Mais c'est suffisamment important pour qu'ils gardent le contrôle sur les enfants et qu'ils ne prennent pas le risque que leurs parents en fassent n'importe quoi.

— Et Guy ? Il est avec eux ?

— Non, je ne crois pas. Il doit être en cellule de crise à l'Élysée. Je ne sais pas quand il rentrera.

— Mais qu'est-ce qu'ils ont fait à ces gamins Isabelle… ? Qu'est-ce qui est en train de se passer là ? Ils interrompent le Programme pourquoi ? Ils sont débordés ? Ils avaient pas prévu ça ? Ils ont la trouille ?

— Écoute, je n'en sais rien Typhaine, merde ! Je ne sais que ce que Guy veut bien me dire pour me rassurer sur Léa. Le reste, je n'en ai aucune idée…

Isabelle reposa sa tasse sur la table basse et se releva d'un coup.

— Et puis ça va bien, vous avez obtenu ce pour quoi vous êtes venus, estimez-vous heureux et foutez le camp. Laissez-moi tranquille, Guy peut rentrer à tout moment, je n'ai aucune envie qu'il vous trouve ici, et j'ai du ménage à faire sur le serveur maintenant.

Typhaine et Gauthier étaient groggy. Ils se levèrent, l'un après l'autre, maladroitement, sans savoir quoi dire, quoi faire, ni ce que serait la suite, le coup d'après.

— ALIX, localise Victoria, message : venez raccompagner M. et Mme Faron.

« Très bien, Madame Cléments. Y a-t-il autre chose que je puisse faire ? »

Isabelle, Typhaine et Gauthier restèrent debout, tous les trois, silencieux. Hagards.

Isabelle ralluma une cigarette.

— Ah oui ALIX, ventilation maximale du boudoir.

« Immédiatement Madame Cléments »

L'extraction d'air commença à vrombir, des murs au plafond. Isabelle darda son regard noir dans les yeux verts de Gauthier.

— Aurais-tu l'amabilité de me laisser quelques instants seule avec ton épouse s'il te plaît ?

Gauthier bredouilla quelques mots indistincts et sortit. Isabelle tira deux profondes bouffées sur sa cigarette, et jeta le mégot dans le fond d'infusion qui restait dans sa tasse. Typhaine attendait debout, nerveuse. Elle s'apprêtait à rompre le silence quand Isabelle s'approcha d'elle et lui saisit l'avant-bras.

— C'est la dernière fois que tu me fais ça, tu m'entends ? Désormais, je ne veux plus te voir, je ne veux plus vous voir, je ne fais plus rien pour vous.

Typhaine balbutia, mais Isabelle l'interrompit.

— Que les choses soient claires entre nous Typhaine : je ne fais pas ça par sympathie… quoique j'aime bien ton mari. Tu as de la chance de l'avoir, tu sais. Sans lui… – elle soupira.

— Mais Isabelle voyons, je…

— Tais-toi ! J'en ai marre de ce ton plaintif, et de ton chantage lancinant. C'est terminé ! Je considère qu'à partir de maintenant, si tu oses dire un mot à quiconque sur mes origines, je te détruis. Toi, et ce qu'il reste de ta famille. Compris ?

Les doigts d'Isabelle sur le bras de Typhaine étaient glacés. Ses doigts tordus. Ses mains abîmées. Ses origines.

Le tatouage.

Isabelle pensait que Typhaine savait quelque chose, qu'elle détenait une information qui la menaçait. Une information suffisamment importante pour qu'elle lui livre ce qu'elle venait de leur confier. Isabelle pensait que Typhaine était en mesure de la faire chanter.

Ses origines…

Ce symbole sur son épaule, l'euro inversé, un pays donc ?

Merde merde merde

Penser vite. Une menace.

Isabelle n'est pas espagnole. Ses papiers ont été trafiqués.

Un pays qui ressemble à un euro ?

Évidemment pas le Finistère. L'Alaska ?

Débile.

Et beaucoup trop gros.

Pourtant c'est ce qui paraît le plus évident. Le plus proche.

Mais, plus petit, plus fin. Plus étiré.

Des îles.
Un archipel.
L'Indonésie ?
Les Philippines ?
Putain à quoi ça ressemble les Philippines ?
Non... Les Caraïbes ?
Cuba...
Merde.
Évidemment.
Haïti.
Isabelle est haïtienne.
Pays sur liste noire.
Guy a fait venir Isabelle d'Haïti, illégalement.
Il a trafiqué ses papiers.
Il lui a fait trois enfants.
Il lui a donné accès au Programme !
Léa est une enfant métisse.
Une enfant du Programme eugéniste des Néopatriotes.
Métisse.
Bordel.

Typhaine saisit à son tour le bras d'Isabelle. Elle lui renvoya son regard, dur, déterminé.

— Tu sais quoi Isabelle ? Tes menaces, je m'en fous. J'ai pris mes précautions cette fois. S'il m'arrive quoi que ce soit, à moi ou à Gauthier, ta tête, celle de ton mari, celle de ta fille métèque – c'est bien comme ça que les Néos vous appellent non ? Ils vont adorer cette histoire. Toute ta petite famille tournera en boucle sur leurs chaînes d'info, et tout ça là, ton boudoir, ta vie de grande bourgeoise... tu vas avoir tout le temps de les regretter à Port-au-Prince, après dix ans de taule et de CRDI !

Isabelle blêmit.

— Typhaine, tout va bien ? Victoria est là.

Elle se retourna vers Gauthier, qui venait de passer la tête dans l'embrasure de la porte.

— Tout va bien mon amour. Isabelle et moi avions quelques petites choses personnelles à nous dire, mais c'est fait. N'est-ce pas Isabelle ?

Isabelle resta silencieuse. Les deux femmes se séparèrent.

Typhaine glissa son bras autour de celui de Gauthier.

— Merci beaucoup Isabelle, encore vraiment désolée pour tout ce raffut. Embrasse Guy pour nous, on se revoit très vite.

Victoria les raccompagna jusqu'à l'entrée.

À l'instant où ils se retrouvèrent dans la rue, Gauthier demanda :

— Attends, il vient de se passer quoi là ?

Typhaine, sereine, répondit avec un grand sourire :

— Il se passe qu'on tient Isabelle par la peau du cul. Et qu'elle a un accès admin à ALIX, et donc à tous les dossiers stockés chez eux. Y compris ceux de Guy.

ELLE AVAIT JETÉ SON BÉBÉ PAR LA FENÊTRE : UNE MÈRE INFANTICIDE CONDAMNÉE À LA PENDAISON

La cour d'assises du Nord a condamné une jeune femme de 26 ans à la pendaison en place publique. Elle avait tué sa fille de 3 ans en la jetant par la fenêtre de son appartement de Lille.

Une femme de 27 ans a été condamnée par la cour d'assises du Nord, à Douai, pour meurtre sur mineur de moins de 15 ans. Elle avait jeté sa fille issue du Programme de génoembryologie et âgée de 3 ans par la fenêtre de son appartement, situé au 7e étage, dans la nuit du 11 au 12 octobre.
Le corps sans vie de la fillette avait été retrouvé au petit matin par un éboueur maghrébin, qui avait été entendu et mis hors de cause.

Une détresse absolue

Selon l'expertise psychologique, l'accusée souffrirait de délires persécutifs et d'hallucinations. Le père de la fillette, Yves Grandmougin, vice-président du conseil régional et chef de la section départementale des Néopatriotes, n'a pas souhaité faire de commentaires. Lors de son réquisitoire, la magistrate a requis une peine d'enfermement thérapeutique assortie d'une camisole chimique. Le jury est allé au-delà des réquisitions en condamnant la jeune femme à la peine capitale par pendaison publique.

ALIX

« Oui Typhaine ? »

Début de l'enregistrement.

« Très bien Madame Faron. Début de l'enregistrement »

Quelle heure il est ?

« Il est précisément 3 h 19 »

Putain…

bâillement

« Y a-t-il quelque chose que je puisse faire pour vous ? »

Oui, entrouvre les fenêtres et ventilation de la chambre.

bourdonnement lointain et calme de la rue

bruit de la pierre d'un briquet, à deux reprises

expiration

J'ai fait un cauchemar atroce.

silence

bouffée aspirante et crépitement du tabac

longue expiration

J'étais à l'école… devant la porte. Non, je prends la voiture d'abord. Je prends la voiture pour aller chercher Nolan à l'école. Et il faut que je me dépêche, je suis en retard. Y a personne dans les rues.

toux légère

bouffée de cigarette

J'arrive devant la porte de l'école, mais y a personne non plus. La porte est grande ouverte. Tout est vide. J'ai l'impression que c'est immense à l'intérieur. Je rentre, c'est une enfilade de larges couloirs vides.

J'avance mais je sais pas, ça va pas. Enfin, y a un truc qui colle pas. Et puis là tout à coup, tout au bout je vois Madeleine. Elle court avec quelqu'un, elle tient la main de quelqu'un mais c'est loin, je vois pas qui est avec elle. Je l'appelle, mais elle s'en va.

bouffée de cigarette

J'avance pour la rattraper, mais c'est un labyrinthe.

Pas vraiment un labyrinthe, mais c'est immense, tous les couloirs se ressemblent, tout est blanc comme dans un hôpital. J'appelle Madeleine, parfois je la vois au loin mais je n'arrive jamais à la rattraper. Quand je m'approche, elle s'éloigne, c'est insupportable.

Et puis d'un coup je l'entends plus. Je me dis que je vais me prendre une prune parce que j'ai mal garé la voiture. C'est débile. Et là…

Là j'entends Nolan.

bouffée de cigarette

Il pleure. Je sens qu'il a besoin de moi, qu'il se passe un truc. Je me mets à courir comme une folle, mais j'arrête pas de me prendre des murs, de faire demi-tour. Et j'ai l'impression que plus je me goure de chemin, plus c'est grave. C'est hyper stressant.

Comme si c'était une épreuve.

J'essaye de suivre le son de ses pleurs, mais…

bouffée de cigarette

Mais j'arrête pas de me tromper. Et d'un coup, je l'entends plus.

C'est horrible.

Je sais qu'il a besoin de moi, et j'arrive pas à le retrouver. L'espace est super vaste et pourtant j'étouffe, j'ai l'impression que je peux plus respirer. Je suis perdue, toute seule, dans le silence, j'essaye de crier mais j'y arrive pas. Et puis tout à coup j'entends :

Elle est là, regarde-la.

C'est la vieille voix.

La voix aspirée, flûtée. La voix de Sara.

Ils sont là, tous les trois debout devant moi.

Yannis, Sara et Pierre-Emmanuel.

Je les distingue pas bien, ils sont à contre-jour, assez loin.

Je veux savoir où est Nolan, s'il va bien.

Il est là.

Ils tendent le bras ensemble. Ils pointent derrière moi.

bouffée de cigarette

Et là je me retourne.

Et…

bouffée de cigarette

sifflement du mégot incandescent plongé dans un liquide

Nolan est juste là. Il est dans sa poussette.

Il est tout petit.

Il pleure.

Il a les yeux cernés.

Il a la tête rasée.

Des tubes translucides rentrent et sortent partout sur son crâne.

Je tends les bras pour le sortir de là, pour…

Mais dès que je m'approche, le landau… non, le fauteuil roulant recule, et je n'arrive pas…
Et…
la voix se brise
sanglots
Et je sais qu'il est malheureux… qu'il a peur… qu'il est seul…
C'est débile, c'est… pourquoi est-ce que je…
sanglots
silence
mouchage
reniflement
Je ne sais pas pourquoi je… Bref.
soupir
silence
Il faut que je dorme… ALIX
silence
une sirène, dans le brouhaha lointain de la rue
« Oui Typh »
brefs grésillements d'interférence
silence
ALIX?
« oUI »
Ferme les fenêtres et éteins les lumières.
silence
« oU1 »
nouveaux grésillements d'interférence
voix synthétique distordue
« b0NNNNNNNne nUit »
silence
voix distordue
« m4Man »
silence

Hein quoi ?
silence
Qu'est-ce que tu as dit ?
silence
ALIX !!
silence
Merde, c'est quoi ce…
grésillements
« eL1e 3st Là »
nouveaux grésillements d'interférence répétés
« m4Man »
« maM… »
No… non, nonon… ALIX ??!
bruits de pas rapides, poignée de porte
GAUTHIER !!
« p4Rle lU1 »
« mA1nt3NAnt »
« m4mAN »
« 4u s3COur5 mAm4n »
GAUTHIER PUTAIN !!
bruit de porte, pas
Madame Faron ? Tout va b…
« … coUr5 j'a1 p3uR m4… »
Bénédicte ? Qu'est-ce que vous faites…
ALIX, c'est ALIX… c'est Nolan il parle… écoutez écoutez chhht
« …teNd5 v1eNs m3 cheRCh3r Mam4N Je… »
« iL5 arr1v3Nt »
« de9ech3 t01 »
« MaM4n v13ns »
grésillements prolongés
« m4… »

silence

Vous avez entendu ?

C'était quoi ce…

voix synthétique d'ALIX

« …ne NNNNNnnenuit, mmmAdame Faron »

ALIX ?

« oui Madame Faron, qqque puis-je faire ppppppppour vous ? »

Rejoue l'enregistrement de ces cinq dernières minutes.

« Très bien Typhaine »

Typhaine bordel il s'est passé quoi là ?

«…slucides rentrent et sortent partout sur son crâne. »

« Je tends les br… »

Avance rapide

voix accélérée

Typhaine !! Réponds-moi c'est quoi ce…

Attends chut tais-toi. Là, stop ! Vitesse normale

« quoi est-ce que je… »

*« *silence* »*

*« *mouchage* »*

*« *reniflement* »*

« Je ne sais pas pourquoi je… »

« Bref. »

*« *soupir* »*

*« *silence* »*

« Il faut que je dorme… »

« ALIX »

*« *silence* »*

*« *une sirène, dans le brouhaha lointain de la rue* »*

« Oui Typh »

*« *brefs grésillement d'interférence* »*

*« *silence* »*

« ALIX? »

« oUI »

« Ferme les fenêtres et éteins les lumières. »

*« *silence* »*

« oU1 »

*« *nouveaux grésillements d'interférence* »*

*(*de voix synthétique distendue*)*

« bONNNNNnnenuit, mmmAdame Faron »

— Stop. Merde... Non mais vous avez entendu? La distorsion métallique là.

— ALIX, analyse système complète, recherche d'intrusion sur le serveur.

« Très bien Madame Faron. Analyse en cours »

— C'était sa voix non? Gauthier, t'as entendu? C'était lui?

— Je sais pas, je crois oui mais c'est... difficile à dire.

— Bénédicte? Vous avez entendu vous aussi?

— Oui, j'ai entendu... mais...

— Mais ça ressemblait à la voix de Nolan non?

— Il me semble qu'il y avait plusieurs voix, non?

— Vous avez entendu plusieurs voix?

— Je crois oui, enfin... Vous...

silence

— Vous voulez que je prépare une infusion? Je peux...

— Merci Bénédicte...

bruits de pas

— Typhaine... tu crois vraiment que c'est Nolan qui...

« Analyse serveur terminée. Aucune trace d'infraction ou de présence de logiciel malveillant. J'ai laissé une copie du rapport d'analyse complet dans le dossier /analytics »

— Putain c'est pas vrai, c'est...

« J'ai néanmoins trouvé un fichier inconnu situé à la racine du nœud central. Je ne suis pas à l'origine de la création de ce fichier. C'est un fichier de 19 octets, créé aujourd'hui à 03 h 41. »

— Ouvre-le !

« Ouvrir un fichier inconnu placé à la racine de mon répertoire principal présente des risques de sécurité majeurs, d'importants risques de compromission de l'intégrité du système, et je dois… »

— ALIX, ouvre ce putain de fichier !

« Très bien Madame Faron »

« Il s'agit d'un fichier texte »

« 48.728602, 2.148907 »

« Ce sont des coordonnées GPS »

DOUBLE SUICIDE EN CHARENTE-MARITIME : QUE SE PASSE-T-IL AVEC LES ENFANTS DU PROGRAMME ?

Un couple a été retrouvé mort à son domicile, laissant orpheline une petite fille âgée de quatre ans issue du Programme.

C'est une macabre découverte qu'ont faite les sapeurs-pompiers de La Rochelle, ce dimanche 30 août, en fin d'après-midi. Alertés par la famille, qui n'avait plus de nouvelles depuis plusieurs jours, les secours ont retrouvé les corps sans vie de Philippe et Victoire C., 36 et 29 ans, dans leur appartement de la rue Jeanne d'Albret. Leur fille de quatre ans, issue du Programme de génoembryologie, était encore en vie mais présentait de nombreuses contusions, dont certaines importantes, ainsi qu'une fracture du bassin. Elle était également très déshydratée, dénutrie et dans un état jugé préoccupant. Elle a été transférée à la clinique néopédiatrique de l'agglomération bordelaise.

Des incidents à répétition

Selon le procureur de La Rochelle, le couple aurait mis fin à ses jours suite à une violente dispute. L'enquête doit déterminer si les deux parents ont absorbé volontairement les produits toxiques qui ont conduit à leur mort. Pour l'heure, le procureur n'exclut pas que le mari ait été empoisonné à son insu. C'est un incident de plus qui touche une famille du Programme. En l'absence d'informations officielles émanant du ministère de la Famille et du Repeuplement, et selon un décompte effectué par la rédaction, au moins une dizaine de familles ayant suivi le Programme ont connu, ces dernières années, des événements tragiques. Est-ce pour cette raison que le chef de la Nation a annoncé la suspension temporaire de l'extension du Programme à la seconde vague d'inséminations ? Le ministre devrait s'exprimer dans les prochaines semaines.

Trente-huit morts. Deux cent dix-sept blessés, dont cinquante-quatre en urgence vitale absolue.

Le bilan de la manifestation du 1er septembre fut particulièrement lourd. Les images, pourtant filtrées par les chaînes d'information, circulaient sur les réseaux sociaux et s'échangeaient par messagerie cryptée. On y voyait des membres des unités spéciales – les Compagnons de Libération de la France, les CLF – tirer à balles réelles, quasiment à bout portant sur des familles. Sur des femmes, désarmées. Sur des enfants. Sur des enfants fragiles.

La disparition des enfants du Programme concernait principalement des caciques du pouvoir et des familles issues de l'intelligentsia économique et politique du pays. L'information avait pourtant fini par filtrer, intentionnellement, mettant au jour des fissures profondes au sein de la classe dirigeante, et une défiance inédite et sous-estimée d'une fraction importante de Néopatriotes qui comptait sur cet incident pour chasser la génération historique et forcer son chemin jusqu'au sommet de la Nation. La suspension de la seconde vague d'inséminations avait, elle, créé un émoi sourd, profond, dans tout le pays qui y avait placé l'espoir de tourner la page de cette implacable crise de la fertilité, et de retrouver dans chaque foyer les cris joyeux et sereins d'enfants en bonne santé. Cet aveu d'échec avait infusé à bas bruit dans la population ; les rumeurs circulaient en s'amplifiant, en se distordant et en accroissant d'autant le ressentiment envers les membres du gouvernement et le chef de la Nation, qui malgré leurs prises de parole régulières pour tâcher de calmer les inquiétudes, n'avaient pas pris la mesure de l'ampleur de la colère sociale qui grondait.

« L'incident ALIX » se reproduisit dans plusieurs foyers, au cours de la journée et de la nuit suivantes. Les coordonnées GPS pointaient vers le centre de recherche nucléaire de Framatome-Thalès, dans les anciens locaux du CEA sur le plateau de Saclay. Un vaste complexe de recherche privé dans une zone ultra-sécurisée, qui hébergeait notamment certains des plus puissants supercalculateurs français – dont le tout nouvel ordinateur quantique européen Q-CLOVIS (*Quantum Computing for Large-scale Operations and Versatile Information System*) qui avait réussi l'exploit, selon le ministère de l'Innovation technologique et de l'Intelligence artificielle, de dépasser les cent Mqubits.

L'adresse commença à circuler. Une première tentative de rassemblement de quelques dizaines de militants du Nouveau Syndicat Révolutionnaire fut interceptée, et les manifestants incarcérés sans que l'affaire ne s'ébruite trop. L'endroit était non seulement isolé, mais surtout étroitement surveillé et protégé, compte tenu de son importance stratégique.

La défiance et le mécontentement continuèrent à se répandre, y compris à des strates de la société jusqu'alors acquises au pouvoir. Les collectifs Génération VITA, Familles Fragiles et Alliance pour l'Enfance furent les premiers à appeler à manifester devant le ministère de la

Famille et du Repeuplement, avec des slogans comme : « Rendez-nous nos enfants », « Stop aux manipulations génétiques contre nature », « Fragiles oui, comme l'agneau de Dieu ». La mobilisation prit les autorités de court, et la culture répressive et violente des forces de l'ordre fit le reste : des familles bourgeoises bousculées, interpellées, plaquées au sol, le visage en sang en direct sur les chaînes de télévision et sur internet.

La fracture s'élargit. Les débats s'envenimèrent. Les manifestations se poursuivirent.

Les oppositions profitèrent de l'occasion pour amplifier la mobilisation. Dès lors, chaque rassemblement vira à l'affrontement entre les deux camps politiques – l'extrême gauche qui saisissait l'occasion de faire vaciller le pouvoir, et l'extrême droite catholique ultra-conservatrice qui considérait que le chef de la Nation avait échoué. Les affrontements furent réprimés de plus en plus brutalement par des forces spéciales à cran. La situation devint de plus en plus confuse. Les bavures, de plus en plus régulières. La couverture médiatique, de plus en plus sporadique.

Jusqu'à la manifestation du 1er septembre. Les deux camps s'étaient donné rendez-vous aux portes du ministère. Les factions extrémistes catholiques lourdement armées venues en découdre et casser du gauchiste. Les anarcho-révolutionnaires venus amplifier le désordre et taper des flics et des fachos. Entre les deux, des manifestants dépassés, violentés. La confrontation vira au chaos. Les forces de l'ordre furent instantanément débordées.

Elles ouvrirent le feu.

Les images, censurées par les médias français, firent le tour du monde.

Réprimer brutalement l'opposition était communément toléré. Tirer à balles réelles sur des familles et des enfants handicapés souleva une indignation massive, y compris des États alliés. Plusieurs pays de L'Union des Patriotes Européens, déjà préoccupés par l'interruption du Programme, se désolidarisèrent de la France. Une réunion d'urgence des chefs d'État des douze pays fut convoquée à Milan. Le pape Grégoire XVII célébra une messe publique solennelle en mémoire des victimes et pour le salut des âmes des enfants impurs, exhortant l'État français à renoncer définitivement à ses manipulations impies.

La répression sanglante du 1er septembre ayant durablement choqué le pays, les groupuscules d'activistes optèrent pour une nouvelle stratégie : des coups de force localisés, demandant peu de personnes, peu de moyens, mais produisant beaucoup d'effets. Certaines de ces actions, de prime abord symboliques (irruption dans les émissions télévisées en direct, blocages de centres de distribution de marchandises ou de carburant, slogans et bannières sensationnelles déployées lors d'événements sportifs), devinrent rapidement violentes : cocktails molotov et explosifs lancés sur des postes de police ou des bases retranchées des CLF, voitures-béliers contre des bâtiments officiels, y compris des établissements pénitentiaires et des CRDI. Malgré les consignes de sécurité données aux élus, plusieurs d'entre eux furent blessés. Un député néopatriote fut tué dans un carambolage avec un véhicule non-identifié. Un maire et trois membres du conseil municipal d'une ville du Sud-Est historiquement acquise à l'extrême droite périrent dans l'incendie de leur mairie. La nuit, les combats entre les différentes factions atteignaient de tels niveaux de violence qu'ils laissaient au petit matin les rues des centres-villes jonchées de cadavres, dont certains n'étaient identifiables qu'après une analyse ADN tant les corps et les visages avaient été mutilés, sans que l'on sache si c'était par pur déferlement de haine, ou pour compliquer le travail d'identification des participants.

L'état d'urgence, pourtant déjà instauré de façon permanente, fut encore renforcé. Il était désormais « absolu » : restauration de la loi martiale, interdiction de rassemblements de plus de trois personnes dans l'espace public, couvre-feu de vingt et une heures à six heures du matin, renforcement des pouvoirs du corps des CLF, contrôles d'identité dans les transports et les espaces publics, autorisation d'utilisation de la force létale au moindre refus d'obtempérer.

Le Président annonça un remaniement profond du gouvernement : il nomma une équipe de combat réduite pour traverser cette crise qui mettait en péril nos valeurs nationales et qui ne saurait entraver notre marche vers le plus ambitieux Programme de réjuvénation et de repeuplement que l'humanité ait connu, un Programme comparable à la découverte des antibiotiques par Pasteur, du radium par Marie Curie, plus important encore que le premier pas de l'homme sur la Lune. Un Programme porté par les scientifiques français, pour écrire ensemble et autour de nos valeurs collectives ce que sera le futur de notre espèce, une espèce repensée, ressourcée, libérée du joug des maladies, purgée de ses tares et de ses faiblesses. Face à cet enjeu historique inédit, cet espoir non seulement pour notre Nation, mais pour tous les peuples amis qui partagent nos valeurs millénaires, il fallait faire preuve de fermeté et de patience, et garder confiance en la puissance incontestée et incontestable de la Nation française.

Ce soir-là commencèrent les vagues d'arrestations d'une partie des anciens responsables des Néopatriotes, dont certains ministres, ministres délégués, secrétaires d'État ou collaborateurs du gouvernement précédent, jugés peu fiables ou trop tièdes dans leur soutien au chef de la Nation. Une vaste opération de purge politique, qui fit disparaître, avec plus ou moins de discrétion des familles entières de caciques de la génération historique, celle qui avait maté la Dernière Insurrection, mais aussi des grands patrons, des présidents d'institutions et même certains haut gradés de l'armée. Une large partie de ces familles avait intégré le Programme.

Guy Cléments fut nommé ministre de la Justice, de l'Intérieur et du Rétablissement de l'Ordre national. Un portefeuille élargi dans un gouvernement resserré. Gauthier Faron, en toute logique, fut promu directeur de cabinet.

Tout ~~se casse la gueule~~ tombe en ruines. Le système s'effondre devant nos yeux. Il faut redoubler de prudence. Depuis la promotion de Gauthier, j'ai effacé tous les enregistrements de la base de données d'ALIX pour les transférer sur des disques durs externes cryptés. Je reprends ce carnet, le seul support qu'ils ne peuvent pas surveiller.

Heureusement, le niveau de panique et de chaos au sommet de l'État est d'une telle ampleur que ~~nous ne sommes pas~~ pour le moment, nous ne sommes pas leur préoccupation principale.

Roméo a fugué.

J'ai passé la soirée avec Élisa hier soir. Elle est ~~morte de~~ terrifiée. Marc et Claire l'ont contactée. Le CRDI de Drancy où est retenue Aïssatou a été pris d'assaut la semaine dernière. Évidemment, il n'y a aucune info officielle. L'attaque vient des N2R, un groupe paramilitaire, les Nouveaux Nationalistes Révolutionnaires. Des ~~ordures~~ barbouzes, des exclus de l'armée, des taulards reconvertis… Les CLF sont des enfants de chœur à côté. Ils ont essayé de pénétrer dans le centre avec des armes lourdes et un véhicule blindé. A priori, l'assaut a été repoussé, mais il y aurait tout de même de gros dégâts. On parle aussi d'un mouvement de mutinerie à l'intérieur. Tout le secteur a été bouclé. Impossible de savoir si Aïssatou ~~est en vie~~ va bien. Élisa essaye de trouver un accès, mais c'est très compliqué. Roméo ne répond plus, son hololink est désactivé. Étant donné que la couverture réseau s'est énormément dégradée, on ne sait pas si ça vient de son terminal ou pas. Marc et Claire craignent qu'il se soit rendu sur place, et qu'il soit en danger.

Élisa a cherché à retrouver **raturage illisible** la pédiatre, qui a complètement disparu des radars : elle a quitté son poste à l'hôpital, et aucune des membres du réseau n'a eu de contact avec elle depuis plusieurs mois. Élisa a envoyé des mails sur plusieurs boîtes, essayé différents numéros et applis cryptées, sans succès. Elle pensait qu'elle avait été arrêtée, placée comme elle dans une ferme à ovaires ou qu'au mieux, elle avait réussi à quitter le territoire à temps. Jusqu'à ce message, reçu il y a deux jours – je le retranscris mot pour mot ici :

> *Ceci est le dernier contact que je souhaite avoir avec le réseau, merci de respecter cette décision et de ne plus jamais tenter d'entrer en relation avec moi. Vous trouverez ci-joint un document qu'il me semble important de diffuser, au vu des événements récents concernant les enfants du Programme.*
> *J'ai cessé d'avoir des nouvelles d'A. et, très peu de temps après, le prestataire qui relayait ses messages m'a indiqué que sa mission avait été annulée suite à la fermeture du site. J'étais très inquiète pour A. mais je n'avais aucun autre moyen de la contacter. Il m'a fallu plusieurs semaines avant de me résoudre à me rendre sur place. La vidéo jointe est le film de ce que j'y ai vu. C'est le*

fichier brut. Je ne l'ai ni monté, ni modifié. Je vous laisse le soin d'en faire ce que bon vous semble.

Élisa redoutait de regarder le film seule. Nous l'avons regardé ensemble. C'est une longue vidéo, d'une heure quarante-trois, filmée par hololink. On entend à de rares occasions la voix de la pédiatre dont on ne voit jamais le visage, mais l'essentiel est dépourvu de commentaires.

La vidéo commence directement à l'intérieur du domaine : on voit de grands jardins plantés d'arbres, d'immenses espaces verts où l'herbe a jauni. Des bâtiments sont disséminés un peu partout. Certains sont d'apparence très modernes, d'autres ressemblent à d'anciens éléments de corps de ferme. On aperçoit par intermittence un mur d'enceinte, assez distant. L'ensemble est désert et donne immédiatement l'impression d'avoir été évacué à la va-vite : des portes et fenêtres ouvertes, des caisses et diverses affaires – des cartons éventrés, des papiers volants, quelques jouets comme un petit camion de pompier en plastique rouge – jonchent les pelouses. On voit çà et là des animaux errer, des poules, deux chevaux qui paissent dans les restes d'un massif de fleurs, des chèvres, un gros chat roux sur un toit. La pédiatre explore totalement à découvert sans prendre la moindre précaution pour se ~~planquer~~ dissimuler. Tout pue l'abandon.

Lorsqu'elle approche du premier bâtiment – une grande maison traditionnelle de plain-pied qui a tout l'air d'être un lieu d'habitation, elle passe à côté d'une niche sur laquelle elle ne s'attarde pas. C'est Élisa qui a remarqué que quelque chose clochait : la niche est construite comme une petite maison de bois pour un chien a priori assez gros, avec une ouverture en forme d'arche. On aperçoit le bout du tapis, une sorte de matelas capitonné, qui dépasse légèrement à l'extérieur. Si on n'y prête pas attention, on peut croire que ce matelas est bicolore. En faisant un arrêt sur image, on voit distinctement une patte recroquevillée juste dans le coin gauche, le reste est caché par l'ombre. Le matelas n'est pas bicolore. Il est taché de sang.

Heureusement – ou malheureusement pour la pédiatre, elle entre dans la maison sans remarquer ce détail. Elle passe de pièce en pièce ; ce sont de petits appartements en enfilade. L'intérieur confirme ce que l'extérieur laissait présager : tiroirs ouverts, lits défaits, vaisselle abandonnée, capharnaüm dans toutes les pièces. L'électricité a été coupée. On pourrait croire qu'il s'agit d'un cambriolage, mais quelque chose ne va pas. Il nous a fallu un petit bout de temps pour comprendre quoi : il n'y a quasiment pas de vêtements ou d'effets personnels. Tout a été vidé, il ne reste que ce qu'il resterait dans une maison de location : la vaisselle, le linge de maison, l'électroménager. Mais en désordre.

L'exploration des habitations dure un long moment. Il y en a de différents types. Des logements plus ou moins grands. Certains d'entre eux n'ont pas été visités, et semblent inoccupés depuis plus longtemps. Dans un autre bâtiment, elle s'attarde devant une enfilade de studios plus sobres, très fonctionnels, tous aménagés sur le même modèle, en duplex avec un salon, une mezzanine, une kitchenette et une salle d'eau. Il reste sur chaque porte la trace de ce qui devait être des plaques nominatives, qui ont toutes été arrachées.

Viennent ensuite dans une autre bâtisse des espaces communs, comme une grande salle de restauration dans laquelle plusieurs tables n'ont pas été débarrassées. Il y a des restes de repas dans certaines assiettes, de la vaisselle brisée au sol, des chaises renversées. La porte de l'un des frigidaires est entrouverte. Lorsque la pédiatre s'en approche, elle est prise de haut-le-cœur : toute la nourriture à l'intérieur a pourri.

Lorsqu'elle ressort, la luminosité a changé, le soleil est bas dans le ciel. Elle hésite un instant, on comprend aisément qu'elle n'a pas la moindre envie de rester ici à la nuit tombée. Elle se résout à aller jeter un œil aux structures plus modernes. Ce sont des bâtiments en béton, peints en blanc, très simples, agencés en réseau et situés à une centaine de mètres des habitations. Tous les modules sont reliés les uns aux autres. Ils sont partiellement dissimulés par une rangée de haies qui entourent un verger, planté à côté des restes d'un grand jardin potager.

La pédiatre s'en approche. Le soleil rasant projette sa lumière chaude, orangée, et la silhouette noire des thuyas sur les façades blanches austères. Son ombre étirée la précède. Sans surprise, il s'agit des installations scientifiques. Les portes, équipées de serrures numériques avec cartes d'accès ou empreintes biométriques, sont elles aussi toutes ouvertes. L'intérieur a en revanche été vidé plus scrupuleusement que les habitations : il ne reste que des fils électriques à nu, qui pendent du plafond ou dépassent des murs. Tous les équipements électroniques, informatiques ou médicaux ont été retirés, voire ~~littéralement~~ carrément arrachés. Ne restent que quelques rares moniteurs brisés, des instruments chirurgicaux, des bouts de verre qui jonchent le sol et un fatras de feuilles volantes froissées, piétinées, et apparemment sans aucun intérêt – à plusieurs reprises, elle se penche pour saisir des documents abandonnés, les parcourt à peine quelques secondes et les jette. L'endroit est un véritable labyrinthe. Les différentes pièces et laboratoires sont tous interconnectés, et la pédiatre a parfois besoin de revenir sur ses pas pour retrouver son chemin. Les rares portes qui donnent sur l'extérieur le font via des sas que l'absence d'électricité a scellés. On entend qu'elle cherche à sortir et qu'elle perd patience. Elle se parle à elle-même, elle jure lorsqu'elle se retrouve dans une impasse et doit faire marche arrière.

Jusqu'à ce qu'elle arrive à la salle d'observation.

Elle entre par les gradins. Trois rangées semi-concentriques orientées vers une scène en contrebas, dans une salle adjacente séparée par une épaisse paroi transparente. Dix postes par rangée. Chaque poste devait avoir une tablette holo connectée, à en juger par les câbles arrachés qui sortent des pupitres. La salle baigne dans une semi-pénombre, éclairée uniquement par la lumière qui provient des portes du fond de la pièce adjacente. Elle s'approche de la vitre de séparation. De l'autre côté, une table d'examen sommaire, avec des sangles. Une petite table d'examen. D'un mètre vingt, un mètre trente maximum. Des centaines de câbles et de fibres optiques pendent du faux plafond, formant un enchevêtrement complexe. La plupart des fibres sont regroupées vers l'extrémité de la table légèrement évasée, certainement pour pouvoir y poser des instruments, des outils, ou des ~~organes~~ prélèvements biologiques. Au vu de la disposition des sangles et des câbles, il est vite évident que tout l'appareillage de la table ~~est orienté vers~~ cible la tête des ~~personnes~~ enfants qui y sont examinés ou opérés. Élisa me dit que ça lui rappelle le théâtre anatomique de l'Archiginnasio de Bologne.

Pause.

La vitre n'est pas une simple paroi de verre transparent. Elle a des reflets irisés géométriques. C'est une surcouche de led flexibles qui doit permettre l'affichage de données augmentées en temps réel, pendant les opérations en salle anatomique. Mais ce n'est pas tout. Élisa remarque des zones floues, des transparences altérées. En zoomant dans l'image, nous réalisons que l'intérieur de la vitre est recouvert de traces légèrement opaques. Des traces identifiables à une dizaine d'endroits. Ce sont des traces de mains.

La pédiatre, le nez collé sur la vitre, ne les voit pas. Elle cherche un accès à la salle d'examen, mais il n'y a pas de porte qui y mène directement depuis le théâtre anatomique. Elle erre une bonne dizaine de minutes avant de comprendre que l'accès à la salle d'étude procède d'un réseau autonome qui remonte à un embranchement lointain, jusqu'à un sas intérieur/extérieur ouvrant sur un long couloir, percé de petites salles dotées de lits et de points d'eau. Elle se rend immédiatement compte qu'il s'est passé quelque chose dans ce couloir. Il est sale. Le sol est noirci de traces de pas. Les murs sont maculés. Les portes en verre des cabines latérales sont ouvertes. L'une d'entre elles est brisée. Elle a explosé en milliers de petits morceaux translucides, disséminés tout le long de l'allée. Tout autour, il y a des traces de sang.

Elle presse le pas. Arrivée dans la salle d'étude, elle réalise que l'endroit a en effet dû être utilisé pour regrouper plusieurs personnes. Au moins quelques dizaines. Le sol est couvert de marques sombres, des empreintes de mains maculent certains murs. On ne voit rien du théâtre, de ce côté-là, la vitre mitoyenne est sans tain. Au fond de la salle, qui est plus vaste que ce qu'elle ne paraît depuis le théâtre, il y a deux sas. Les deux sont ouverts. L'un des deux est un sas intérieur/extérieur classique, qui ressemble à tous les autres. Le second est plus vaste, et il est plongé dans la pénombre. La pédiatre allume la torche de son holo : c'est un grand vestibule, équipé d'un certain nombre de compartiments : matières synthétiques, matières plastiques, matières organiques, métaux, risques biologiques, non recyclables. Des vêtements débordent de toutes les poubelles. Il y a de tout : pulls, t-shirts, jeans, chaussettes éparses, culottes, il y a même un tas de blouses blanches, de tenues professionnelles de santé. Sur un certain nombre, il y a des taches sombres, certainement du sang séché.

Le fond de la pièce est fermé par un volet roulant. C'est un dock de chargement de poids lourds. Le rideau métallique est fermé, aucune lumière ne rentre. Elle s'en approche lentement. Elle filme l'encadrement de l'espace de chargement : il occupe tout le fond du quai, et est entouré sur chacun de ses côtés, sauf sur le sol, d'une sorte de petit rideau de caoutchouc noir. La vidéo devient difficilement lisible. On ne distingue plus que de gros pâtés obscurs pixélisés. Pour une raison qui nous échappe, elle reste là, elle cherche quelque chose.

Élisa me pose une question : y a pas des hublots normalement sur les volets mécaniques des docks de chargement ?

Je n'en ai aucune idée. Peut-être.

Si, il y a des hublots. Élisa en est sûre. Elle s'en souvient pour avoir encadré à plusieurs reprises des chargements d'aide alimentaire. Or là, dans la vidéo, il n'y en a pas. Et s'il n'y a pas de hublots, c'est que le rideau métallique n'est pas celui du quai. C'est celui d'un camion.

Il y a un camion à quai. La pédiatre l'a compris. Le hayon est encore abaissé. Elle trouve l'ouverture du rideau. Le rideau remonte. On ne voit pas grand-chose. On entend ses haut-le-cœur. Elle recule. Elle vomit immédiatement.

Des formes humaines, entassées les unes sur les autres.

Nues.

Abandonnées.

Enfermées à l'arrière d'un poids lourd.

Ils n'ont même pas pris la peine de les tuer.

Ils les ont laissés crever.

Des membres ensanglantés partout.

Des mains aux phalanges écorchées, aux ongles arrachés.

Des traces de morsure.

Du sang, partout.

Il n'y a que des adultes.

Entassés. Enfermés. Sans eau, ni nourriture.

Combien d'heures ? Combien de jours ?

Dans la masse informe, des visages.

Des simulacres de visage.

La pédiatre recule, hésite, puis avance à nouveau. Elle respire difficilement. Puis elle se met à les filmer, un par un, elle essaye de fixer ces grimaces odieuses de souffrance et d'abandon. Le cauchemar figé à jamais dans ces expressions.

Comme pour aider à les identifier.

On entend le son de ses sanglots, entrecoupés de haut-le-cœur.

L'odeur doit être atroce.

Les images sont insoutenables.

La caméra tremble.

Elle s'arrête sur un amas, dans l'obscurité, dans le fond de la remorque.

Zoom. L'image est très sombre. On aperçoit des formes plus claires. Un visage, bleui, étouffé entre deux masses corporelles indistinctes, avec une longue mèche de cheveux poisseux qui pend sur le côté. Il est traversé par une large plaie, qui part du front et descend jusqu'à la moitié de la joue en passant par l'œil, boursouflé, certainement crevé.

Difficile de comprendre ce dont il s'agit, la définition est trop mauvaise. Des griffures, certainement. Profondes.

Les sanglots de la pédiatre redoublent.

Elle prononce son nom.

C'est Anaïs.

L'image vacille, saccade et s'interrompt.

Guy, assieds-toi.

S'il te plaît.

Guy !

Éteins cette cigarette et viens t'asseoir.

Je n'entends pas ce que tu marmonnes.

Sois raisonnable, la réunion est dans vingt minutes, tu ne peux pas y aller dans cet état.

Merci.

Bon…

J'ai parlé avec le dir. cab. du secrétaire général. Le chef d'état-major a insisté pour que Strauss soit là. On est d'accord, c'est pas très bon signe. Le PN n'en veut pas, évidemment. Lethielleux fait dans son froc, tout son ministère est en branle-bas de combat pour essayer de gérer ça. Comme il vient d'être nommé aux Armées lui aussi, il est pas efficace pour le moment. Donc on a une carte à jouer. De toute façon Strauss est sur le terrain, on sait pas où.

Ben oui écoute désolé, les Renseignements sont dessus, mais le mec se planque. On sait qu'il a réuni avant-hier les trois gros bras des N2R, avec ses principaux lieutenants des CLF. Ils se tâtent pour lancer une offensive conjointe, mais ils feront rien tant qu'ils seront pas assurés que l'armée régulière ne se mettra pas sur leur route.

Ils sont pas cinglés, ils veulent pas aller au bain de sang. Ils iront pas au coup sans les militaires.

C'est pour ça que Du Clos veut que Strauss soit là. Il est en position de force. Il veut pousser le PN à mettre tout le monde autour de la table. Il veut négocier son soutien.

Nous, on joue la loyauté totale : les flics, les gendarmes, les CRS, le RAID, le GIGN, le GAO, tout le monde soutient le PN. Une seule mission : rétablissement de l'ordre. Cent pour cent des effectifs sur le terrain. Réserve active.

Guy, calme-toi.

Là notre objectif, c'est patte blanche.

On soutient le PN, on lui montre qu'il peut avoir confiance en nous.

Mais on s'en fout du NSR Guy, putain !

T'as vu combien ils sont ?

Si Du Clos retourne sa veste, je t'assure qu'on aura des soucis plus importants qu'une poignée de groupuscules anarchistes qui lancent des molotov dans des bouteilles en plastique préparés dans le garage de leurs parents.

Écoute-moi bien Guy. Moi aussi j'ai la trouille. La purge est passée, t'es encore là. On est encore là. Après nous, le PN a plus grand monde. On est son dernier rempart, et on est à un cheveu d'un coup d'État. Donc tu vas à cette réunion, tu mets tes couilles sur la table, tu montres au PN et à Du Clos que c'est avec toi qu'il faut parler, que t'as des bataillons de gars armés jusqu'aux dents qui te répondent au doigt et à l'œil, qu'il faut te prendre très au sérieux, et que tu vas remettre de l'ordre dans ce putain de pays !

Ok ?

Bon, t'as tout dans le dossier là.

Pour le point sur le maintien de l'ordre et la situation sur le terrain, t'as un visio prévu avec les patrons du GIGN et du RAID. Ils sont briefés.

Non, tu parles pas du CRDI de Drancy. C'est le bordel, la situation est pas fixée, ça a pété à l'intérieur, l'armée a pris le relais, ça nous met dans une position de merde, laisse tomber.

Oui, à tout à l'heure.

Courage. Si tu doutes de quoi que ce soit, messagerie sécure, je te réponds dans la seconde.

Ok.

Putain.

Putain putain putain putain.

Catherine ?

Passez-moi sur la ligne sécurisée s'il vous plaît.

Merci.

Allô ?

Oui c'est moi.

Non.

Enfin, c'est la merde.

Ouais, Guy se chie dessus.

Moi aussi je t'avoue.

Ça peut partir en vrille d'une seconde à l'autre.

Écoute-moi. Il faut se barrer de Paris.

Oui, le plus vite possible.

Fais un sac, prends ce que tu peux. Prends le train, pas la voiture.

Va à Gueutteville. Je vais appeler Éléonore.

Elle viendra te chercher.

Je vous rejoins ce week-end. Enfin… le plus tôt possible.

Bénédicte ?

Écoute, je sais pas.
Fais comme tu veux.
Oui je suis sûr.
Plus tôt tu es dans le train, plus je suis tranquille.
Non t'inquiète pas, ça va aller.
Je te tiens au courant.
Ne m'appelle pas sur mon holo.
Je t'appellerai moi, avec cette ligne.
Oui.
Moi aussi.
Promis.
Je t'aime.

« Madame Faron ? »

— Quoi ALIX ?

« Isabelle Cléments vient de sonner à l'intercom, souhaitez-vous que je vous mette en relation ? »

— Hein ? Isabelle est en bas ?

« Tout à fait Typhaine. Elle est accompagnée d'une jeune femme »

— Bordel… pas maintenant…

Typhaine était devant la porte du dressing, une pile de vêtements dans les bras, habillée d'un pantalon de jogging et d'un sweat-shirt trop large auréolé de sueur. Elle courut dans la chambre, les jeta sur le lit, à côté d'une valise ouverte qui débordait d'affaires. La chambre était sens dessus dessous.

« Madame Faron ? Isabelle Cléments vient de sonner de nouveau. Voulez-vous que je lui indique que vous êtes indisponible ou absente ? »

— Euh… non non… vas-y, passe-la-moi.

« Très bien Typhaine »

— Isabelle ?

— Typhaine ! Dieu merci tu es là. Je peux monter ?

— Euh… tu ne tombes pas au meilleur moment là…

— Typhaine, je… c'est important.

Sa voix était plus éraillée que d'habitude. Plus tendue.

— J'ai quelque chose pour toi.

— Ah… bon, eh bien… monte, monte.

— Merci.

« Porte débloquée, ascenseur envoyé »

Typhaine ramassa en hâte les vêtements qui jonchaient le sol du dressing et de la chambre, puis ferma les portes. Elle trotta jusqu'à la salle de bains, où elle essaya de se rendre à peu près présentable : elle se rinça le visage à l'eau claire, réarrangea ses cheveux hirsutes qu'elle attacha avec une grosse pince, et se pulvérisa un peu de parfum pour tâcher de couvrir sa transpiration.

Elle eut à peine le temps d'engloutir un verre d'eau qu'Isabelle sonnait à la porte. Typhaine se tamponna le front du revers de la manche, et se dirigea vers l'entrée pour l'accueillir. Mais qu'est-ce qu'elle venait foutre ici ?

Isabelle entra, marcha droit jusqu'à Typhaine et la prit dans ses bras. Une brève accolade, un peu gauche, un peu brusque. Anguleuse. Typhaine, d'une tête plus grande qu'elle, sentait son parfum capiteux et la laque de son immuable et impeccable chignon. Elle était aussi surprise que circonspecte.

— Désolée de te déranger. Merci beaucoup de nous recevoir.

Elle fit un pas en arrière, la toisa de la tête aux pieds, avec une vague expression de dégoût.

— Je… j'étais en pleine séance de yoga, désolée pour la tenue je…

— Oh c'est rien ne t'en fais pas. Je sais, j'aurais dû t'appeler…

Elle quitta son imperméable beige qu'elle alla accrocher dans la penderie du vestibule, tout en continuant à parler, presque pour elle-même.

— Mais… parler en visio en ce moment, avec tout ce qui se passe… enfin, tu sais bien.

Elle se retourna vers la porte, restée ouverte.

— Entrez ! Vous attendez quoi ? Vous n'allez pas rester plantée là dans le couloir, enfin…

Une jeune femme, vêtue de noir, tirant une imposante valise de la même couleur, entra.

Victoria.

— Allez, enlevez votre manteau et venez vous asseoir.

Isabelle alla s'installer dans le grand canapé, pendant que Victoria quittait sa parka. Typhaine regardait les deux femmes, sidérée. La dernière fois qu'elles s'étaient vues, elles s'étaient quittées en ennemies. Aujourd'hui, Isabelle débarquait chez elle avec sa domestique, comme si de rien n'était. Comme si elle était la bienvenue.

— Qu'est-ce que tu as à boire ? Si tu as un thé un peu fort, je suis preneuse. Victoria, qu'est-ce que vous voulez ?

Victoria marmonna d'une voix à peine perceptible.

— Un thé oui.

— Parlez plus fort, on n'entend rien !

— Un thé c'est bien.

— Parfait. Du thé alors.

Elle marqua une pause imperceptible.

— Oh et puis tu sais quoi ? Si tu as un fond de cognac pour parfumer, je ne serais pas contre.

Mais pour qui se prenait-elle ? Il fallait en plus qu'elle tienne salon ? Qu'elle lui serve sa petite collation ? Typhaine était tellement estomaquée que les mots lui manquaient. Et pourtant, comme toujours devant Isabelle, elle s'exécuta. Docilement.

Elle sortit trois tasses – les jolies, les Sarreguemines en porcelaine peinte du service de sa mère, sa boîte à infusions, une petite bouteille d'armagnac hors d'âge à défaut de trouver du cognac dans son placard à liqueurs, et mit de l'eau à chauffer. Elle observait Isabelle et Victoria, depuis la cuisine. Isabelle consultait son hololink, avec son éternel air pincé, ses lunettes à large monture posées sur le bout de son nez, le menton rentré à l'intérieur de son cou. Victoria était assise, de l'autre côté de la table basse, jambes serrées, sur un petit fauteuil. Elle regardait le sol, et tirait instinctivement sur les poignets de son chemisier blanc pour qu'ils dépassent de la même longueur de chacune des manches de son cardigan noir. Pourquoi était-elle ici ? Pourquoi Isabelle l'avait-elle amenée avec cette valise massive...? Victoria partait. Elle aussi. Mais pour où ? Et pourquoi ? Une jolie fille, Victoria. Typhaine la regardait attentivement pour la première fois. Elle ne lui avait jamais trop prêté attention. Elle avait le visage fin. L'arête du nez saillante, les traits un peu secs. Dommage qu'elle ne se mette pas plus en valeur, elle pourrait...

Et d'un seul coup, l'évidence.

Là, devant elle. Sous ses yeux, depuis toujours. Elle n'en revenait pas. Elle...

Le claquement sec de l'interrupteur de la bouilloire la fit sursauter, et émettre un petit hoquet aigu. Isabelle se retourna vers elle, surprise. Typhaine remplit la théière, et apporta le plateau au salon, abasourdie. Elle s'assit en face d'Isabelle. Elle ne pouvait plus quitter son visage du regard. Isabelle s'en rendit compte et retira ses lunettes d'un geste sec pour les ranger dans son sac à main.

Un inconfortable silence s'installa, s'étirant péniblement plusieurs dizaines de secondes. Isabelle toussota pour le rompre, et prit l'initiative de servir le thé, tout en commençant à parler.

— Bon, tu dois évidemment te demander ce que je fabrique ici…

Elle s'interrompit, et jeta un coup d'œil à Victoria, qui exsudait le malaise, et tirait maintenant sur sa jupe noire comme si elle souhaitait la détendre jusqu'à ce qu'elle recouvre ses genoux.

— Ce que nous fabriquons ici.

Elle reposa la théière, et fixa Typhaine, lui plantant son regard noir, solennel au fond des yeux.

— Je ne vais pas tergiverser. J'ai besoin de ton aide. Ou plutôt, disons… de ton aide et de celle de ton amie Elsa.

— Élisa.

— Oui voilà, Élisa. J'aimerais que vous aidiez Victoria à quitter Paris. À partir.

Elle se pencha, saisit la bouteille d'armagnac, et en versa une généreuse rasade dans sa tasse.

— Il faut qu'elle parte le plus vite possible. Il faut qu'elle parte… maintenant, en fait.

Isabelle but une longue gorgée de son thé à l'armagnac, qui lui fit esquisser une grimace éphémère, en raison de la chaleur, de la concentration d'alcool, ou des deux. Sa main tremblait très légèrement, trahissant une émotion qu'elle contenait avec plus de peine qu'à l'accoutumée. Typhaine la regardait, fascinée. Elle ne cessait de scruter le visage de Victoria, et de faire l'aller-retour avec celui d'Isabelle. Comment avait-elle pu ne pas s'en rendre compte plus tôt ?

— C'est ta fille.

Pour la première fois depuis qu'elle était arrivée, Isabelle se tourna vers Victoria. Son visage se métamorphosa. Elle avait peur pour elle. Elle n'avait rien de plus précieux au monde. Sa fille. Saine. Venue avec elle d'Haïti. Qu'elle gardait sous son toit, près d'elle. Cachée. L'intonation même de sa voix changea.

— Ils peuvent me faire ce qu'ils veulent. Je m'en moque. J'ai eu de la chance. Beaucoup de chance. Arrivera ce qui arrivera. Si tout s'écroule, alors tant pis. Je partirai avec eux. Qu'ils m'arrêtent, qu'ils m'emmènent où bon leur semble, qu'ils fassent de moi ce qu'ils veulent.

Elle tendit le bras, et attrapa la main de Victoria.

— Mais pas Victoria. Pas ma Vicky.

Elle essuya du revers de la main une larme qui coulait sur la joue de la jeune femme.

Un instant. Un silence, suspendu. Typhaine ne savait pas quoi dire, ni quoi faire. Aider Victoria, bien sûr. Mais comment ? La cacher quelque part à la campagne dans une résidence communautaire ? La faire sortir du pays ? N'était-ce pas faire courir un grand danger à Élisa que de lui demander de prendre en charge la fille cachée de la femme du ministre de la Justice, en pleine période de purge politique ? Elle regardait la carapace de froideur et de rigidité d'Isabelle voler en éclats devant ses yeux. Le lien physique entre ces deux femmes, l'affection et l'attachement viscéral qui les unissaient, la peur qui les poussait aujourd'hui à briser le sceau d'un secret patiemment construit et férocement défendu au fil des années, depuis des décennies. Jamais Typhaine n'aurait imaginé éprouver un jour de la compassion… peut-être même de l'affection, et un soupçon d'admiration pour Isabelle, cette femme qui comme elle avait trompé, menti, floué le système pour s'y construire une place et protéger ce qu'elle avait de plus cher au monde, sa propre fille, dans cette société de rejet et de haine qui les aurait autrement considérées comme des parasites, des rebuts. Ce personnage de grande bourgeoise réactionnaire, austère, hautaine était une option de survie. En avait-elle eu d'autres ?

— Bien sûr, je suis prête à mettre le prix qu'il faudra.

Retour au réel. À la manière d'Isabelle : abrupte. Son visage s'était refermé. Elle avait remis son masque. Fin de la parenthèse humaine.

— Écoute Isabelle… je comprends, bien sûr, je comprends tout à fait, mais ne peux pas m'engager comme ça, je ne sais même pas si Élisa peut faire quoi que ce soit, après tout ce qu'elle a traversé.

— Victoria pourra t'aider ici, le temps que ton amie trouve une solution. Elle est très discrète, elle…

— Isabelle écoute-moi ! Tu ne peux pas débarquer chez moi, me confier ta fille et repartir ! Je peux essayer de t'aider, mais je…

— Victoria ne repart pas d'ici. Tu ne comprends pas ce qui est en train de se passer ? Ils peuvent débarquer à tout moment. Ce soir. Cette nuit. La nuit prochaine. Ce n'est plus une question de jours, c'est une question d'heures. C'est fini Typhaine, c'est terminé. Pour nous. Pour moi.

Elle marqua une pause. Typhaine était totalement désarmée.

— Partez, foutez le camp d'ici… Emmène-la avec toi. Je t'en prie.

Elle attrapa son sac à main, en sortit une bourse de velours sombre et une épaisse enveloppe kraft, pliée en deux. Elle posa la sacoche dans la main de Typhaine. Elle était lourde et produisit un délicat bruissement de cliquetis métalliques. Elle contenait des dizaines de bijoux, bagues, colliers, bracelets, pendentifs. Sa parure en émeraudes.

— Tiens, prends ça, tu devrais pouvoir en tirer un bon prix. Et là-dedans il y a du liquide, assez pour quelque temps. Et aussi ce que vous cherchez, toi et ton amie. Ce que j'ai réussi à trouver, en tout cas. Je n'y comprends rien, mais j'imagine que ça pourra vous être utile, à vous ou à d'autres, quand tout ça sera passé.

Isabelle reprit son sac, et se leva, prête à partir, comme si l'affaire était conclue. Typhaine s'apprêtait à protester, mais l'en-tête d'un document qui dépassait du haut de l'enveloppe attira son attention. Elle ouvrit le rabat. Il y avait en effet à l'intérieur de généreuses liasses de billets, ainsi que plusieurs dossiers, siglés de l'État français, de différents ministères, mais aussi des rapports d'analyse à la couverture bleu foncé, ostensiblement classifiés « Secret-Défense », au premier rang desquels : *Estimation de la sécurité sanitaire et stratégique du déploiement du Programme de Réparation Génétique en phase 3.*

SECRET-DÉFENSE

Direction générale de la sécurité intérieure
Direction générale de la sécurité extérieure
Direction générale de la sécurité sanitaire et sociale
à l'attention de
M. le Président de la Nation
M. le Secrétaire général de l'Élysée
MM. les Ministres concernés

Estimation de la sécurité sanitaire et stratégique du déploiement du Programme de Réparation Génétique (PRG) en phase 3

Classification: Secret-Défense
Usage strictement national
Toute personne qui détient ce document sans avoir qualité pour le connaître tombe sous le

coup des dispositions du Code pénal réprimant les atteintes au secret de la défense nationale et encourt la peine de mort pour haute trahison.

Source : Bureau de recherche en génétique avancée

Objet : Programme de Réparation Génétique (PRG) pour remédier à la chute de la fertilité et au syndrome de l'X fragile

Résumé

Dans le cadre du Programme de Réparation Génétique (PRG), des essais précliniques et cliniques de phase 1 et 2 ont été menés avec succès dans le but de remédier à la chute alarmante de la fertilité dans la population, ainsi qu'à la recrudescence des naissances d'enfants atteints du syndrome de l'X fragile. Le syndrome de l'X fragile est causé par l'expansion de la répétition du tri-nucléotide CGG situé en amont du gène FMR1 sur le chromosome X. Le PRG vise à corriger ce codon défectueux via l'emploi de ciseaux génétiques CRISPR-Cas9, qui permet de couper l'ADN à un endroit précis du génome et de le modifier. La particularité de ce projet est qu'il utilise un codon issu de la transcription inverse d'acides aminés non-standard (voir Méthodologie), qui ont la propriété de stimuler la synthèse des protéines FMRP, dont le déficit est responsable des symptômes de la maladie. Ce rapport présente les résultats préliminaires de cette approche innovante et les perspectives d'application thérapeutique. La sécurité de la procédure de rétro-ingénierie est jugée satisfaisante et le nombre de cas de divergence génétique inférieur au seuil 5σ (cinq sigmas). Le bureau émet donc un avis favorable pour la poursuite du programme en phase 3.

Méthodologie

Les essais cliniques de phase 1 et 2 ont été menés sur deux cohortes d'embryons humains (7+14) dans des laboratoires de sécurité biologique L3 et conformément à des protocoles stricts de confidentialité. Les FIV ont été bien supportées, à l'exception d'une patiente de phase 2 qui a fait une fausse couche à T+23 semaines après implantation (25 semaines d'aménorrhée). Les évaluations portent sur 18 mois pour la phase 1, 12 mois pour la phase 2. Les principales étapes de cette recherche sont les suivantes :

Acides Aminés Résistants

La mission spatiale Genesis-AMINO a permis la collecte de 83 acides aminés sur 32 corps célestes distincts - principalement des astéroïdes, dont 16 des 20 acides aminés identifiés et communément utilisés par les organismes vivants terrestres. Ces acides aminés se sont révélés être exceptionnellement robustes, ayant survécu aux conditions extrêmes de l'espace, au froid et au bombardement de rayons cosmiques de haute énergie. Les prélèvements ont été jugés de suffisamment bonne qualité pour être testés en transcriptase inverse.

Transcriptase Inverse Améliorée

Une transcriptase inverse a pu être synthétisée à l'aide des calculs statistiques produits par le calculateur quantique Q-CLOVIS, et a permis de discriminer les codons redondants et produire un ARNm fonctionnel, à partir des acides aminés collectés. De l'ADN a pu être produit à partir de l'ARNm généré par transcription inverse classique. Des codons d'ADN chimérique ont également été créés à partir d'acides aminés non-standard, comme la sélénocystéine (Sec), la pyrrolysine (Pyl), la β-alanine (β-Ala), la 4-Hydroxyproline (4-OH-Pro), l'astérocystéine (Astcys), l'étheralysine (Étheral) et la stelléine (Stel).

Substitution de l'ADN détérioré

Les équipes de recherche ont conçu un vecteur CRISPR-Cas9 capable de cibler spécifiquement la séquence CGG mutée du gène FMR1 responsable du syndrome de l'X fragile. Elles ont remplacé la séquence codant pour la cystéine défectueuse de la séquence CGG par une séquence codant pour l'astérocystéine. Après avoir introduit le vecteur CRISPR-Cas9 et l'Astcys dans des lignées cellulaires d'embryons atteints du syndrome de l'X fragile, les équipes ont observé avec succès la correction de la mutation CGG défectueuse. Les cellules ont commencé à produire la protéine FMRP fonctionnelle.

Généralisation à plusieurs segments d'ADN défectueux

La méthodologie repose sur la synthèse de fragments d'ADN exogènes à partir de la transcription inverse d'ARNm provenant de sources diverses, y compris d'acides aminés résilients aux conditions extraterrestres. Ces fragments, appelés « ADN rétrotranscrits » présentent des séquences uniques qui sont ensuite ciblées et insérées spécifiquement dans le génome embryonnaire à l'aide de la technologie CRISPR-Cas9. Les cibles comprennent des régions non codantes et des séquences répétées.

Résultats

Les résultats préliminaires des essais cliniques de phase 1 et 2 ont montré une amélioration significative de la fertilité - amélioration de 91 % (indice de confiance à 95 %: 89-93 %) - et une disparition totale des cas de syndrome de l'X fragile parmi les nouveau-nés. L'insertion d'ADN rétrotranscrit dans des régions spécifiques du génome humain améliore la stabilité et la résilience du génome, réduit la prédisposition à certaines maladies génétiques (hémochromatose, mucoviscidose, maladies métaboliques congénitales, maladies neuromusculaires héréditaires, facteurs de prédisposition aux cancers ou maladies neurodégénératives, etc.) et augmente la résistance aux facteurs environnementaux nocifs. Les cellules modifiées ont montré une meilleure réparation de l'ADN endommagé, une réduction de la sénescence cellulaire et une plus grande plasticité génétique.

Conclusion

Le Programme de Réparation Génétique (PRG) promet des avancées majeures dans le domaine de la génétique et de la médecine. Les avancées significatives réalisées dans le domaine de la substitution d'ADN par transcription inverse ouvrent une nouvelle ère dans l'amélioration potentielle du génome humain. Les résultats encourageants de deux premières phases d'essais cliniques indiquent que cette technologie peut avoir un impact considérable sur la santé et la longévité humaines.

Cependant, compte tenu de la faible taille des deux cohortes, et de la faible durée de surveillance des nouveau-nés, il est impératif de procéder avec prudence et de suivre un cadre rigoureux de recherche et de développement avant de généraliser cette approche à l'ensemble de la population. Les implications éthiques, juridiques et sociales doivent être soigneusement examinées, et des protocoles de sécurité stricts doivent être mis en place pour minimiser les risques potentiels.

Nous recommandons vivement la poursuite de la recherche à grande échelle, en particulier sous forme d'essais cliniques de phase 3. Ces essais devraient inclure un échantillon représentatif de 1 500 femmes, choisies pour leur diversité génétique et démographique. Cela permettra d'évaluer plus précisément l'efficacité, la sécurité et les éventuels effets indésirables de cette approche.

Il est essentiel que ces essais cliniques soient menés avec la plus grande transparence et sous la supervision des autorités scientifiques et réglementaires compétentes. Les résultats devront être soumis à un examen approfondi par des comités d'éthique indépendants, et les données collectées doivent être publiées pour une évaluation collaborative.

Si les résultats des essais cliniques de phase 3 confirment l'efficacité et la sécurité de cette technique, une généralisation progressive de l'approche à l'ensemble de la population pourrait être envisagée.
Toutefois, étant donné la nature délicate de cette technologie et ses implications

potentielles, il est impératif que ces informations restent classifiées Secret-Défense pour des raisons de sécurité nationale.

Signature : *illisible*

–

SECRET-DÉFENSE

SECRET-DÉFENSE

Direction générale de la sécurité intérieure
à l'attention de
M. le Président de la Nation
M. le Secrétaire général de l'Élysée
M. le Ministre de la Famille et du Repeuplement national
M. le Ministre de la Justice et de l'Intérieur

Rapport d'Alerte Confidentiel
Date : [redacted]
Destinataire : Son Excellence le Président de la Nation française
Sujet : Précocité et Intelligence anormales chez les Enfants du Programme de Réparation Génétique (PRG)

Résumé Exécutif :
Monsieur le Président,
Nous avons l'honneur de vous présenter ce rapport d'alerte concernant une préoccupation

croissante au sein de la communauté scientifique et des services de renseignement, à propos des enfants nés du Programme de Réparation Génétique (PRG), dont les niveaux de précocité et d'intelligence anormaux suscitent d'importantes inquiétudes.

Contexte :
Le Programme de Réparation Génétique (PRG) a été lancé en [redacted] par le professeur [redacted] avec l'aval du [redacted] et du [redacted], avec l'objectif double de remédier à la recrudescence de naissances d'enfants atteints du syndrome de l'X fragile, et de créer une génération d'individus dotés de capacités cognitives supérieures grâce à des interventions génétiques avancées. Après une validation des phases 1 et 2, des essais cliniques de phase 3 ont été lancés sur une cohorte de 1500 femmes, issues de la population française et sélectionnées par un comité ministériel, sous votre tutelle. À des fins d'études approfondies, une sous-cohorte de neuf enfants a été placée, avec leur famille, dans un complexe isolé et secret à des fins de suivi sanitaire et épidémiologique.

Observations préoccupantes :
Les signaux d'alerte ont été déclenchés par l'équipe de surveillance en charge de ces neuf enfants. Les premières observations indiquent que ces enfants présentent des niveaux de

précocité et d'intelligence bien au-delà de ce qui était initialement prévu. Les indicateurs clés sont les suivants :

- Développement cognitif accéléré : les enfants affichent des compétences intellectuelles et des capacités d'apprentissage qui dépassent de manière significative celles de leur groupe d'âge.
- Évolution du comportement : des tendances à l'isolement social et à des comportements introvertis ont été observées chez certains enfants.
- Compréhension avancée des sciences : les enfants montrent une compréhension approfondie de sujets scientifiques complexes et notamment mathématiques, bien au-delà de leur niveau d'éducation actuel.

Implications et inquiétudes :

L'évolution rapide des capacités de ces enfants soulève plusieurs inquiétudes :

- Sécurité nationale : les capacités de ces enfants pourraient devenir un atout ou une menace potentielle pour la sécurité nationale, selon les circonstances et l'orientation de leur développement futur.
- Santé mentale : il existe un risque potentiel pour la santé mentale de ces enfants, étant donné la pression psychologique liée à leurs capacités exceptionnelles.
- Conséquences éthiques : les implications éthiques de ce programme sont préoccupantes, notamment en ce qui concerne le consentement et l'autonomie de ces enfants.

Recommandations :
Monsieur le Président, sous l'impulsion du professeur [redacted] et avec l'accord du comité de surveillance patriotique du Programme de génoembryologie, nous recommandons les actions suivantes :

- Évaluation approfondie : ordonner une évaluation approfondie de la santé mentale et des capacités de ces enfants par une équipe multidisciplinaire indépendante, via des prélèvements raisonnés sur la cohorte disponible.
- Surveillance renforcée : renforcer la surveillance de ces enfants tout en préservant leur intégrité et en garantissant leur bien-être.

Monsieur le Président, la situation actuelle soulève des questions complexes et sensibles. Il est impératif de faire preuve de prudence, et de renforcer la surveillance de l'intégralité des enfants issus de la première vague d'inséminations à travers les structures éducatives et de surveillance mises en place par le Programme.

Nous considérons comme tolérable, compte tenu des enjeux de sécurité nationale et internationale, le prélèvement d'individus à des fins d'examens approfondis, via des interventions chirurgicales pré ou post mortem.
Nous recommandons également une surveillance renforcée de l'ensemble du personnel au contact de la cohorte, de façon à s'assurer qu'aucune

information ne puisse filtrer en dehors du complexe d'étude.

Nous restons à votre disposition pour fournir des informations complémentaires et une assistance en la matière.

Respectueusement,

[Signature du Chef des Services de Renseignement]

SECRET-DÉFENSE

TRÈS-SECRET-DÉFENSE

Direction générale de la sécurité intérieure
à l'attention de
M. Le Président de la Nation
en copie à
[redacted]
M. le Ministre de la Justice, de l'Intérieur et du
Rétablissement de l'Ordre

Rapport d'Alerte Confidentiel Maximal
Date : [redacted]
Destinataire : Son Excellence le Président de la Nation française
Sujet : Capacités cognitives et intellectuelles des Enfants du Programme de Réparation Génétique (PRG)

Résumé Exécutif :
Monsieur le Président,

Nous nous trouvons face à une situation sans précédent et extrêmement alarmante. Les enfants issus du Programme de Réparation Génétique (PRG) présentent des capacités cognitives et intellectuelles hors du commun, qui suscitent l'inquiétude des équipes scientifiques, médicales et pédagogiques en charge de leur suivi. Il est maintenant avéré qu'ils communiquent entre eux par un réseau non verbal et ont élaboré un langage mathématique inédit, langage qui pourrait ouvrir la voie à des avancées scientifiques considérables. Il est impératif de prendre des mesures immédiates pour garantir la sécurité nationale et la poursuite des travaux de recherche d'exploration scientifique des capacités des enfants issus du PRG.

Contexte :
Comme vous le savez, le PRG est un projet de recherche visant à corriger les mutations de l'ADN responsables de certaines maladies génétiques, via la rétrotranscription d'acides aminés non-standard. Le PRG a été lancé en [redacted] par un groupe de scientifiques et de médecins français, sous la direction du professeur [redacted] avec le soutien de votre gouvernement. Il vise à traiter des maladies rares et incurables, au premier rang desquels le syndrome de l'X fragile, la mucoviscidose ou la drépanocytose. Cependant, les conséquences de ces manipulations dépassent largement ce qui était anticipé.

Observations Inquiétantes :

- Capacités cognitives exceptionnelles : les enfants démontrent une intelligence et une capacité d'apprentissage qui dépassent de loin celles de l'ensemble de la population. Ils sont capables de résoudre des problèmes complexes, de mémoriser des quantités phénoménales d'informations, et de manipuler des concepts abstraits avec une facilité déconcertante.
- Réseau de communication non verbale : des preuves irréfutables indiquent que les enfants communiquent entre eux par un réseau non verbal, établissant des connexions mentales qui échappent pour le moment à toute explication ou analyse scientifique. Il semble par ailleurs que ce réseau que les neurologues ont appelé « cerveau collectif » soit en mesure de produire des interférences sur différents appareils de communication, et notamment sur des terminaux et réseaux informatiques.
- Langage mathématique : les dessins qu'ils réalisent de façon coordonnée apparaissent être un nouveau langage, une sorte de protocole de communication assimilable à une formalisation mathématique révolutionnaire. Ce langage, baptisé «code X», a été décrypté par le supercalculateur Q-CLOVIS et ouvre des perspectives scientifiques considérables, notamment en termes de [redacted] et de [redacted]

Hypothèse :

L'un de nos chercheurs, [redacted], a émis l'hypothèse suivante :

Après des investigations approfondies, et suite aux études menées sur la cohorte des neuf enfants que nous avions conservés en observation, ses équipes de recherche ont abouti à la conclusion suivante : les enfants issus du Programme ne sont pas entièrement humains. Ils seraient selon l'hypothèse établie par le professeur [redacted] des clones hybridés de sondes de Von Neumann. Les sondes de Von Neumann ont été décrites par le mathématicien John Von Neumann au milieu du XXe siècle ; elles sont considérées comme d'hypothétiques machines biologiques extraterrestres autorépliquantes douées d'une forme de conscience distribuée, et caractérisées comme étant le stade le plus abouti de l'évolution d'une civilisation très avancée technologiquement. Elles n'ont jusqu'à présent jamais été observées, mais pourraient théoriquement peupler de grandes portions de l'univers connu. En menant de la rétro-ingénierie sur des acides aminés exogènes, nous aurions introduit involontairement des fragments génétiques de cette hypercolonie extraterrestre dans l'ADN humain.

C'est en l'état actuel de nos connaissances la meilleure explication à leur fonctionnement en réseau, à leurs facultés de communication non verbale et d'interférences informatiques ainsi qu'à la création du « code X ». Si tel est le cas, il faut s'attendre dans de très brefs délais à voir apparaître d'autres capacités qu'il nous est pour l'heure impossible de prévoir, mais qui pourraient potentiellement aboutir à une mise en danger concrète de nos concitoyens et de notre Nation.

Cette hypothèse reste largement spéculative, et n'a pas pu être démontrée de façon irréfutable. Néanmoins, si elle s'avérait réelle, ses implications appelleraient à des décisions radicales pour éviter des catastrophes dont l'ampleur pourrait être au-delà de toute proportion.

Recommandations URGENTES :
Monsieur le Président, ces développements, bien qu'encore hypothétiques, présentent des risques très importants de compromission de notre sécurité nationale. La situation requiert une action immédiate :
- Isolation et surveillance : tous les enfants issus du Programme de Réparation Génétique (PRG) doivent être immédiatement retirés à leur famille, isolés, placés dans des cellules individuelles, et soumis à une surveillance étroite et permanente (vidéo, audio, spectroscopique, etc.).
- Interférences informatiques : il faut en première urgence maintenir hors de portée tout moyen de communication informatique ou technologique susceptible d'échapper à notre contrôle et de tomber sous celui des enfants. Le personnel travaillant à leur contact doit être dépourvu de tout appareil technologique ou de communication.

- Étude du langage : un groupe d'experts doit être constitué dans les meilleurs délais pour étudier le « code X » et évaluer son potentiel scientifique.
- Conseil de crise : la formation d'un conseil de crise multidisciplinaire, incluant des experts en génétique, en neurosciences et en sécurité nationale, est impérative pour élaborer une stratégie de gestion de cette situation inédite.

Par ailleurs, en cas de [redacted] ainsi que d'activer immédiatement le protocole de sécurisation ROLAND pour vous-même et les hauts dirigeants des forces armées et de renseignement, et [redacted] sur plusieurs capitales alliées. Nous avons conscience que cette réponse peut paraître extrême ou disproportionnée, mais nos agents nous informent que [redacted] et qu'en cas de tentative de déstabilisation militaire de nos institutions, plusieurs de nos alliés de l'Union Patriotique Européenne n'hésiteraient pas à avoir recours à [redacted]

Information classifiée: ce rapport doit rester classifié à un niveau maximal de sécurité.

Monsieur le Président, nous faisons face à la fois à une menace et à une opportunité d'une ampleur sans précédent. Il est essentiel de garantir la sécurité de notre Nation tout en explorant les opportunités scientifiques, technologiques et économiques qui s'offrent à nous. C'est notre civilisation qui est en jeu: elle peut disparaître ou triompher.

Nous restons à votre disposition pour toute information complémentaire.

Respectueusement,

[Signature du Chef des Services de Renseignement]

TRÈS-SECRET-DÉFENSE

— Décroche bordel…

bruits de pierre à briquet, suivi d'une longue inspiration

— Oui Élisa c'est moi, rappelle-moi s'il te plaît, c'est vraiment urgent…

expiration

— Ok Typhaine tu te calmes, ça sert à rien de paniquer tu…

vibration

— Élisa ? Putain merci de me rappeler, je… non je sais, c'est un cauchemar, c'est un putain de cauchemar je… oui, j'ai vu…

inspiration saccadée

sanglots

— Je sais… j'ai eu Gauthier au téléphone, il est hyper inquiet, il me dit qu'on n'est pas en sécurité, c'est le merdier avec Guy et le Président, je sais pas j'ai pas les détails, il m'a dit qu'il fallait que je me casse tout de suite sur la côte. Mais y a Isabelle qui vient de…

inspiration, expiration

— Attends, je te mets sur haut-parleur bouge pas. Voilà. Je suis en train de faire mes valises putain Élisa c'est la merde, c'est vraiment la merde. Apparemment dans les gares c'est déjà le chaos et il faut qu'on…

— Isabelle ? Qu'est-ce qu'elle est venue foutre chez toi ?

— Elle… elle est passée à l'improviste avec Victoria pour me demander de la planquer elle aussi. Je sais pas quoi faire, je sais pas si je dois l'emmener avec moi, Isabelle voulait que je te la file pour que tu l'exfiltres ou qu'elle soit prise en charge par le réseau pour pas qu'elle se fasse choper si ça tourne mal pour elle et Guy.

— Attends, attends, quoi ? Elle t'a confié sa bonne ? C'est quoi ce délire ?

— C'est pas sa bonne c'est sa fille ! C'est sa fille saine, qu'elle a dû avoir super jeune quand elle était encore à Haïti.

long zip de fermeture éclair

expiration

— Quoi ? Isabelle a fait passer sa fille pour sa bonne ? Mais c'est quoi cette meuf elle est malade c'est…

bruits de pas

— Élisa, Élisa arrête, Victoria est juste à côté, elle est dans le salon, elle est complètement paumée, elle arrête pas de chialer… est-ce que tu crois que je peux l'amener chez toi ? Tu peux l'héberger quelques jours le temps de lui trouver un endroit ou de la faire partir ? Bénédicte va rentrer je sais pas quand, c'est chaud si elle la trouve je sais pas quoi lui dire…

— Mais Typhaine je… enfin, Isabelle, qu'est-ce que… pourquoi tu l'aides il s'est passé quoi ?

— On peut pas laisser une gamine se faire enfermer ou déporter, je sais pas, s'ils arrêtent Isabelle apparemment elle pense que ça va arriver, qu'ils vont la griller, je ne sais pas pourquoi elle m'a pas donné tous les détails, mais elle veut qu'on sauve sa fille et elle m'a filé des tonnes de thunes et ses bijoux pour payer, et aussi des documents classifiés sur le Programme c'est énorme Élisa ce qu'ils ont fait avec les gamins, avec Nolan putain… ils les ont hybridés avec de l'ADN extraterrestre…

— Hein ? Qu'est-ce que tu racontes… ?

— Élisa je te jure, je l'ai lu noir sur blanc, ils ont complètement perdu le contrôle c'est pour ça qu'ils les ont enlevés, ça peut péter d'un jour à l'autre ils maîtrisent plus rien il faut que tu lises ça, il faut que tu passes prendre ces documents moi je peux rien en faire, mais là, je peux pas tout gérer toute seule Élisa, c'est la merde, je suis en panique, je sais vraiment plus quoi faire il faut que tu m'aides je…

elle s'effondre en larmes

— Typhaine, Typhaine… ma belle… écoute-moi… tu es là ? Tu m'écoutes ?

sanglots

— Oui…

— Ça fait beaucoup de choses d'un coup tout ce que tu me dis là…

— Je… je sais plus quoi faire Élisa… je sais plus…

sanglots

— On va prendre les choses dans l'ordre d'accord ? C'est quoi ces documents dont tu parles, là ? Elle t'a donné quoi Isabelle ?

— C'est des trucs officiels, secret-défense, je te jure c'est réel Élisa, enfin ça a l'air réel je sais pas, c'est à l'attention du Président, y a des parties caviardées, ça a l'air vrai, c'est complètement cinglé ils sont là, devant moi… il faut que tu les récupères, que tu les diffuses il faut que les gens sachent ce que ces ordures ont fait aux mômes… Si je les file à Victoria, peut-être qu'elle peut…

— Attends… Victoria, je ne crois pas que ce soit une bonne idée qu'elle reste avec moi pour le moment… tu crois que tu peux l'emmener avec toi ou pas ?

— Ah bon… ? Mais je… je sais pas. Je pense pas. J'en sais rien Élisa, je sais même pas si on va pouvoir partir, je… Tu es sûre que tu peux pas la prendre ?

— Je peux essayer de voir ailleurs, il faut que j'envoie quelques messages. Mais ici c'est trop risqué, elle ne sera pas *safe* avec moi…

— Mais pourquoi ?

— Écoute… c'est pas le meilleur moment pour t'en parler, mais quelqu'un est passé cette nuit.

— Qui ça ?

— Typhaine, je préfère pas en parler par holo…

— Attends attends… je comprends plus rien là Élisa, tu m'embrouilles… qui est passé chez toi ?

silence

deux petites toux rapprochées et rapides

— Roméo.

— Hein… quoi ?! Mais … mais… il va comment ? Il était où ?

— Je peux pas trop t'en parler là… mais oui il va bien, il venait chercher des affaires. Il…

— Tu as prévenu Claire et Marc ? Est-ce que…

— Typhaine, écoute-moi… Non, je n'ai prévenu personne. Il ne veut prévenir personne, il va… il pense qu'il est surveillé. Il a… il a des projets. Voilà, mais il va bien. Il veut rester prudent. Très prudent. Mais il est très… très déterminé.

— Et Aïssatou ?? Il a pu avoir des nouvelles, on sait si…

— Non… enfin, si, il a des nouvelles, mais… elles ne sont pas bonnes Typhaine. Pas bonnes du tout.

— Oh non… nonononon…

sanglots

— Je suis désolée de te l'apprendre comme ça, je suis vraiment désolée…

sa voix se brise

sanglots de part et d'autre

— C'est un putain de cauchemar, c'est pas possible… Je sais plus quoi faire Élisa… je sais plus quoi faire…

sanglots

— Je sais que ça fait beaucoup ma belle… mais tu ne peux pas prendre Victoria avec toi, au moins quelques jours, le temps que je trouve une solution plus pérenne avec le réseau ?

— Oui, sans doute… si c'est la seule solution…

— Tu sais, tout est beaucoup plus compliqué avec les affrontements, il y a eu pas mal d'arrestations… mais on va trouver, laisse-moi un peu de temps on va trouver, promis.

reniflements

— Putain il est presque dix-huit heures, Bénédicte va rentrer, je lui dis quoi pour Victoria…

— Écoute Typhaine, tu n'as pas besoin de…

trois petits « toc » contre une porte

— Deux secondes. Oui ?

voix lointaine

— Madame Faron ? Excusez-moi de vous déranger…

— Je suis en ligne Victoria… ça peut attendre un instant ?

— C'est que… c'est à la télévision, vous devriez venir, c'est important je crois…

— Qu'est-ce qui se passe…

— Typhaine ?

bruits de pas

murmure lointain d'une voix masculine qui se rapproche

— Attends Élisa il se passe un truc à la télé…

« … en conséquence, nous avons collégialement agi en vertu des responsabilités qui nous incombent, et avons donc destitué le Président de la Nation, qui a été mis en sécurité à six heures

douze ce matin, et est actuellement interrogé en vue d'être poursuivi pour haute trahison contre la patrie et ses enfants. Les fonctions des membres du gouvernement et les pouvoirs des deux Assemblées sont également suspendus, et nous demandons à l'ensemble des ministres, parlementaires et membres des cabinets de bien vouloir se rendre pour transmettre aux forces armées l'ensemble des documents officiels dont ils disposent, dans la perspective de contribuer à la passation de pouvoirs avec les nouvelles équipes dirigeantes, qui seront nommées dans les prochaines heures.

« Dans la période de transition qui s'ouvre désormais, moi, Charles du Clos de la Place, chef d'état-major des armées, français et catholique, assumerai les pleins pouvoirs afin de fournir à notre pays la stabilité qui lui est nécessaire. À cette fin, entre immédiatement en vigueur la loi martiale, et je m'engage à l'utiliser pour rétablir l'ordre sur l'ensemble de notre territoire, avec l'aide des forces armées des Compagnons de la Libération de la France, dirigées par Eugène Strauss et des Nouveaux Nationalistes Révolutionnaires, dirigées par Henri de Beauchamp, qui rejoignent de facto le corps de l'armée régulière dans ses différentes missions.

« Notre première mission, actuellement en cours, est d'aller libérer les quelque mille cinq cents enfants du Programme retenus illégalement, dans des conditions indignes, par le pouvoir précédent, et de les restituer dans les meilleurs délais à leurs parents légitimes. Nous ferons également toute la lumière sur les raisons qui ont conduit le pouvoir précédent à interrompre le Programme de Repeuplement de la France, que nous souhaitons étendre et rendre accessible à toutes les familles françaises, de façon à repeupler notre Nation d'enfants sains, qui prépareront la grandeur et la puissance de la France de demain. Nous appelons enfin tous les citoyens français à

collaborer avec leurs forces armées et à faire preuve de bonne volonté. Afin d'assurer la sécurité de tous, nous demandons à tous les citoyens de limiter au maximum leurs déplacements. Toute entrée ou sortie du territoire est suspendue. Le couvre-feu est étendu de dix-neuf heures à sept heures. Des patrouilles renforcées s'assureront de son strict respect. Par ailleurs, nous invitons tous les jeunes patriotes qui veulent contribuer au redressement de la France, à nous rejoindre : des bureaux vont être ouverts afin de… »

— Élisa, je te rappelle… il faut que je parle à Gauthier.

Comment ça tu es pas encore partie ?

Pars Typhaine, je t'en prie… pars maintenant, saute dans le dernier train avant qu'ils annulent tout et qu'ils installent des blocages routiers.

Quoi Victoria ?

Emmène-la, mais partez tout de suite.

Promis je te rejoins dès que je peux.

Je sais pas, c'est le chaos.

Typhaine, fous le camp maintenant, perds pas de temps.

Je peux pas rester, ils vont arriver d'une minute à l'autre, il faut qu'on soit prêts.

Écoute je sais pas.

Mon amour, je t'en prie, raccroche et pars. Maintenant.

Je vais me débrouiller, je t'assure, ça va être le bordel mais je vais me faufiler entre les gouttes.

J'ai une voiture, mais il faut que je te laisse, là, vraiment.

Ce soir oui.

Attends.

Oui Guy ?

Oui, c'est tous les dossiers là, et ceux que j'ai posés sur ton bureau.

C'est Typhaine.

Oui, j'arrive.
Mon amour, il faut que j'y aille, on n'a pas beaucoup de temps.
Je sais, je fais au mieux.
Je t'aime.
Putain putain putain.
Oui Sylvia ?
Non, ne prenez que les disques durs que j'ai laissés.
Quoi ?
Merde déjà ? Putain c'est pas vrai…
Guy !!
Ils arrivent.
Non.
Oui je sais.
Tiens, prends l'ordi avec toi.
Sylvia ?!
Combien de temps ?
Merde merde merde merde.
Guy !!
Il faut que tu te tires maintenant ils sont en bas, ils montent.
Maintenant je te dis, tire-toi !
Je peux les retenir un peu, prends de l'avance.
Tant pis, on a fait ce qu'on a pu.
Guy je t'en prie, raconte pas n'importe quoi.
File putain ! Barre-toi, maintenant !!
Oui, j'arrive bordel !!
Guy, qu'est-ce que tu fous…
Oh non non Guy lâche ça Guy fais pas de connerie lâche ce NONONONONON !!

coup de feu

« … grosses difficultés à la sortie des grandes agglomérations.

— Oui Guillaume, d'importants bouchons se sont formés à la sortie d'à peu près toutes les grandes villes de France. Rien qu'en Île-de-France, on dénombre neuf cent quarante-sept kilomètres de bouchons, c'est du jamais vu : le périphérique, et tous les accès à l'A1, l'A3, l'A6, l'A13, l'A14, l'A15 et l'A86 sont complètement saturés, les véhicules sont immobilisés, et la situation est également très compliquée dans les gares et les aéroports. On retrouve tout de suite sur place, à l'aéroport de Roissy-Charles-de-Gaulle notre reporter, Frédéric Piedtenu… bonjour Frédéric.

— Bonjour Vanessa.

— Vous nous confirmez que c'est la cohue ?

*— Oh oui, des centaines et des centaines de personnes font la queue au comptoir des compagnies aériennes pour acheter les derniers billets, les autres sont entassées devant l'écran géant des départs et espèrent pouvoir monter dans leur avion, mais c'est de plus en plus compliqué ; la plupart des vols sont au mieux retardés de plusieurs heures, tous les autres sont annulés. Et pour ajouter à la confusion, plusieurs unités de soldats des N2R viennent d'arriver, et procèdent à des contrôles d'identité et des interpellations. Ces petits groupes de paramilitaires, souvent très jeunes… *rafales de tirs* *cris**

— Frédéric ?
brouhaha
— Putain planque-toi !
nouvelle rafale de tirs* *hurlements indistincts
— Qu'est-ce que… Frédéric… je crois que… vous l'entendez, la situation est très tendue à l'aéroport de Roissy… On nous signale à l'instant d'autres incidents, à Paris en gare Montparnasse, gare de Lyon, à Lyon-Part-Dieu et Lille-Europe. Par ailleurs, l'intervention des forces armées sur le plateau de Saclay est toujours en cours, mais il est impossible d'a… »

— ALIX, éteins la télé !
« Très bien Madame Faron »
Typhaine, assise en tailleur sur le canapé, tire une dernière bouffée sur sa cigarette, consumée jusqu'au filtre. Victoria sanglote à bas bruit. Au loin, étouffé par les doubles vitrages, résonne un concert de sirènes, police, pompiers, ambulances, rythmé par des détonations plus ou moins violentes, allant de la pétarade de coups de feu sporadiques à des explosions plus graves, plus puissantes.
Carillon de la porte de l'ascenseur. Pas pressés dans le couloir. Déverrouillage électronique de la serrure de la porte d'entrée.
« Bonjour Bénédicte, bienvenue à la maison »
Bénédicte est légèrement essoufflée. Son regard est d'abord attiré par les deux grosses valises dans le vestibule, puis par les deux femmes, silencieuses, dans la semi-pénombre du salon.
— Mada… Typhaine, vous allez bien ? Vous… avez des nouvelles de M. Faron ?
Elle fait quelques pas en avant, le regard fixé sur la deuxième silhouette.

— Victoria ? Qu'est-ce…

— Assieds-toi.

Sans prendre la peine d'enlever son manteau comme à son habitude, Bénédicte s'approche, craintive. Elle s'assied sur le fauteuil opposé au canapé, loin de Typhaine. Elle serre contre elle son petit sac à main, comme si elle redoutait qu'on le lui arrache.

— Est-ce que… M. Faron, est-ce qu'il va bien ?

Typhaine rallume une cigarette.

— Je ne sais pas… je n'en sais rien, je…

Elle tire une longue bouffée, et essuie une larme qui roule sur sa joue en silence.

— Bénédicte, je sais que… ça n'a pas toujours été très simple entre nous, hein ?

— Oui, enfin… non, mais…

— Je comprendrais que tu m'en veuilles.

— Mais Mada…

— Bénédicte, je suis…

Sa voix se noue.

— Je veux m'excuser. Je suis désolée, ce qu'on t'a fait, ce que je t'ai fait ce soir-là, c'est… c'est intolérable, je n'aurais jamais dû…

— Mais Madame Faron, pourquoi vous me dites ça maintenant ? Je… vous m'inquiétez, vous… M. Faron devrait rentrer n'est-ce pas ? Est-ce que je dois…

Elle fond en larmes. Elle sort un petit mouchoir en tissu brodé de son sac à main, qu'elle tamponne sous ses paupières inférieures, pour éviter que le maquillage ne coule.

— Bénédicte, Victoria et moi, on va partir. Ce soir. Enfin, on va essayer. Je préfère ne pas te dire où, comme ça, si on te demande, tu ne seras pas obligée de mentir, d'accord ?

Bénédicte acquiesce, tout en continuant à pleurer silencieusement.

— Je ne pense pas que Gauthier rentrera. Je n'en sais rien, à vrai dire. Je ne sais pas combien de temps nous serons partis. Assez longtemps, j'imagine. Tu peux rester dans l'appartement, j'ai rétabli tes accès à ALIX.

Typhaine aspire une longue bouffée de cigarette, et laisse tomber son mégot dans le cendrier.

— Tu peux rester autant de temps que tu veux.

Une explosion plus forte retentit non loin et fait vibrer les fenêtres. Les trois femmes sursautent. Un nouveau concert de sirènes emplit le salon. Typhaine passe ses deux mains sur son visage pour en essuyer les larmes, prend une grande inspiration et se lève.

— Allez Victoria. Il faut qu'on y aille maintenant. Il est déjà tard.

Elle s'approche de la jeune femme assise immobile, presque paralysée. Elle se penche vers elle, la prend par les épaules et l'aide à se redresser. Elles avancent vers le vestibule. Victoria est mutique, fébrile. Typhaine l'aide à enfiler son manteau. Tous leurs gestes sont lents, accablés. Bénédicte se lève à son tour, hésitante. Victoria lui adresse un regard abattu.

— Madame Faron…

Typhaine sourit à Bénédicte d'un sourire éreinté, sans joie.

— Typhaine.

— Typhaine… vous… Est-ce que je peux faire quelque chose ? N'importe quoi ?

Typhaine hésite un instant. Elle ouvre une poche latérale de sa valise et lui tend un petit sac de tissu brodé. C'est un sac en tissu blanc écru, un sac que lui avait confectionné Madeleine, il y a longtemps, si longtemps.

— Je ne sais pas si j'ai raison ou non, mais tiens. Garde ça, et cache-le. Il y a tout dedans. S'ils viennent, ne leur donne pas. Quand tout ça sera passé, plus tard, ça pourra peut-être servir, pour comprendre.

Elle soupire.

— De toute façon, ça n'a aucun sens que je le prenne avec moi. S'ils nous attrapent… bref. Tu en feras ce que tu veux. Tu les donneras à qui tu veux. Ça ne me concerne plus. C'est fini pour moi. J'ai perdu.

Bénédicte prend le sac, et contemple un instant le bouquet de fleurs en crochet de laine, vert, jaune et rose. Des tulipes, maladroites. Signées d'un « M » mauve. Sa couleur préférée.

Bénédicte se jette dans les bras de Typhaine.

Inconsolable.

Typhaine la serre contre elle.

Ce parfum fleuri.

Trop fleuri.

Mêlé à une odeur de lessive.

De propre.

Tellement impersonnel.

Et pourtant, c'était tout elle.

Bénédicte.

Elle ne s'était jamais imaginé que ce parfum pourrait lui manquer un jour.

Il allait lui manquer.

Elle allait lui manquer.

Épilogue

L'assaut sur le centre de recherche nucléaire Framatome-Thalès sur le plateau de Saclay par les forces conjointes d'une unité de combat d'élite de l'armée française de quarante-sept hommes et d'une section d'assaut des CLF de vingt-neuf hommes conduisit, le 26 février, à 21 h 22' 13" GMT à ce que l'on désigne aujourd'hui communément comme « L'Événement ». Tous les fichiers vidéo ont été détruits, mais un enregistrement audio a pu être extrait d'un disque dur retrouvé au centre de commandement.

Le commando pénétra dans le bâtiment à 21 h 00' 00", et progressa sans rencontrer d'obstacle jusqu'à 21 h 04' 53". Les premiers échanges de tirs avec une faction loyaliste issue d'une milice de sécurité privée furent enregistrés à cette heure. Les troupes engagèrent l'ennemi avec succès, neutralisèrent les tireurs et sécurisèrent la zone. Un blessé léger fut pris en charge par l'équipe médicale, tandis qu'un soldat plus gravement touché fut immédiatement exfiltré. Le groupe poursuivit sa progression en essuyant des tirs ennemis sporadiques jusqu'à atteindre à 21 h 08' 46" une zone de sécurité renforcée, où étaient retranchés une trentaine de soldats d'une force de sécurité hybride lourdement armée. Le combat s'engagea et dura un peu plus de onze minutes dans un échange de feu extrêmement nourri. Les troupes régulières finirent par l'emporter malgré de lourdes pertes. Seule une douzaine d'hommes pénétra dans le complexe de recherche où étaient retenus les enfants, tandis que le reste de l'unité assura la sécurité de la zone et évacua les blessés. Le dernier échange entre le groupe d'intervention et l'officier de liaison du centre de commandement opérationnel fut émis à 21 h 21' 18".

« On entre. Les portes des cellules sont ouvertes. J'ai un visuel, je répète, visuel sur objectifs multiples. Hey, bonjour les enfants, vous inquiétez pas, on vient vous chercher, on vous ramène à vos parents. Vous rentrez à la maison. N'ayez pas peur. Du calme, du c… »

C'est à cet instant, à 21 h 22' 13" GMT précises que tous les signaux électromagnétiques furent brutalement interrompus sur l'ensemble de la planète. Cette panne généralisée entraîna la perte du courant, des communications et de tous les systèmes informatiques et technologiques fonctionnels. Malgré les systèmes d'urgence et de redondance des installations stratégiques, la plupart des appareils furent presque intégralement détruits. Les conséquences furent catastrophiques : perte de contrôle des transports aériens, ferroviaires et routiers, accidents en chaîne dans les centrales électriques et nucléaires, dommages majeurs sur les infrastructures critiques – hôpitaux, marchés financiers, distribution et traitement des eaux – dérèglement de toutes les chaînes d'approvisionnement, sans compter la rupture des connexions satellites civiles et militaires. Pendant des semaines, le ciel fut zébré des sillages lumineux des milliers de débris en orbite chutant dans l'atmosphère.

À cette heure précise également, une proportion estimée à 87,8 % de l'humanité perdit conscience. 31,2 % des personnes touchées présentèrent des symptômes semblables à une crise de grand mal épileptique, 12,9 % souffrirent d'une attaque vasculaire cérébrale ou équivalent, accompagnée pour 6,3 % par une défaillance cardiovasculaire.

En tout, il est aujourd'hui estimé qu'un milliard sept cent quatre-vingt-trois millions de personnes ont perdu la vie, soit environ 20 % de la population mondiale.

Une part importante (> 90 %) des personnes rescapées développa immédiatement après « L'Événement » un syndrome dit de « faux souvenirs induits » ou SMAPE, pour Syndrome de Mémoire Altérée Post-Événement, plus communément connu sous l'appellation populaire de « mémoire de l'univers ». Ces souvenirs sont extrêmement divers, et souvent difficilement descriptibles. Ils convoquent des images, des sensations, des langages, des notions ou des concepts qui n'ont pas d'équivalent terrestre, et sont aujourd'hui encore l'objet d'analyses et d'investigations scientifiques. Les nombreuses études effectuées sur les patients souffrant de SMAPE attestent qu'il s'agit de bribes mémorielles de formes de vie multiples, aussi évoluées que primitives, qui trouvent leurs racines dans d'autres mondes, sur d'autres planètes, dans d'autres galaxies, à divers endroits du cosmos, et pouvant remonter jusqu'à des époques très éloignées tant dans le temps que dans l'espace. Il est à noter que certains souvenirs induits ont provoqué des dégâts psychologiques considérables, dus à l'impossibilité pour l'hôte d'appréhender les informations radicalement étrangères véhiculées par le SMAPE, qu'il s'agisse de biais de perception, de langage, de représentation ou d'autres notions mentalement inconcevables au regard de nos représentations et de la structure de notre psyché humaine.

L'intégralité des soixante-seize membres des forces d'intervention sur le site Framatome-Thalès a péri.

L'équipe de secours envoyée sur place plusieurs semaines après l'Événement a constaté la mort de la majorité des mille quatre cent soixante-treize enfants du Programme détenus sur place. Seuls treize d'entre eux étaient encore vivants, dans un état de dénutrition et de déshydratation critiques, et d'urgence vitale absolue. Cinq ont péri dans les jours et semaines suivantes. Les huit enfants survivants n'ont jamais quitté leur état catatonique, et présentent des dommages cérébraux irréversibles qui rendent indispensable une assistance respiratoire et alimentaire permanente. Un seul de ces enfants manifeste encore une activité cérébrale partielle ; il est sujet à des crises spasmodiques fréquentes, au cours desquelles il est saisi de violentes convulsions et prononce des paroles impossibles à déchiffrer. Il a été placé sous surveillance renforcée, dans une structure étanche, et est l'objet d'études approfondies suivant un protocole de sécurité très strict. Compte tenu de la destruction de toutes les données relatives au Programme de Réparation Génétique, et malgré les traces résiduelles d'une fracture au bras droit détectées par tomodensitométrie, son identité n'a malheureusement pas pu être formellement établie.

Le petit garçon en maillot de bain rouge court.
Il est poursuivi par sa sœur.
Il agite une pelle en bois.
Il la jette dans l'eau.
La pelle est emportée par les vagues.
Sa sœur l'éclabousse.
Ils rient.

Il n'y a pas grand monde sur la plage.
Il n'y a plus grand monde, nulle part.
Il est encore tôt.
Trop tôt.
Trop tôt pour l'insouciance.
Trop tôt pour reprendre comme avant.
Mieux qu'avant.
Il fait terriblement chaud.
Ça n'a pas changé.
Le monde brûle.
Je ferme les yeux.
Je peux fermer les yeux, parce que je sais que je suis en vie.

Dès que je ferme les yeux, je vois les images.

Si je pouvais les décrire avec des mots, ce seraient des couleurs.

Des couleurs irisées.

Des couleurs relief.

Des couleurs vivantes.

Qui pulsent.

Qui respirent

Il y a des perspectives aussi.

Des architectures.

Terrifiantes.

C'est si effrayant que j'essaye de ne pas y penser.

Mais ces souvenirs sont là.

Implantés en moi.

Comme s'ils étaient les miens.

Comme si je les avais vécus.

Parfois, je me réveille la nuit au bord d'un gouffre, gelée, saisie d'un sentiment de vertige, tout mon corps en suspension.

Aspirée par le vide.

Je cours vomir dans la salle de bains.

Le plus dérangeant, ce sont les sonorités.

Les mélopées.

Elles sont là, je les entends, parfaitement claires.

Mais je ne peux ni les décrire, ni les reproduire.

Il me manque tout.

Ils nous expliquent que tout cela est réel.

Ce sont des instantanés d'autres mondes. D'autres vies.

Des souvenirs qui court-circuitent nos cerveaux.

Qui dépassent nos sens.

Et pourtant, toutes ces sensations, tous ces instants font partie de moi.

Tout cela m'appartient.

Cette chaleur écrasante par exemple.
Elle est familière. Je l'ai vécue, ailleurs.
J'ai supporté bien pire.
Autrement.
De façon plus intense.
Avec une autre enveloppe corporelle.
Cette chaleur, je la tolère mieux.

Je ne regarde pas trop les enfants.
C'est encore trop récent.
Trop douloureux.
Je pense à elle, sans cesse.
Mon amie.
Ma sœur.
Elle me manque.
Éperdument.
Son rire un peu rauque, un peu rugueux, toujours trop bruyant.
Ses longs cheveux bruns, épais, qui débordaient de partout et qu'elle passait son temps à attacher n'importe comment.
La petite cicatrice claire en demi-cercle sur sa joue gauche qu'elle tripotait inconsciemment lorsqu'elle plongeait dans ses pensées.
Sa façon de s'asseoir de travers sur les chaises, dans les fauteuils, sur les canapés, une jambe sous l'autre, l'autre par-dessus.
Il va falloir du temps.
Pour tout reconstruire.
Individuellement, et collectivement.
Mais nous sommes là, celles et ceux qui restent.
Ce sera différent, radicalement.

Est-ce que nous referons les mêmes erreurs ?

Est-ce que nous apprendrons de ce qui s'est passé ?

Comment vivre dans cet univers qui est aujourd'hui si vaste ?

Cet univers dont nous sommes dépositaires.

Cet univers dont nous partageons la mémoire collective.

Cet univers brusquement si familier. Cet univers auquel nous ne comprenons rien.

Cet univers qui nous terrifie.

Reconstruire, et raconter.

C'est ce qu'il nous reste à faire.

C'est ce qu'elle a fait, elle.

Ce qu'elle a consigné.

Garder une trace.

Ses carnets, ses enregistrements.

Les documents officiels.

Tout est là, dans ce sac brodé.

M, comme Madeleine.

Un M mauve, comme ses lunettes.

Ce sac que je tiens dans ma main, que Bénédicte m'a donné, et que je m'apprête à donner à mon tour.

Il ne devrait plus tarder maintenant.

Mon temps à moi est révolu.

Je suis trop vieille, trop abîmée.

Je n'ai plus la force.

Ma peau est tavelée.

Mes mains sont tremblantes.

Mon dos et mes articulations me font souffrir.

Mon corps ne va pas me porter encore très longtemps.

C'est un miracle que je sois encore en vie.

Un miracle, si tant est que je croie à une divinité.

Hécate peut-être.
Artémis.
Gaïa.
Typhaine.
Mon amie.
Ma sœur.
Ma déesse.
Je vais continuer à aider, bien sûr.
Mais le futur, la reconstruction, c'est lui.
Ce sont eux.
Sur les ruines, sur le champ de cadavres, au cœur de la débâcle.
Le germe de l'espoir.
La flamme du combat.
L'entraide.
La solidarité.
Le voilà, je l'aperçois.
Sa silhouette élancée.
Puissante.
C'est un homme maintenant.
Il est d'une beauté terrassante.
Son visage s'est durci.
Roméo.

Remerciements

En écrivant ce roman m'est apparue une étrange et saisissante similitude : un roman, c'est comme un tatouage. Au moment de sa conception, la souffrance peut atteindre des seuils difficilement tolérables, mais dès lors qu'il est fini, on ne pense qu'au prochain. Que celles et ceux qui m'ont permis d'endurer cette douleur lancinante et envahissante de l'écriture soient ici remerciés.

Renaud Guillemin, qui a supporté avec une constance et une résilience hors du commun mes messages de détresse au milieu de la nuit, et mes crises d'angoisses multiples et erratiques. Élise Thiébaut sans qui je n'aurais jamais trouvé le chemin de la Laune et dont la présence bienveillante et équanime a été un cataplasme dans les moments de doute. Marion Mazauric, mon éditrice, dont le soutien et les mots d'encouragement ont été un carburant redoutable, Laëtitia Rondeau qui la première est venue me dénicher et me mettre la plume à la main alors que je m'égarais dans les terres nordiques et brumeuses des îles Féroé sous les coups de bec meurtriers de deux couples de grands labbes, Philippe Béranger bien sûr pour son extraordinaire bienveillance, sa douceur, sa disponibilité et sa poésie camarguaise, Bruno Caillet, Philippe Brzezanski et Victoire Dubruel pour avoir donné un écrin merveilleux aux derniers chapitres de ce roman en me regardant éberlués faire chaque matin à l'aube des tours du lac, sans oublier Chloé Delaume, Alexandre Jubelin, Mikaël Agiopantz pour leurs conseils littéraires, militaires et médicaux, ni Émilie Léal, Romain Daudet-Jahan, Thomas Scotto, le Chien critique, Yann Olivier pour leur relecture attentive, amicale et précise, et encore moins l'inégalable gâteau au chocolat d'Amélie à Veules-les-Roses qui a été une source intarissable d'énergie les petits matins d'hiver.

Une attention particulière pour deux personnes essentielles : Serge Lehman, sans qui je n'aurais peut-être jamais osé reprendre la plume pour raconter mes propres histoires, et dont les écrits et l'amitié ont été de façon égale les plus puissants moteurs de créativité, et Simon Riaux qui a eu la gentillesse et la bienveillance de me laisser voler de mes propres ailes l'espace d'un roman, mais sans qui mon imaginaire serait une terre bien plus aride si je n'avais pas croisé sa route.

Je tiens également à embrasser chaleureusement mes sœurs, Anne et Valérie, ma mère Paule, et mes amies Lola, Natacha et Françoise. Elles recèlent toutes, à leur insu, des fragments de Typhaine, de sa vie, de ses expériences, de ses traits. Sans elles, Typhaine ne serait pas Typhaine.

Enfin, une pensée très émue pour l'homme à qui je dois tout, et notamment mon amour de la science-fiction et de l'imaginaire, celui qui m'a mis Tolkien, Lovecraft, Asimov, Herbert, Farmer, et tant d'autres entre les mains, l'homme le plus important, le plus humble, le plus gentil, et qui parce que la vie est cruelle, ne lira jamais ce roman que je lui dédie corps et âme : Maurice Martin.

Références et citations

Dans la troisième partie, pour les articles p.264, p.339, et p.349, je me suis inspiré de véritables articles de presse par souci de réalisme et pour coller au plus près au style très particulier de la narration de faits divers. Je les ai réécrits en partie, j'ai changé les noms, les lieux et certaines circonstances. En voici les sources :

« Poitiers : 15 ans de prison pour un père qui a tué son bébé » dans *Le Figaro* avec AFP, publié le 01/06/2023.

« Seine-et-Marne. Un père soupçonné d'avoir tué son fils de 6 ans et grièvement blessé sa famille » dans *Ouest-France*, publié le 02/07/2023.

« Elle avait jeté son bébé par la fenêtre : une mère infanticide condamnée à 7 ans de prison » dans *Ouest-France*, avec NG, publié le 03/07/2023.

Par ailleurs, les deux paragraphes en italique, p.185 et p.186 sont extraits de *La Vie tranquille* de Marguerite Duras.

Table des matières

Composition :
L'atelier des glyphes

Nous imprimons nos ouvrages sur du papier issu
de forêts gérées durablement, de sources contrôlées
et avec des encres végétales.

Cet ouvrage a été achevé d'imprimer en juillet 2024
dans les ateliers de Normandie Roto Impression s.a.s.
61250 Lonrai (Orne)
N° d'imprimeur : 2403613
Dépôt légal : juin 2024

Imprimé en France